HEYNE
BÜCHER

W0294238

Vom gleichen Autor erschienen außerdem
als Heyne-Taschenbücher

Die Rollbahn · Band 01/497
Das Herz der 6. Armee · Band 01/564
Sie fielen vom Himmel · Band 01/582
Der Himmel über Kasakstan · Band 01/600
Natascha · Band 01/615
Strafbataillon 999 · Band 01/633
Dr. med. Erika Werner · Band 01/667
Liebe auf heißem Sand · Band 01/717
Liebesnächte in der Taiga · Band 01/729
Der rostende Ruhm · Band 01/740
Entmündigt · Band 01/776
Zum Nachtisch wilde Früchte · Band 01/788
Der letzte Karpatenwolf · Band 01/807
Die Tochter des Teufels · Band 01/827
Der Arzt von Stalingrad · Band 01/847
Das geschenkte Gesicht · Band 01/851
Privatklinik · Band 01/914
Ich beantrage Todesstrafe · Band 01/927
Auf nassen Straßen · Band 01/938
Agenten lieben gefährlich · Band 01/962
Zerstörter Traum vom Ruhm · Band 01/987
Agenten kennen kein Pardon · Band 01/999
Der Mann, der sein Leben vergaß · Band 01/5020
Fronttheater · Band 01/5030
Der Wüstendoktor · Band 01/5048
Ein toter Taucher nimmt kein Gold · Band 01/5053
Die Drohung · Band 01/5069
Eine Urwaldgöttin darf nicht weinen · Band 01/5080
Viele Mütter heißen Anita · Band 01/5086
Wen die schwarze Göttin ruft · Band 01/5105
Ein Komet fällt vom Himmel · Band 01/5119
Straße in die Hölle · Band 01/5145
Ein Mann wie ein Erdbeben · Band 01/5154
Diagnose · Band 01/5155
Ein Sommer mit Danica · Band 01/5168
Aus dem Nichts ein neues Leben · Band 01/5186
Des Sieges bittere Tränen · Band 01/5210
Die Nacht des schwarzen Zaubers · Band 01/5229
Alarm! – Das Weiberschiff · Band 01/5231
Bittersüßes 7. Jahr · Band 01/5240
Engel der Vergessenen · Band 01/5251
Die Verdammten der Taiga · Band 01/5304
Das Teufelsweib · Band 01/5350
Im Tal der bittersüßen Träume · Band 01/5388
Liebe ist stärker als der Tod · Band 01/5436
Haie an Bord · Band 01/5490
Niemand lebt von seinen Träumen · Band 01/5561
Das Doppelspiel · Band 01/5621
Die dunkle Seite des Ruhms · Band 01/5702
Das unanständige Foto · Band 01/5751
Der Gentleman · Band 01/5796
Konsalik – der Autor und sein Werk · Band 01/5848
Der pfeifende Mörder / Der gläserne Sarg · Band 01/5858
Die Erbin · Band 01/5919
Die Fahrt nach Feuerland · Band 01/5992
Der verhängnisvolle Urlaub / Frauen verstehen mehr von Liebe · Band 01/6054
Glück muß man haben · Band 01/6110
Der Dschunkendoktor · Band 01/6213

HEINZ G. KONSALIK

DAS GIFT DER ALTEN HEIMAT

Roman

Originalausgabe

WILHELM HEYNE VERLAG
MÜNCHEN

HEYNE-BUCH Nr. 01/6294
im Wilhelm Heyne Verlag, München

3. Auflage

Copyright © 1983 by Autor und AVA Autoren-
und Verlags-Agentur München-Breitbrunn
Printed in Germany 1984
Umschlagfoto: Bildagentur Mauritius/H. Schwarz, Mittenwald
Autorenfoto: Wolf Diepenseifen
Umschlaggestaltung: Atelier Ingrid Schütz, München
Satz: IBV Lichtsatz KG, Berlin
Druck und Bindung: Elsnerdruck GmbH, Berlin

ISBN 3-453-01841-9

An den grünen, weitläufigen Ufern des Michigansees, fast im Häuserschatten der Riesenstadt Chicago, liegt das aus weißem Sandstein erbaute, große Gebäude des in den ganzen USA bekannten ›PS-Clubs‹, über den zu berichten die Medien nicht müde werden. P und S – das sind hier die Anfangsbuchstaben der Wörter *Potentiell* und *Stifter*. An die sich spontan aufdrängenden *P*ferde-*S*tärken darf man also, wenn vom PS-Club die Rede ist, nicht denken.

Dieser Club in Chicago ist eine Vereinigung möglicher Stifter – reicher, alter Männer, die sich mit dem Gedanken tragen, testamentarisch mit ihrem Geld dem Gemeinwohl dienende Stiftungen ins Leben zu rufen. Aus dem Club sind also im Laufe eines halben Jahrhunderts – solange besteht er schon – bereits einige Museen und Altersheime, mehrere Krankenhäuser und Forschungsstätten, ja sogar auch ein Golfgelände hervorgegangen. Daß die Männer, die dem Club angehören, in hohem öffentlichen Ansehen stehen, ist daher nicht verwunderlich.

Ein weiter Park umgibt das Clubgelände. Das Marmorfoyer mit seinen Spiegelwänden und den Glastüren gehört zu den schönsten Chicagos. Von den Herren, die in den tiefen Ledersesseln ihrer Leibesfülle die nötige Ruhe gönnen, kann man sagen, daß sie zu den Kreisen gehören, die über den genauen Stand ihres Vermögens nicht mehr Bescheid wissen und für die der Satz gilt: ›Über Geld spricht man nicht – man *hat* es!‹

An einem ruhigen Sommertag war der Club nur schwach besucht. Draußen über dem See und der Steinwüste der Stadt lag brütende Hitze. Es war August, und einige Millionäre, welche die Mittel dazu gehabt hätten, nach dem Nordpol auszuweichen, fragten sich, warum sie das nicht taten. Sie faßten sich an ihre Stirnen und wischten den Schweiß herunter. Auch der Kellner, der Dienst hatte, schwitzte und genehmigte sich diskret ein Eissoda, wobei er natürlich nicht vergaß, in den Lesesaal zu schielen, wo an einem großen runden Tisch die vier Millionäre saßen, denen sich gerade der Nordpol als begehrenswertes Reiseziel darstellte.

»Oder der Südpol, der könnte es auch sein«, sagte einer von ihnen.

Die drei anderen nickten Beifall, rauchten, bliesen den Qualm aus dicken, teuren Importen empor zur Decke und schwitzten.

»Die Pinguine dort unten haben's gut«, bemerkte der dickste des Quartetts. »Was meinst du, Johnny?«

Johnny Miller war derjenige, der es nicht lassen konnte, jede Gelegenheit, jemandem ein bißchen auf die Zehen zu treten, beim Schopf zu packen.

»Du gleichst ihnen, Percy«, sagte er.

»Ich? Den Pinguinen?«

»Mit deinem Fett«, grinste Johnny Miller. »Das würde dich vor der Kälte genauso schützen.«

»*Du* mußt reden, Johnny!« gab Percy Waller zurück.

Die Lacher hatte aber schon Miller auf seiner Seite. Er war ein rüstiger Sechziger, groß, nicht ganz so dick wie die anderen, in allem der Typ eines Geschäftsmannes, der nicht mehr zu rechnen brauchte. Sein Vermögen hatte er mit Uhren gemacht, die er in einer halb Amerika umspannenden Ladenkette verkaufte. Angefangen hatte er, vor drei Jahrzehnten aus Deutschland eingewandert, als mittelloser Uhrmachergeselle. Sein ursprünglicher Name: Johann Müller. Er war Witwer, ein Flugzeugabsturz hatte ihm Frau und Tochter geraubt. Diese Katastrophe lag schon zwölf Jahre zurück, so daß er sie einigermaßen verwunden hatte. Die Frage für ihn lautete aber seit diesem dunklen Tag: Wohin mit meinem Geld, wenn ich einmal die Augen zumache? So also hatten er und der PS-Club zusammengefunden.

Percy Waller besaß eine gutgehende Konservenfabrik im Westen Chicagos. Er lag preislich immer um fünf bis zehn Prozent unter der Konkurrenz und hatte deshalb keine Schwierigkeiten, seine Büchsen an den Mann zu bringen. Wie er das machte mit seiner Kalkulation war sein Geheimnis. Die Konkurrenz zerbrach sich darüber die Köpfe. Manchmal wurde gemunkelt, seine Rindfleischkonserven seien auch mit Känguruhfleisch versetzt, aber den Nachweis dafür hatte bisher noch niemand erbringen können. Percy Waller versprach jedem, der es wagte, dieses geschäftsschädigende Gerücht zu verbreiten, eine Klage vor Gericht in Millionenhöhe. Verwitwet, wie Miller, war er noch nicht, sondern seit Jahrzehnten verheiratet mit einem Satan von Weib, das er per Scheidung schon längst in die Wüste geschickt hätte, wenn nicht ausgerechnet sie es gewesen wäre, über die er auf verschlungenen verwandtschaftlichen Wegen an das benötigte Känguruhfleisch herankam, weil sie aus Australien stammte. Sie hatte ihn also, wie man so sagt, ›am Band‹. Sie hätte jederzeit ihm gegenüber das erreichen können, was er anderen androhte: ihn vor den Kadi zu schleppen. Um so mehr freue er sich, erklärte er seinen Freunden oft, auf den Moment seiner Testamentseröffnung nach seinem Tode, wenn seine Gattin erfahren werde, daß ein wesentlicher Teil seines Vermögens nicht ihr verbleiben, sondern eingehen werde in die Stiftung eines Heims für bedürftige Witwer, die den Fesseln ihrer Ehen zu Lebzeiten ihrer Gattinnen nachweisbar nicht hätten entfliehen können.

»Nordpol hin, Südpol her«, sagte Johnny Miller, »wißt ihr, was der Kasten hier längst bräuchte?«

»Was?« fragte Harry White. Er war die Nummer drei der Gesellschaft um den runden Tisch.

»Eine Klimaanlage.«

»Und wer soll die bezahlen?«

»Du zum Beispiel«, grinste Miller.

»Warum ich?« widersprach White. »Warum nicht der Club aus seinem Vermögen? Die Beiträge, die wir entrichten, sind hoch genug.«

Dazu hätte aber laut Statut des Clubs eine sogenannte Vollversammlung aller Mitglieder mit gemeinsamer Beschlußfassung stattfinden müssen, etwas, das äußerst schwer zu bewerkstelligen war. Sattsam gemachte Erfahrungen der Vergangenheit lehrten dies. Eine echte *Voll*versammlung war seit Menschengedenken nicht mehr zustandegekommen, da sich das fortgeschrittene Alter der Mitglieder natürlicherweise ständig mit einem relativ hohen Krankenstand verband.

»Dem Kasten hier«, sagte grinsend der vierte im Bunde, »fehlt's zwar nicht an Vornehmheit, aber an Modernität.« Der Mann hieß klangvoll Nicholas Nicholson und grinste immer; kein Wunder, denn eine enorm große Kundschaft nötigte ihm ihr Geld geradezu auf. Er stellte Pillen und Tropfen her, die der Gesundheit des Menschen dienten – dienen sollten! Daß dies der Fall war, setzte voraus, daß die Leute daran glaubten. Der größte Renner in seinem pharmazeutischen Sortiment war ein ›Nerventonikum auf rein pflanzlicher Basis‹, das paradoxerweise an eine italienische Wurstsorte erinnerte, weil es den Namen ›Mortedalla‹ trug. Menschen mit schlechten Nerven, die es regelmäßig einnahmen, waren davon überzeugt, daß sie noch viel schlechtere Nerven hätten, wenn sie es nicht regelmäßig einnähmen. Auf solcher Basis gedeihen die Umsätze der Heilmittelfabrikanten am besten. Nicholson-Produkte wurden in drei Werken hergestellt, und er besaß drei Töchter, von denen jede eines dieser Werke als Mitgift zu erwarten hatte. Das müsse genügen, fand er, und gedachte mit dem Rest seines Vermögens, das sich angehäuft hatte und immer noch weiter anhäufte, irgendeine Stiftung ins Leben zu rufen, über die er sich noch nicht im klaren war.

Harry White – das wäre noch nachzuholen – nannte nur einen Sohn namens Jack sein eigen. Jack interessierte sich nicht für die Firma seines Vaters, die eine der größten in der Strickwarenbranche war. Jack fuhr Rennen. Dies hatte seinen Erzeuger dazu gebracht, Kontakt mit dem PS-Club herzustellen, auf der Suche nach Wegen, das White-Vermögen nach Jacks vorauszusehendem frühen Ende einem sinnvollen Zweck zuzuführen.

»Verdammte Hitze!« stieß Johnny Miller wieder hervor und winkte dem Kellner, um einen Drink mit Eis zu bestellen. Dieses Beispiel wirkte ansteckend, die drei Freunde Johnnys ahmten es nach.

»Verrückte Welt«, sagte dann Nicholson, der Pharmazeut. »In Europa, habe ich gelesen, schneit's zur Zeit.«

»Wo in Europa?« fragte White.

»In den Bergen.«

»In welchen Bergen?«

»Wieso in welchen?« Nicholson schien erstaunt. »Haben die mehrere?«

Johnny Miller fühlte sich angesprochen.

»In den Alpen«, sagte er. »Ich habe das auch gelesen. Aber in den Tälern regnet's wie verrückt. Der Rhein führt schon gewaltiges Hochwasser.«

»Wer?« fragten Nicholson und Percy Waller, der Konservenfabrikant, gleichzeitig.

»Der Rhein.« Miller blickte in die Gesichter der beiden und entdeckte nur Ignoranz. »Das ist ein Strom in Germany«, setzte er deshalb hinzu. »Ihr seid doch typische Amerikaner.«

»Du etwa nicht?« antwortete, wie immer grinsend, Nicholson.

»Doch – aber kein typischer!«

Nicholson hatte vergessen, daß Miller Einwanderer war, wenn das auch schon lange zurücklag.

»Warum nicht?« fragte er deshalb.

Noch ehe Miller antworten konnte, sagte Waller zu Nicholson: »Weil er in Germany geboren wurde, das weißt du doch.«

Miller nickte.

»Kunststück«, meinte daraufhin Nicholson. »Dann hätte ich das von diesem Fluß auch gewußt.«

Ein neues Clubmitglied tauchte in der Tür des Lesesaales auf – Gregory Ford.

»Hallo, Jungs«, grüßte er und nahm am Tisch der vier Platz.

»Hallo, Greg«, antworteten die anderen im Chor.

»Verdammt heiß heute«, fuhr Greg fort.

»Das kann man sagen«, bestätigte lächelnd Nicholson.

»Dabei schneit's zur Zeit in Europa, habe ich gelesen.«

»Gerade sprachen wir darüber«, sagte White, den anderen das Wort aus dem Mund nehmend.

»Und vom Hochwasser des Rheins«, bemerkte Miller.

Ein Stichwort schien für Gregory Ford gefallen zu sein, das ein überschwengliches Gefühl in ihm aufwallen ließ. Er verdrehte die Augen, blickte himmelwärts, schnalzte mit der Zunge und rief: »Ah, der Rhein – wonderful!«

Das löste Überraschung aus.

»Soll das heißen, daß du den kennst?« fragte Miller.

»Ja.«

»Aus Schulbüchern?«

»Nein.«

»Das hätte mich auch gewundert – woher dann?«

Der Kellner trat an den Tisch, um Fords Bestellung entgegenzunehmen. Als die aufgegeben war, beantwortete Ford grinsend Millers Frage: »Ich wäre in ihm schon beinahe ertrunken.«

»Was du nicht sagst!« stieß Miller hervor. »Ein Schiffsunglück?«

»Nein«, erwiderte Ford mit verstärktem Grinsen, »ein Wein-Unglück. Ich war so blau, daß ich ins Wasser gefallen bin.«

Allgemeines Gelächter.

»Wieviel hattest du denn intus?« fragte dann Miller.

»Ein paar Liter.«

Nicholson mischte sich ein.

»Weiß- oder Rotwein?«

»Liebfrauenmilch.«

»Was?«

Ford grinste und grinste.

»Liebfrauenmilch, außerdem noch ein schönes Quantum Nacktarsch.«

»Was?« Nicholsons Erstaunen wuchs. »Sind das Weiß- oder Rotweinsorten?«

»Hör dir das an!« rief in gepeinigtem Ton Johnny Miller alias Johann Müller, mit erhobenen Armen Gregory Ford anblickend.

Nicholsons Bildungslücken wurden gefüllt. Ford hielt ein kleines Kolleg über Rhein- und Moselweine und stellte dabei imponierende Beschlagenheit unter Beweis, eine Beschlagenheit, mit der er besonders die Verwunderung Millers erregte, so daß ihn dieser schließlich fragte: »Woher hast du denn das alles?«

Gregory Ford erzählte: Er war als Soldat im Zweiten Weltkrieg nach Europa gekommen, hatte die Invasion in der Normandie mitgemacht und kämpfend Frankreich durchquert, war bei einem Gegenstoß der Deutschen sogar kurzfristig in deren Gefangenschaft geraten, aus derselben aber von eigenen Fallschirmjägern wieder befreit worden. Die Kämpfe seines Regiments am Rhein waren besonders schwer gewesen, deshalb hatten damals in ihm für den Strom noch keine Sympathien entstehen können.

Dann aber, nach dem Krieg, hatte sich das rasch geändert. Die Schönheit der Gegend, die Burgen, die romantischen Städtchen, die schmucken Dörfer, die lustigen Leute, besonders natürlich die Mädchen, der Wein, die Bratwürste – alles, alles hatte ihn in seinen Bann geschlagen!

»Deshalb«, schloß Gregory Ford seine Erzählung, »bin ich auch Jahre später, als Zivilist, noch einmal hingefahren.«

»Du bist hingefahren?« wunderte sich scheinbar Johnny Miller, der ihm ganz versunken zugehört hatte.

»Ja«, nickte Ford. »Überrascht dich das? Du bist doch geborener Deutscher?«

»Sogar Rheinländer.«

»Dann wirst du mich verstehen. Wann warst denn du zum letzten mal drüben?«

»Vor...« Miller zögerte. »Vor zweiunddreißig Jahren.«

»Wann?« stieß Ford hervor. Verständnislosigkeit lag in seinem Gesicht.

»Vor zweiunddreißig Jahren«, wiederholte Miller und setzte hinzu: »Als ich ausgewandert bin.«

Ford verstummte. Er blickte Miller mit zweifelnden Augen an. Das könne er nicht glauben, sagte er schließlich.

»Es ist aber so!« erklärte Miller. Seine Miene war dabei unbewegt, doch in seinem Inneren rumorte es. Anscheinend geriet da plötzlich etwas in Bewegung und wollte sich an die Oberfläche kämpfen, etwas, das lange – *zu lange!* – verschüttet gewesen war.

Ford glaubte nun zu begreifen, irrte sich aber.

»Du hast dort niemanden mehr«, sagte er.

»Doch, ein paar Verwandte – wenn sie noch am Leben sind.«

»Habt ihr euch nie geschrieben?«

»Nein.«

»Dann bist du damals im unguten von ihnen geschieden?«

»Nein, auch nicht.«

Eine letzte Möglichkeit fiel Ford ein.

»Waren es politische Gründe für dich?«

»Nein.«

Ford gab auf.

»Was dann?«

Mit einem Schulterzucken antwortete Miller: »Ich wollte Millionär werden. Das schien mir in Deutschland nicht möglich. Es war die Zeit nach dem Krieg; wirtschaftlich lag alles darnieder.«

»Millionär bist du hier ja geworden«, warf White ein.

»Sogar vielfacher«, bekräftigte Waller.

»Gerade deshalb«, sagte Ford zu Miller, »wäre es dir aber ein leichtes gewesen, wieder mal rüberzufahren.«

»Das stimmt«, meinte White.

Miller schwieg, doch in seinem Inneren arbeitete es nach wie vor.

»Was Greg sagt, unterschreibe ich auch«, erklärte Waller.

Nur Nicholson stellte sich auf Millers Seite, indem er – natürlich grinsend – erklärte: »Johnny wird schon wissen, warum er vom ollen, kaputten Europa die Nase voll hat.«

»Habe ich aber nicht!« ließ sich Miller zur Überraschung vernehmen.

»Hast du nicht?« fragte Nicholson erstaunt.

»Nein.«

»Dann erkläre uns, warum du das nicht längst getan hast, was Greg dir empfiehlt.«

Miller sah sie alle vier an.

»Das kann ich euch nicht erklären«, sagte er. Nach einem Weilchen setzte er mit nach innen gekehrtem Blick hinzu: »Ich kann es mir selbst nicht erklären.«

Sein Verhalten gab den anderen zu denken. Sie beobachteten ihn, wie er in sich versunken dasaß, rauchte, die Asche auf den Boden fallen ließ und mit seinen Gedanken weit weg zu sein schien.

»Soll ich euch etwas sagen?« unterbrach Gregory Ford die Stille.

Die anderen – mit Ausnahme von Miller, der ihn gar nicht hörte – sahen ihn an.

Ford fuhr fort: »Johnny fährt nach drüben!«

Das gemeinsame Gelächter, das davon ausgelöst wurde, weckte Miller aus seiner Versunkenheit. Er fragte, ob er einen Witz versäumt habe.

»Ja«, grinste Nicholson.

»Welchen?«

»Greg behauptete – dem Sinne nach –, du hättest in den letzten fünf Minuten deine ganze, jahrzehntelang verlorengegangene Liebe zur alten Heimat in dir wiederentdeckt.«

Erneutes Gelächter.

»Greg«, sagte, davon unbeeindruckt, Miller zu Ford, »ich gratuliere dir zu deiner Menschenkenntnis. Du hast es dir verdient, daß ich dir zwei Kisten Liebfrauenmilch und Nacktarsch mitbringen werde.«

»Das ist ein Wort!« rief Gregory Ford. »Du fährst also?«

»Ja.«

»Wann?«

»Sobald mir das Ergebnis meiner Nachforschungen vorliegen wird.«

»Welcher Nachforschungen?«

»Nach meinen Verwandten«, erwiderte Johnny. »Ob sie noch leben? Wenn ja – wo?«

So rasch und glatt werden in gewissen Kreisen gewichtige Entschlüsse gefaßt, die anderswo jahrelanges Sparen und Darben voraussetzen. Für Millionäre bedeutet eben ein Trip von Amerika nach Europa nicht mehr als für normale Menschen ein Ausflug mit dem Fahrrad von Frankfurt nach Offenbach.

»Die werden dich aber alle schröpfen wollen, Johnny«, warnte Harry White, der Strickwarenhersteller.

»Dazu gehören immer zwei«, sagte Miller, ließ dann jedoch eine kleine Bombe platzen, indem er hinzufügte: »Wenn ich sehe, daß eine kleine Zuwendung nützlich wäre, soll's mir auf ein paar Dollar nicht ankommen.«

»Was nennst du ›ein paar Dollar‹, Johnny?«

»Bis zu einer Million, Harry.«

»Mach keine dummen Witze, Johnny!«

Ausnahmsweise einmal nicht grinsend, pflichtete Nicholson dem Strickwarenhersteller bei, indem er sagte: »Du kommst uns sonst als verarmter Mann zurück, Johnny. ›Das Gift der alten Heimat‹ würde ich das nennen. Vergiß nicht, du bist Mitglied unseres Clubs. Man erwartet von dir noch eine Stiftung, die Amerika zugute kommt.«

»Gut, daß du mich daran erinnerst«, lachte Johnny Miller.

Rheinstadt liegt am Rhein, dort, wo er breiter wird. Es ist keine große Stadt. Etwa neuntausend Einwohner hat sie. Jeder weiß vom anderen, wo ihn der Schuh drückt, ob er im Lotto spielt oder glaubt, das nicht nötig zu haben, ob er in die Kirche geht und für welchen Bundesligaverein er schwärmt.

Die Straßen des Städtchens sind eng und winkelig, mittelalterlich wie in vergilbten Büchern. Im Zentrum steht, wie sich das gehört, auf einem hübschen, vom Verkehr freigehaltenen Platz das Rathaus, in dem ein christdemokratischer Bürgermeister regiert. Von den Stadträten, die glauben – irrtümlich, wie er meint –, ihm ins Handwerk pfuschen zu können, gehören die weitaus meisten auch seiner Partei an. Die Opposition spielt also keine Rolle.

Von der Optik her ist der wahre Beherrscher der Stadt der Rhein, der breit und gewaltig an die flachen Ufer spült und morgens die Nebel über die Häuser schickt. Die Schiffe, die nach Holland oder in umgekehrter Richtung rheinaufwärts ziehen, tief im Wasser liegend, sind den Leuten ein gewohnter Anblick. Einen eigenen Hafen hat das Städtchen natürlich nicht, aber es besteht ein Lokalblatt, das mit drei jungen Reportern bestückt ist und noch druckfeucht meldet, wenn beim Optiker Rimselle nachts eingebrochen wurde oder ein Betrunkener eine leere Flasche aufs Pflaster warf, deren Scherben dem rechten Hinterreifen eines Autos aus Düsseldorf zum Verhängnis wurden. (Warum nicht auch – und sogar schon unmittelbar zuvor – dem rechten Vorderreifen, das pflegt Nachdenklichen ein Rätsel zu bleiben, mit dem sich zu beschäftigen das Lokalblatt leider versäumt.)

Für das Seelenheil der Einwohnerschaft ist eine katholische Stadtpfarrei verantwortlich. Die wenigen Protestanten, die es gibt, bleiben auf Eigeninitiative angewiesen.

Hier in Rheinstadt, in der Beschaulichkeit ungetrübten Bürgertums und noch keineswegs verunsicherter Besinnung auf das Alte und Gute, hatte der zweiundvierzigjährige Paul Müller seine Kunstschmiede aufgebaut. Er war aus Köln zugezogen. Zäh hatte er gegen das Mißtrauen gekämpft, das hier erstmal jedem Fremden entgegengebracht wird, hatte sich mit Beharrlichkeit, Fleiß und Können durchgesetzt und war so in die Gemeinschaft der Rheinstädter hineingewachsen. Sogar seine Frau Erna hatte auch schon Aufnahme in ein bürgerliches Kaffeekränzchen gefunden, sein siebzehnjähriger Sohn Karl war Lehrling im dritten Jahr bei einem Bäckermeister, und der kleine Willi fuhr jeden Morgen nach Xanten auf das Gymnasium, wo er sich in der Quinta mit Latein und Mathematik herumschlug.

Die Kunstschmiede war untergebracht in einer glasüberdachten Halle am Rheinufer auf der Promenade. Das kleine, neue Wohnhaus hatte zwei große Fenster zum Strom hinaus und lag in einem gepflegten, schmucken Garten. Das Ganze ließ erkennen, daß die Familie Müller in geordneten, sauberen Verhältnissen lebte.

Paul Müller stand gerade am Schraubstock und drehte einen Stahlstift, als Erna in die Werkstatt trat, in der Hand einen Brief. Fragend blickte Paul auf und legte das Werkzeug hin.

»Was denn?« brummte er. »Eine Rechnung? Die hätte auch noch Zeit bis nach dem Essen gehabt.«

Erna schüttelte den Kopf.

»Keine Rechnung. Ein Brief aus Amerika.«

»Aus Amerika?« Paul wischte sich die Finger an der Lederschürze ab und streckte die Hand nach dem Brief aus.

Die Angestellten schielten zu ihm herüber und steckten die Köpfe zusammen. Der Alte hat 'nen Brief aus Amerika? Vielleicht ein Auslandsauftrag? Wäre gut für unsere Arbeitsplätze. Wenn ja, muß das ins Lokalblättchen.

Die Tätigkeiten der Angestellten verlangsamten sich. Die Ohren wurden gespitzt. Vielleicht konnte man etwas aufschnappen von dem, was zwischen dem Chef und der Chefin gesprochen wurde.

Paul Müller nahm den Brief und drehte ihn in den Fingern. Eine blaue Marke, Luftpost. Absender: Johnny Miller. Der Name der Straße war kaum zu entziffern, er klang absolut fremd; auf alle Fälle kam der Brief aus Chicago (USA), das konnte man gut lesen.

»Miller«, sagte Paul Müller und zuckte die Schultern. »Kenne ich nicht... muß ein Versehen von der Post sein.«

»Aber nein, Paul, sieh doch.« Erna zeigte auf die Adressenseite des Umschlags. »Herrn Paul Müller, Rheinstadt, Promenade, Bundesrepublik Deutschland.« Ernas Finger wechselte die Richtung, zeigte auf Pauls Brust. »Das bist einwandfrei du! Einen Paul Müller gibt's in der ganzen Stadt keinen zweiten mehr.«

»Hm.« Paul kratzte sich am Kopf und betrachtete immer noch unschlüssig den Brief.

»Mach ihn auf«, drängte Erna, längst ein Opfer ihrer Neugier.

Vorsichtig riß Paul den Umschlag auf. Ein Blatt mit kurzem Text kam zum Vorschein. Die Zeilen waren in deutscher Sprache geschrieben, schmucklos und nüchtern:

Mein lieber Neffe!

Endlich ergibt es sich für mich, einmal nach Europa zu kommen. Als ich vor 32 Jahren auswanderte nach Amerika, warst Du, glaube ich, gerade 10 Jahre alt und hast für den großen Fritz Walter vom 1. FC Kaiserslautern geschwärmt. Ich möchte Dich wiedersehen und auch Deine Familie kennenlernen, die Du inzwischen sicher schon hast. Darauf freue ich mich. Ende September werde ich in Rheinstadt eintreffen. Kann ich eine oder zwei Wochen bei Dir wohnen? Ich hoffe, Du hast nichts dagegen. Viele Grüße

Dein Onkel Johann

»Mensch!« Paul Müller ließ das Blatt sinken und blickte in höchstem Erstaunen seine Frau an, die ihm rasch den Brief aus den Fingern zog, um ihn auch zu lesen. »Der Onkel Johann!« fuhr er fort. »Gibt's denn das?« Er schüttelte den Kopf. »Daß der überhaupt noch lebt!«

Die Arbeit ruhte nun völlig in der Halle. Es wurden nur noch Ohren gespitzt.

Paul Müller lächelte in seiner Erinnerung. Er konnte sich zwar kaum mehr an diesen Onkel erinnern, wußte aber immerhin noch, daß es ein lustiger Mann gewesen war.

Etwas skeptischer blickte Erna drein, als sie die Zeilen gelesen hatte.

»Du hast mir von dem nie etwas erzählt«, sagte sie. »Wer ist denn der?«

»Ein jüngerer Bruder meines Vaters. Wenn er zu Besuch kam, war immer etwas los. Mitgebracht hat er uns allerdings nie etwas, weil er ständig knapp bei Kasse war.«

»Dann werdet ihr nicht gerade begeistert von ihm gewesen sein?«

»Doch, doch, er hat's mit uns Kindern verstanden. Die Erwachsenen freilich...« Paul verstummte.

»Was war da?« fragte Erna leiser. Es war ja nicht nötig, daß jeder alles mithörte, wenn das Gespräch brenzlig zu werden drohte.

Auch Paul senkte seine Stimme.

»Er galt als das Schwarze Schaf in der Familie. Der Ausdruck sagte uns Kleinen damals allerdings nicht viel.«

Nun flüsterte Erna nur noch.

»Schwarzes Schaf? Warum?«

Unwillkürlich flüsterte auch Paul nur noch.

»Er hatte von Kindesbeinen an Flausen im Kopf. Er war nicht so wie die anderen, verstehst du? Ein Außenseiter. Den letzten Beweis dafür lieferte er mit seiner Auswanderung.«

»Was hat er denn gemacht?«

»Wie gemacht?«

»Beruflich.«

»Er war Uhrmachergeselle.«

»Auch in Amerika?«

Paul zuckte die Schultern.

»Weiß ich nicht. Er hat nie mehr etwas von sich hören lassen.«

Nie mehr? Das konnte Erna gar nicht recht glauben.

»Vielleicht ist es dir entgangen, daß er doch ein paarmal geschrieben hat?« sagte sie.

»Kann sein.«

»Oder du weißt das heute nicht mehr, nach so langer Zeit.«

»Auch möglich.« Paul rieb sich die Nase. »Jedenfalls geriet er, wie das so geht, bei uns rasch in Vergessenheit. Es wurde nicht mehr über ihn gesprochen.«

Eine kurze Pause entstand. Erna blickte auf das Schreiben, das sie immer noch in der Hand hielt. Ein leichter Vorwurf schwang in ihrer Stimme, als sie sagte: »Johann heißt er nicht mehr... Müller auch nicht.«

»Das ist doch klar«, meinte Paul. »Der ist heute durch und durch Amerikaner.«

»Er will bei uns wohnen«, sagte Erna nicht gerade begeistert.

»Was denn sonst!«

»Besonders weit scheint er es nicht gebracht zu haben.«

»Wieso?«

»Weil er sich sonst ein Hotel leisten könnte.«

Damit hat sie recht, dachte Paul. Oder er könnte sich eines leisten, ist aber zu geizig dazu. In drei Jahrzehnten ändert sich ein Mensch oft gewaltig. Jedenfalls können wir ihm seinen Wunsch nicht abschlagen.

»Es sind ja nur ein paar Tage, Erna. Platz haben wir genug für ihn.«

»Darum geht's nicht, Paul. Kopfzerbrechen macht mir ein ganz anderes Problem.«

»Welches?«

»Er wird unsere Kost nicht mehr gewöhnt sein, und wir müssen ihn doch verpflegen.«

»Wir werden mit ihm essen gehen.«

»Im Lokal bekommt er auch nichts Amerikanisches.«

»Steaks kriegt er überall.«

»Und wenn ihm die zu teuer sind?« antwortete Erna,

die nicht aufhörte, aus dem Ganzen ein Problem zu machen.

»Dann lade ich ihn ein.«

»Und was erreichst du damit? Daß er darin eine Verpflichtung sieht, sich zu revanchieren.«

Nun verdrehte Paul die Augen.

»Erna«, sagte er, »mach dich nicht verrückt, wir –«

»Weißt du was?« unterbrach sie ihn.

»Was?«

»Ich werde doch kochen!« sagte sie entschlossen.

Diese Frauen! dachte er. (Ehrlich gesagt, dachte er: Diese Weiber!) Warum nicht gleich?

»Dazu brauche ich ein amerikanisches Kochbuch«, fuhr Erna fort. »Aber woher?«

Das wisse er auch nicht, meinte Paul und war geneigt, sich an den Kopf zu greifen, als er Erna sagen hörte: »Schlimmstenfalls von der amerikanischen Botschaft in Bonn.«

»Großer Gott!« rief Paul aus. »Das kann ja heiter werden!«

Am gleichen Tag war auch in Bochum ein Luftpostbrief eingetroffen. Dort wohnte die vierzig Jahre alte, etwas vertrocknete, von Ischias geplagte Emma Kerbel, hockte in zwei Zimmern und nähte für bessere Damen schöne Kleider. Es war ein mühsames Gewerbe, seit das von Jahr zu Jahr bessere Angebot an Konfektionskleidung in den Kaufhäusern dem ganzen Berufsstand der Schneider und Schneiderinnen das Wasser bald völlig abzugraben drohte.

Emma Kerbel kannte keinen Johnny Miller aus Amerika, freute sich trotzdem über den Brief, verband ihn mit einer leisen Hoffnung, obwohl sie nicht den geringsten Grund dazu ersehen konnte, und steckte dann den Umschlag so an den Spiegel, daß die Aufschrift und die Briefmarke gut zu lesen waren.

Ja, ein Verwandter komme sie besuchen, einer aus Amerika, sagte sie zu Kundinnen, die den Brief am Spiegel entdeckten und sich nicht scheuten, neugierige Fragen zu stellen.

Amerikanische Verwandte waren für Europäer schon immer mit Vorstellungen von Reichtum und Überfluß verbunden. Das hat sich bis zum heutigen Tag nicht geändert, obwohl das Fernsehen inzwischen ständig Sendungen bringt mit der Überschrift ›Armut in den USA‹.

Emma Kerbel wurde nicht nur einmal gefragt, ob ihr Verwandter Millionär sei.

»Sicher«, antwortete sie dann, und das hatte zur Folge, daß sie plötzlich gerade von hochnäsigen, schikanösen Kundinnen mit etwas mehr Achtung behandelt wurde. Einmal erschien sogar der Ehemann eines solchen Weibes, betrachtete den Brief und sagte mit warmer Stimme zu der kleinen Näherin: »Bitte, lassen Sie es uns wissen, wenn der Herr kommt. Ich würde gern mit ihm bekannt werden, da ich mich für alles Amerikanische interessiere. Glauben Sie, daß ich ihn in mein Haus einladen könnte, zusammen mit Ihnen natürlich? Übrigens, daß ich nicht vergesse, in Zukunft können Sie auch meine beiden Töchter zu Ihren Kundinnen zählen; ich werde das veranlassen.«

Der Mann war Schrotthändler. Die Kapitaldecke, über die er verfügte, hatte dringend eine ›Spritze‹ nötig; daher sein Interesse für alles Amerikanische.

Der Metzgermeister Josef Müller aus Köln-Nippes hieb sein Beil tief in den Hauklotz und schob die Mütze ins Genick. Er schüttelte den Kopf und las den Brief mehrmals durch.

»Dä Johann!« rief er so laut, daß seine zwei Lehrjungen erschreckt herumfuhren. »Dat is ja doll!«

Er schwenkte den Brief und trat an die Wurstmaschine.

»Weißte, wer nächste Mond kütt?« fragte er den Gesellen, der die Maschine bediente. »Minge Broder aus Amerika! Dat verschollene Jüngche! Dä Lümmel, den menge Vatter us dem Hus jeworfe hätt! Nä, wat et nit all jitt!« Er lachte und schaute auf den Kalender. »Noch vier Woche! Wat ich mich freue! Dä Johann! Und Johnny heißt er jetzt! Johnny Miller! Ich lach' mich kaputt!«

Der Geselle grinste pflichtgemäß auch, obwohl es ihm völlig egal war, wer da aus Amerika kam oder nicht kam. Ihn interessierte nur eines: daß am nächsten Sonnabend der VfB Stuttgart ins Müngersdorfer Stadion kam – natürlich, um zu verlieren! (Und vielleicht hätte ihn auch noch ein bißchen interessiert, daß bei seiner derzeitigen ›Flamme‹ die Periode ausgeblieben war. Das mußte ihm aber erst noch mitgeteilt werden. Mit Mariechen – so hieß die Dame – traf er sich erst in zwei Tagen wieder.)

»Wo liegt Chicago, wer weiß dat?« fragte Josef Müller, in die Runde blickend.

Allgemeines Schweigen antwortete ihm. Er selbst wußte es auch nicht.

»Wat seid ihr Ochsen!« sagte er zur Belegschaft und riß sein Beil aus dem Hauklotz, um die Arbeit fortzusetzen.

Enorm war die Wirkung des Briefes auf dem Gut Waldfels.

Daß ein leibhaftiger Baron in die Familie Müller eingedrungen war, wurde allgemein als Irrtum der Natur angesehen. Inge Müller, die Schwester Johnny Millers, hatte auf einem ländlichen Fest den damals schon angeschlagenen Baron von Chowelitz kennengelernt und als kluges Mädchen unter Einsatz ihres ganzen Körpers die Fäden gesponnen, bis der Herr Baron eingesponnen war und zu allem Ja und Amen gesagt hatte. So war aus Inge Müller eine Baronin geworden, sie hatte ein Kind bekommen, den jungen Baron Huldrich von Chowelitz, hatte ihren Mann um zehn Jahre überlebt und war schließlich an dem Ärger gestorben, den ihr der damals noch halbwüchsige Huldrich schon systematisch zugefügt hatte.

Huldrich von Chowelitz hatte den Namen Johnny Miller im Rahmen seiner gemischten Familie nie gehört. Er hatte sich von den einfachen Müllers abgesondert, ein freiherrliches Leben geführt und das Gut seines Vaters an den Rand des Ruins gebracht. Diese Leistung imponierte ihm sogar noch irgendwie. Seine Lage war so, daß fast an jedem Tag sein Verwalter ihm empfehlen zu müssen glaubte, den Konkurs anzumelden. In der Hoffnung auf eine reiche Heirat verschob er aber das immer wieder und häufte seine Schulden Tag für Tag zu einem noch höheren Berg an, da das Wort ›Einschränkung‹ in seinem Sprachschatz fehlte. Das Nachbarsgut, das der schönen Baroneß Evy von Eibenhain gehörte, stach ihm in die Augen und ermunterte ihn dazu, unverdrossen den Erfordernissen eines standesgemäßen Lebens zu erliegen.

Huldrich war der Typ des modernen Playboys. Er trug Kleidung aus feinstem Leder, bis zum Nabel aufgeknöpfte Hemden, goldene Armreife und Halsketten, beherrschte die neuesten Tänze, hatte geweint, als Louis Armstrong gestorben war, hatte aber noch nie einen Gedanken an Mozarts unbekanntes Armengrab verschwendet, konnte jeden Drink im Schlaf mixen und verstand es, mit seiner Fahrweise innerhalb von zwei Jahren aus jedem rassigen Sportwagen ein müdes Gefährt für Rentner zu machen. Geistige Qualitäten betrachtete er als Luxus für ›Eierköpfe‹, über die man sich lustig machte. Von der Landwirtschaft verstand er soviel, daß aus saurer Milch Käse entsteht, und den Schweinestall betrat er nur, um eine

Sau zum Verkauf auszuwählen und sich dadurch für einige Tage neuen Auftrieb für sein Barleben zu verschaffen.

Der Brief Johnny Millers schlug bei ihm wie eine Bombe ein – aber nicht wie eine Bombe der Zerstörung, sondern der Sanierung. Huldrichs Herz machte einen Hüpfer, sein Gehirn schlug einen Salto.

Onkel Johnny aus Amerika! Das bedeutete Geld! Blanke, harte Dollars auf den alten Eichentisch derer von Chowelitz! Rettung vor dem Ruin! Bewahrung vor dem Ersaufen! Der Strohhalm, an den sich Verlorene klammern...

Huldrich rieb sich die Hände. Seine Freude war ehrlich und überschäumend. Im Taumel seines Glücks eilte er ans Telefon und rief die Baroneß von Eibenhain an.

»Evy«, sprudelte er hervor, »was glaubst du, was passiert ist? Das ahnst du nicht. Rate mal.«

»Was denn?«

»Wir heiraten.«

Das kannte die gute Evy. Damit lag er ihr dauernd in den Ohren.

»Nein, Huldrich!«

»Das sagst du, wie immer, weil du dich nicht ruinieren willst.«

»Ja.«

»Du wirst dich aber damit nicht ruinieren, keinesfalls! Ganz im Gegenteil!«

Evy seufzte.

»Huldrich«, sagte sie, »du hältst mich von der Arbeit ab, ich sticke gerade ein Deckchen für Tante Eugenie, weißt du –«

»Johnny Miller kommt«, unterbrach er sie.

Das erinnerte sie natürlich an Whisky.

»Hast du getrunken, Huldrich?«

»Nein.«

»Welcher Johnny soll kommen?«

»Johnny Miller – Johnny Miller aus Chicago.«

Evy schwieg.

»Habe ich dir von dem nie erzählt?« fragte Huldrich.

»Nie.«

»Johnny bedeutet auf deutsch Johann, und Miller bedeutet Müller!«

»So?«

»Klingelt es da nicht bei dir?«

»Nein.«

»Ich habe dir doch gesagt, daß meine Mutter eine bürgerliche Inge Müller war.«

»Das hast du mir zwar nie gesagt«, antwortete Evy ironisch, »aber ich weiß es.«

»Johnny Miller – beziehungsweise Johann Müller – ein Bruder von ihr.«

»Was?« stieß Evy hervor.

»Ja«, sagte Huldrich, »ich spreche die ganze Zeit schon von meinem Onkel, verstehst du mich nun?«

»Der ist mir allerdings neu«, spöttelte Evy. »Ich hielt dich immer für onkellos.«

»Er ist in seiner Jugend ausgewandert.«

»Und jetzt will er dich, wenn ich das richtig sehe, besuchen?«

»Ja«, entgegnete Huldrich und legte los: »Sein Brief kam heute, soeben. Die Nachricht hat mich fast umgeworfen. Lache nicht, ich bin heute morgen schon einem Schornsteinfeger begegnet. Das bedeutet, wie du weißt, Glück. Deshalb bin ich auch davon überzeugt, daß dieser Mensch in Amerika Karriere gemacht hat. Wenn nicht, würde er sich hier nicht mehr blicken lassen, das ist doch klar. Für solche Leute bedeutet eine Million gar nichts. Leider kann ich ihn nicht adoptieren, dazu müßte umgekehrt er mein Neffe und ich sein Onkel sein. Dann wäre alles ganz einfach. Das wird doch heute laufend gemacht, aus finanziellen Gründen. Aber ich werde ihn mir auch so zurechtbiegen. Schließlich stellt es für einen einfachen Mann aus dem Volk auch heute noch eine Ehre dar, wenn ihm – wie soll ich sagen? – ein Adeliger die Hand reicht. Du verstehst mich, meine liebe Evy, von unserer Warte aus, nicht wahr? Gerade in Amerika ist man dafür besonders empfänglich. Sicher hat er davon etwas mitbekommen in den Jahrzehnten, in denen er drüben war. Wenn nicht, soll ihn der Teufel holen. Aber ich bin da ganz zuversichtlich. Vielleicht sollte es nötig werden, daß auch du dich noch ein bißchen einschaltest, du weißt schon wie. Mit den berühmten Waffen einer Frau. Jetzt muß ich aber Schluß machen. Was glaubst du, was ich hier gerade jetzt noch alles sofort in die Wege leiten muß. Onkel Johnny soll doch von den Socken sein, wenn er erscheint auf Waldfels. Mach's gut, Evy. Küßchen von mir. Von dir auch, bitte. Ganz lieb – danke! Bye, bye!«

An diesem Tage ging Huldrich von Chowelitz zum erstenmal durch alle Räume und Ställe seines Gutes mit prüfenden Augen. Er sah die bröckelnden Wände, die verwahrlosten Scheunen, all die Anzeichen des Zerfalls auf seinem Ahnensitz. Und er bestellte Handwerker, die das Gut in wenigen Wochen wieder in Schwung bringen und ihm Glanz verleihen sollten.

»Das ist das Ende!« schrie der Verwalter, jeden Respekt außer acht lassend, und warf die Rechnungsbücher hin. »Fünfzigtausend Mark Reparaturkosten! Zwanzigtausend Mark für neues Vieh! Dreiundvierzigtausend Mark für eine Scheune, die wir gar nicht brauchen! Sind Sie denn ganz von Sinnen, Herr Baron? Das ist wirklich das Ende, der absolute Ruin! Wer soll das bezahlen?«

»Der Onkel aus Amerika!« lachte Huldrich. »Bald kommt er. Ein Millionär, mein Bester. Erbonkel! Machen Sie alle Tore auf, wenn es draußen hupt. Unser Blutspender will dann einfahren.«

Johnny Miller ahnte nichts von seinem Glück auf Waldfels, als er in Hamburg von Bord des Schiffes ging, auf dem er die Reise über den Ozean angetreten hatte. Aufs Flugzeug hatte er verzichtet, es eilte ihm ja nicht. Außerdem bot ihm das Schiff die Möglichkeit, seinen eigenen schweren Wagen, an den er gewöhnt war, mitzubringen. Daß dieser Transport allerhand kostete, spielte keine Rolle. Johnny Miller hätte sich noch ganz andere Eskapaden leisten können. Das wußten auch die Stewards auf dem Schiff, die um ihn weit mehr herumsprangen als um einen abgehalfterten Balkankönig im Exil, der ein paar Kabinen neben der von Miller die gleiche Reise unternahm.

Den Wagen ließ Miller in Hamburg in einer Großgarage stehen. Da er, wie gesagt, Zeit hatte, bummelte er erst einmal drei Tage durch die Stadt, fuhr abends natürlich auch nach St. Pauli, war davon enttäuscht und sah ein, daß er für so etwas wohl schon zu alt war. Am eindrucksvollsten fand er eine Schlägerei auf offener Straße zwischen drei amerikanischen Soldaten, die sich um eine Farbige prügelten, genauer gesagt: um die Reihenfolge bei ihr. Dazu hätte ich aber nicht hierherkommen müssen, dachte Johnny Miller, das wird einem nicht weniger echt in Chicago geboten.

Am vierten Tag bestieg er einen Zug, der ihn von der Küste ins Innere Deutschlands brachte. Das Wetter war gut, die Sonne schien. Die Mitreisenden – es gab nur wenige, die Waggons waren fast leer – lasen Zeitung oder schliefen, die Köpfe an die Wand gelehnt. Anders Johnny Miller. Er saß am Fenster und konnte die Augen nicht lassen von den Bildern, die an ihm vorüberzogen. Old Germany, das alte Deutschland, fing nun erst richtig an, sich ihm wieder zu erschließen. Die weiten, saftigen Wiesen, auf denen Kühe weideten, die sauberen Dörfer, die sich um ihre Kirchen gruppierten, die Wälder, die Flüsse, das ganze Land nahm einen Mann, der zurückgekehrt war, in Empfang und zog ihn an sich. Das Herz wurde ihm weit. Der trunkene Blick Johnny Millers übersah die dürren Äste, die von kranken oder schon toten Bäumen in den Himmel gereckt wurden; ihm entging auch, daß nur noch wenige Fische im Wasser der Flüsse ums Überleben kämpften.

Das Ziel war Rheinstadt. Die Kunstschmiede Paul Müller.

Der Onkel aus Amerika las den Bericht durch, den ihm die von ihm beauftragte Auskunftei geschickt hatte: ›Ehrlich, fleißig, in geordneten Verhältnissen. Ein geachteter Mann. Verheiratet, zwei Söhne.‹

Alles in Ordnung, dachte Johnny Miller. Für wen werden die Söhne heute schwärmen? Für Karl-Heinz Rummenigge? Von dem waren die Zeitungen voll, die es in Hamburg zu kaufen gab...

Erna Müller hatte an diesem Tag einen mächtigen Truthahn gebraten. Truthahn sei das amerikanische Nationalgericht, hatte sie in Erfahrung gebracht. Mit Truthahn komme man bei einem Amerikaner immer gut an.

Dazu stand auf dem Speiseplan: Mais, Preiselbeeren, eine Fülle nach amerikanischem Rezept, Salate, normale deutsche Salzkartoffeln. (Die süßen Kartoffeln, mit denen Erna den amerikanischen Geschmack hätte treffen können, waren nirgends aufzutreiben gewesen.)

Das Telegramm mit der genauen Ankunftszeit Onkel Johanns lag im Büro. Die Aufgabe, ihn am Bahnhof abzuholen, traf natürlich Paul, den Familienvorstand. Erna betrachtete sich als unabkömmlich. Sie wollte ihre Küche, in der es brutzelte und verführerisch roch, keinen Augenblick unbeaufsichtigt lassen.

Daß der Onkel mit dem Zug ankam, war für die beiden

Söhne schon eine große Enttäuschung. Zumindest hätten sie ihm einen Mittelklassewagen zugetraut.

Von weitem hörte man den Zug in den kleinen Bahnhof einrollen. Mutter Erna und ihre Söhne standen auf der Steinterrasse vor dem Haus und blickten gespannt auf die Straße, an deren Ecke in wenigen Augenblicken Vater Paul und Onkel Johann aus Amerika auftauchen mußten.

Und da waren die beiden auch schon. Einen halben Schritt voraus schritt Paul, der den Weg kannte und auf seine Familie zeigte. Der Onkel stolperte, er war begeistert von allem Kleinstädtischen und blieb vor lauter Schauen ein bißchen hinter Paul zurück.

»Das sind sie«, sagte Paul.

»Sehen gesund aus, alle drei«, meinte Onkel Johann vergnügt.

Als er, zusammen mit Paul, die Terrasse erreichte, trat ihm Erna mit hochrotem Kopf entgegen und gab ihm die Hand, die er herzhaft schüttelte.

»Schön, daß Sie da sind«, sagte Erna.

Erna war eine hübsche Frau, etwas mollig, aber das stand ihr gut, jedenfalls in Johnny Millers Augen, der es gern hatte, wenn, wie er sich auszudrücken pflegte, ›etwas Fleisch auf den Knochen war‹.

»Das ist also deine Perle«, sagte er zu Paul. »Sie gefällt mir.« Er seufzte. »Leider hat sie einen Fehler...«

Erna wurde rasch noch röter.

»...sie mag mich nicht«, schloß Johnny.

»Doch, doch!« beteuerte Paul.

»Warum sagt sie dann nicht ›du‹ zu mir?«

Der Fehler wurde unter allgemeinem Gelächter umgehend behoben.

Dann zeigte Johnny auf die Söhne, wobei er sagte: »Und das ist also euer Nachwuchs?«

Der Ältere gab ihm die Hand. »Ich bin Karl...«

»Und ich Willi«, schloß sich der Jüngere an.

Johnny lächelte, betrachtete das Brüderpaar. Erna ärgerte sich, daß sie sich tags zuvor nicht hatte durchsetzen können, als sie sich darum bemüht hatte, die beiden zum Friseur zu schicken.

»Boys«, sagte Onkel Johnny, »ihr seht meine Hände leer, ich habe euch nichts mitgebracht, aber ich hatte eine andere Idee: Wollt ihr mit mir am kommenden Samstag nach München fahren?«

Die Augen der Jungs leuchteten auf.

»Ja!« riefen beide wie aus einem Munde.

»Ihr wißt, was da los ist?«

»Der HSV kommt zu Bayern!«

»Wer gewinnt?«

Mit der Einigkeit des Brüderpaares war's vorbei.

»Bayern!« rief Karl.

»Der HSV!« widersprach Willi.

»Du Idiot!« meinte Karl.

»Du Narr!« reagierte Willi.

»Du hast doch keine Ahnung mit deinen lächerlichen Hamburgern!«

»Und du keine mit deinen beschissenen Bayern!«

»Willi!« rief erzürnt Mutter Erna dazwischen. »Bist du sofort ruhig!«

»Und du auch, Karl!« schloß sich Paul an, allerdings weit weniger erregt als seine Frau, denn er konnte einen solchen Streit durchaus verstehen.

Johnny Miller aus Amerika grinste und sagte: »Ich tippe auf Unentschieden.«

Nur zu gern hätten ihm da die zwei Knaben – jeder von seiner Warte aus – entgegengehalten, daß auch er keine Ahnung habe, aber dazu kam's nicht mehr, weil sie von Paul zum Bahnhof geschickt wurden, um das Gepäck des Onkels zu holen. Die Erwachsenen blickten ihnen nach. Lebhaften Gesten der beiden war zu entnehmen, daß der

Streit zwischen ihnen wieder aufgeflammt war. In einem waren sie sich jedoch einig: Onkel Johnny hatte ihre Herzen im Sturm erobert.

»Gehen wir hinein?« sagte Erna auf der Terrasse.

Johnny blickte noch einmal um sich.

»Nett habt ihr's hier! Wirklich nett!« Er nickte dazu. »Werkstatt direkt nebenan, schöne Aussicht auf den Rhein.« Er dehnte den breiten Brustkorb und schlug dann in die Hände. »Kinder, hab' ich einen Hunger!«

Man trat in das Haus, wo ihnen ein herrlicher Duft nach Gebratenem entgegenschlug. Johnny blieb stehen, schnupperte, blickte Erna an.

»Truthahn?«

»Ja.«

»Doch nicht mir zu Ehren?«

»Sicher«, lächelte Erna.

Johnny schüttelte den Kopf, nahm sie am Ellenbogen.

»Erna«, sagte er, »das habe ich nicht erwartet, ihr –«

»Du hast doch Hunger«, unterbrach sie ihn lächelnd.

»Damit habe ich wohl etwas Falsches gesagt«, antwortete er. »Mir schwebte ein kleiner Imbiß vor... der Zug hatte keinen Speisewagen, weißt du – aber ich dachte doch nicht an Truthahn!«

»Komm«, lächelte Erna, »red nicht. Wir wußten, wann du kommst. Um diese Zeit gibt's in einem anständigen Haus Mittagessen und nicht einen kleinen Imbiß. Okay?«

»Okay sagt sie«, antwortete er, Paul angrinsend. »Ich fühle mich wie zu Hause...«

»Das sagen hier schon alle«, meinte Paul. »Das kommt von den amerikanischen und englischen Soldaten, mit denen die Bevölkerung Kontakt hat.«

Sie setzten sich an den Tisch und warteten nur noch, bis Karl und Willi mit dem Gepäck vom Bahnhof zurückkamen. Dann wurde gespeist. Ernas Kochkünste ernteten das volle Lob des Gastes. Trotzdem gelang es Johnny nicht, eine leise Spur von Enttäuschung zu unterdrücken. Irgend etwas schien doch nicht so ganz nach seinem Geschmack zu sein. Mit dem feinen Empfindungsvermögen einer Frau spürte Erna das. Waren ihm die Preiselbeeren zu herb? Die Fülle zu schlicht? Die Maiskörner nicht weich genug? Die Kartoffeln –

Ja, die Kartoffeln, sagte sich Erna, die müssen's sein! Er hätte gerne süße gehabt, amerikanische. Aber die gibt's hier nicht.

Johnny Miller schien sich jedoch gerade an den schlichten deutschen Salzkartoffeln nicht sattessen zu können. Ihnen sprach er am meisten zu.

Nein, erkannte Erna, es muß doch der Mais sein. Oder die Fülle – wenn nicht das Preiselbeerkompott.

Nach dem Essen blieben die Männer allein am Tisch sitzen, da sich die Söhne empfahlen, um Freunde zu treffen, und Erna sich in der Küche um den Abwasch kümmerte. Bald erhoben sich auch Paul und Johnny und gingen hinüber ins Herrenzimmer, wo Paul sich eine Zigarette und Johnny eine seiner dicken Zigarren ansteckte. Nachdem jeder mit ein paar ersten Zügen seiner Leidenschaft gefrönt hatte, sagte Paul: »Weißt du, was mich sehr überrascht hat von dir?«

»Was?«

»Dein Interesse an unserem Fußball. In Amerika kennt man doch diesen Sport nicht?«

»Nein, leider nicht. In letzter Zeit laufen allerdings Versuche, ihn auch bei uns heimisch zu machen, aber ob man damit Erfolg haben wird, bezweifle ich. Die Brasilianer haben uns zwar ihren Pélé geschickt –«

»Und wir euch unseren Beckenbauer«, fiel Paul ein.

»– und noch einige andere«, ergänzte Johnny nickend. »Aber die wollen doch alle nur noch einmal absahnen am Ende ihrer Laufbahn. Das weiß das Publikum in den Staaten und reagiert darauf zurückhaltend. Die Leute wollen Höchstleistungen sehen für ihr Geld, gerade bei uns in Amerika, wo im Sport dauernd die Weltrekorde purzeln: Deshalb glaube ich nicht, daß der europäische oder südamerikanische Fußball auf die Dauer in den USA richtig Fuß fassen wird.« Johnny zuckte die Achseln. »Schade! Ich hätte es mir sehr gewünscht. Fußball war und ist und bleibt für mich der schönste Sport. Ich habe Jahrzehnte vom Fußball geträumt, und als ich jetzt in Hamburg an Land ging, stürzte ich mich als erstes auf die Fußballberichte in der Presse.«

»Dann kann ich dir ja sagen, daß ich auch ein unheilbarer Fan bin.«

»Deine Boys, scheint mir, ebenfalls.«

»Ja«, grinste Paul. »Du hast ja gesehen, wie dein Scherz bei ihnen ankam.«

»Welcher Scherz?«

»Der mit München.«

Johnny blickte Paul an.

»Das war kein Scherz.«

»Du wirst doch nicht sagen«, meinte Paul ungläubig, »daß du mit denen in der Tat diese Fahrt machen willst?«

»Aber selbstverständlich!«

»Das sind siebenhundert Kilometer – oder sogar noch mehr!«

»Ein Katzensprung!«

»Für einen Amerikaner vielleicht – aber nicht für uns!«

»Wie lange fährt die Bahn?«

»Zehn Stunden hin, zehn zurück. Mindestens!«

»Dann fliegen wir.«

»Um Gottes willen!« rief Paul mit abwehrend ausgestreckten Händen. »Laß das nicht bei denen verlauten, sonst drehen sie uns durch. Es wird schwer genug sein, ihnen die Reise auszureden.«

Onkel Johanns Gesicht wurde daraufhin ernst.

»Paul«, meinte er, »da gibt es nichts auszureden. Es wird gefahren! Es sei denn«, setzte er hinzu, »du möchtest es den Boys verbieten.«

»Natürlich will ich das nicht, Onkel Johann, wenn es wirklich dein Ernst ist.«

»Das ist es wirklich, Paul.«

Paul dachte kurz nach, seufzte dann.

»Aber wie sagen wir das Erna, Onkel Johann?«

»Will die es ihnen verbieten?«

»Nein, sicher auch nicht«, erwiderte Paul. »Aber ihr gerät doch das ganze Küchenprogramm durcheinander.«

»Küchenprogramm?«

»Sie hat alles so vorbereitet, daß du dich fühlst wie zu Hause. Du sollst essen, wie du es gewöhnt bist: amerikanisch, jeden Tag anders. In München wird das nicht möglich sein, hier in den Lokalen natürlich auch nicht. Sie will dich deshalb entsprechend bekochen, jeden Tag, den du hier bist, hat sie sich vorgenommen.«

Johnny Miller riß die Augen auf, er staunte schweigend.

»Sie hat sich ein amerikanisches Kochbuch besorgt«, fuhr Paul fort. »Über eure Botschaft in Bonn. Sie hat denen geschrieben, und stell dir vor, die haben reagiert. Ich hatte das überhaupt nicht geglaubt. Aber Respekt, die haben gleich geantwortet! Sehr freundliche Leute, muß ich sagen.«

Johnny staunte immer noch. »*Was* hat die?« fragte er. »Sich ein *amerikanisches Kochbuch* besorgt?«

»Ja.«

Eine Erkenntnis tat sich Johnny auf.

»Daher der Truthahn«, nickte er.

»Er hat dir doch geschmeckt, Onkel Johann? Oder hast du das nur so gesagt?«

»Er war hervorragend – echt amerikanisch!« grinste Johnny.

»Das freut mich.«

»Alles war hervorragend.«

»Erna kommt aus Baden, weißt du. Dort kann man fantastisch kochen.«

»Soll ich dir sagen, was mir am allerbesten geschmeckt hat?«

»Was denn?«

»Die Kartoffeln.«

»Nein!«

»Doch!«

»Aber –«

Paul brach ab. Wenn das Erna hört, wird sie schwer enttäuscht sein, dachte er. Sie hat sich solche Mühe mit dem Truthahn gemacht. Die Kartoffeln waren doch das allerunwichtigste.

»Kann ich offen mit dir sprechen?« fragte Onkel Johann.

»Selbstverständlich!«

»Weißt du, nach was ich mich Jahrzehnte lang gesehnt habe?«

»Nach was denn?«

»Nach Rheinischer Bratwurst mit Kartoffelbrei.«

»Ehrlich?« rief Paul.

»Und nach Sauerbraten«, fing Johann an aufzuzählen. »Und nach Reibekuchen und nach Grünkohleintopf und nach Kassler mit Sauerkraut oder Erbsenbrei und nach –«

»Hör auf!« lachte Paul. »Die Palette kenne ich! Gibt's denn das alles bei euch drüben nicht?«

»Nein!«

»Auch nicht in deutschen Lokalen?«

»In denen schon, und ich hab's auch immer wieder mal probiert, aber das ist nicht das Wahre, glaub mir, ich weiß auch nicht, warum. Irgendwie schaffen die das nicht.«

Paul blickte in die Richtung, wo im Haus die Küche lag, und mußte noch einmal lachen.

»Die größte Überraschung«, erklärte er, »wird das für Erna sein.«

»Du meinst, daß wir es ihr auch sagen können?«

»Aber klar!«

»Und wenn sie vielleicht beleidigt ist?«

»Warum beleidigt?«

»Weil ihre Bemühungen nicht so gewürdigt werden, wie sie sich das vielleicht vorgestellt hat.«

»Ach was.« Paul winkte mit der Hand. »Das wäre ja dumm von ihr. Nee, nee, Onkel Johann, keine Angst, die wird genauso lachen wie ich, verlaß dich drauf...«

Und so war es auch. Erna lachte Tränen, als sie aufgeklärt wurde, brachte das amerikanische Kochbuch herbei, um das sie sich bemüht hatte, und sagte: »Der ganze Aufwand umsonst! Wenn das die Frau des amerikanischen Botschafters wüßte!«

»Wieso die Frau des amerikanischen Botschafters?« fragte Onkel Johann.

»Weil das Kochbuch von ihr ist«, erwiderte Erna. »Sie hat es mir selbst geschickt.«

»Wie denn das?« fragte Johann außerordentlich verwundert.

»Meine briefliche Bitte hatte in der Botschaft Ratlosigkeit ausgelöst. Die Herren fragten sich: Woher sollen wir hier in Deutschland rasch ein solches Kochbuch nehmen. Schließlich hörte auch die Frau des Botschafters davon und rief mich an.«

»*Was* tat die?« stieß Johnny Miller alias Johann Müller hervor.

»Sie rief mich an, und wir besprachen den Fall«, antwortete Erna vergnügt. »Sie bat mich sogar, dir von ihr guten Appetit zu wünschen.«

»Konnte sie denn deutsch.«

»Nein – aber ich englisch.«

»Sogar sehr gut«, warf Paul, stolz auf seine Frau, ein. »Sie hat Abitur.«

»Anders hätte ich ja auch mit dem ganzen Kochbuch nichts anfangen können«, lachte Erna.

»Eure Leute«, sagte Paul zu Johann, »sind jedenfalls von einem fantastischen Entgegenkommen. Ich hätte das bis zu diesem Moment nicht für möglich gehalten.«

Onkel Johann grinste.

»Public relations.«

»Was?«

»Öffentlichkeitsarbeit.«

Da Paul immer noch unsicher guckte, erklärte ihm Johann, was damit gemeint war. Man müsse sich zu verkaufen wissen, sagte er, nicht nur als Einzelfigur, sondern auch als Nation. Und das verstehe man anscheinend in der amerikanischen Botschaft sehr gut.

Daß Johanns Ausführungen einen kleinen Schatten auf die Gattin des Botschafters warf, wollte Erna nur ungern einsehen. Viel lieber hätte sie nach wie vor geglaubt, daß die Dame nur tätig geworden war, weil sie einfach von Frau zu Frau hatte nett sein wollen.

»Gibt's für uns alle heute abend Bratwurst?« fragte Paul.

Erna bejahte und schickte sich auch gleich an, den Raum zu verlassen, um das Benötigte in der Metzgerei zu besorgen.

»Einen Moment«, hielt Paul sie zurück. »Wir müssen dir noch etwas sagen...«

Sie blickte ihn fragend an.

»Onkel Johann«, fuhr er fort, »will mit den beiden Jungen tatsächlich nach München fahren.«

Ruhig antwortete Erna: »Das habe ich mir schon gedacht.«

»Ich nicht«, erwiderte Paul.

»Dann müssen die beiden aber vorher noch zum Friseur«, erklärte Erna.

»Du bist also nicht überrascht?«

»Nein«, erwiderte Erna, lächelnd zwischen Paul und Johann hin und her blickend, »denn ich habe von deinem Onkel den Eindruck, daß das, was er sagt, gilt.«

»Recht hat sie!« sagte Johann grinsend zu Paul.

»Er will mit denen sogar fliegen«, teilte Paul seiner Gattin mit und forderte damit ihren Widerspruch heraus.

»Nein!« rief sie spontan.

»Warum nicht?« fragte Johann.

»Ich hätte Angst, daß etwas passiert!«

In dem Disput, der sich entspann, hätte Erna unterliegen müssen. Sie wäre als eine Person aus dem vorigen Jahrhundert dagestanden, wenn nicht Onkel Johann von sich aus gesagt hätte, daß er keinen Grund habe, sich über Erna lustig zu machen, da es besser gewesen wäre, wenn auch seine eigene Frau das Fliegen abgelehnt hätte.

»Du bist verheiratet?« fragte Paul.

»Ich *war* es.« Johanns Miene hatte sich verdüstert. »Meine Frau ist abgestürzt, vor zwölf Jahren, zusammen mit unserer einzigen Tochter.«

»Um Gottes willen!« stieß Erna hervor und fühlte sich echt geschockt, obwohl Onkel Johann erklärte, daß er unter diesem Schicksalsschlag heute nicht mehr leide. Die Zeit heile eben auch die größten seelischen Wunden.

Das Gespräch wurde wieder angenehmer, als Johann entschied: »Zu deiner Beruhigung, Erna: Wir fahren mit der Eisenbahn. Vom Fliegen sagen wir den Boys erst gar nichts.«

»Und ich werde mitkommen«, nickte Paul. »Natürlich auf meine Kosten. Ich will das doch selbst auch mal erleben, wenn die Hamburger von den Bayern einen übergebraten kriegen.«

»Das Spiel endet unentschieden!« sagte Johann mit Nachdruck.

Pauls Ton wurde durchaus geringschätzig, so daß es Erna peinlich war.

»Woher willst denn du das wissen?« sagte Paul.

»Ich habe mich drei Tage lang in Hamburg umgehört. Der HSV verliert auf keinen Fall.«

»Ja, dann«, sagte Paul ironisch. »Wenn du dich drei Tage lang in Hamburg umgehört hast...«

»Dein Sohn Willi hält auch die Bayern für schwächer.«

»Mein Sohn Willi ist ein Idiot! Sieh dir den Karl an, was der sagt!«

Onkel Johann wandte sich an Erna, die mit gemischten Gefühlen zugehört hatte und die erste Gelegenheit wahrnehmen wollte, um zu flüchten.

»Auf wen setzt du, Erna?«

»Ich?!«

»Auf Hamburg oder auf München? Oder glaubst du, wie ich, an ein Unentschieden?«

»Da bist du an der falschen Adresse, Onkel Johann!« rief Paul dazwischen. »Die hat doch überhaupt keine Ahnung!«

»Habe ich auch nicht«, sagte Erna lachend und verließ nun endgültig den Raum, um der Gefahr vorzubeugen, daß dem Metzger die Bratwürste ausgehen würden.

Paul und Johann waren wieder allein. Das Zimmer, in dem sie saßen, war gediegen eingerichtet. Luxus enthielt es keinen, aber nach Armut sah es auch nicht aus. Nach einem Rundblick meinte Johann: »Dir geht es gut?«

»Ja, ich habe mein Auskommen. Geschenkt wird einem natürlich nichts, man muß sich ranhalten. In zwei oder drei Jahren baue ich eine neue, vergrößerte Halle, dann wird es noch besser gehen.«

»Und warum baust du die nicht schon jetzt?«

»Weil ich das nötige Geld noch nicht zusammen habe.

Weißt du, ich habe ganz klein angefangen, Onkel Johann. Als gewöhnlicher Schmied. Damals gab's noch Pferde zum Beschlagen. Es war ein verdammt harter Weg. Aber ich wußte immer, daß ich es schaffen werde. Eine prima Hilfe war mir meine Frau.« Paul senkte die Stimme. »Im Vertrauen, Onkel Johann, daß die mich geheiratet hat, wundert mich eigentlich noch heute. Sie war nämlich im Vergleich zu mir was Besseres, weißt du, und hätte studieren sollen. Ihr Vater war Akademiker und wünschte sich das von ihr. Aber dann hat sie sich für mich entschieden. Ihr Vater wollte daraufhin bis zu seinem Tode von ihr nichts mehr wissen. Nur die Mutter besuchte uns noch heimlich. Inzwischen sind sie beide schon tot. Von Erna hörst du aber trotzdem kein böses Wort über ihren Vater.«

Onkel Johann blickte seinen Neffen an.

»Du hast Glück gehabt, daß du diese Frau gefunden hast, Paul.«

»Das weiß ich«, nickte Paul. »Ich habe, wenn ich zurückblicke, überhaupt immer wieder Glück gehabt. Nur eins klappt nicht...«

»Was denn?« fragte Johann.

»Von den Söhnen interessiert sich keiner für meinen Betrieb. Der Karl ist mit Leib und Seele angehender Konditor. Mit Eisen könne er nichts anfangen, sagt er von sich selbst. Eisen sei ihm geradezu widerlich. Und der Willi gerät seiner Mutter nach; er macht sich sehr gut im Gymnasium.«

»Das kann doch gerade das Richtige sein, Paul.«

»Wieso?«

»Sieh zu, daß er später Betriebswirtschaft studiert und sich so das nötige Rüstzeug verschafft, um deine Firma zu übernehmen.«

»Aber dazu ist der Laden doch viel zu klein«, widersprach Paul.

An die Antwort, die ihm darauf Onkel Johann gab, erinnerte er in späteren Jahren immer wieder.

»Wer sagt denn, daß der so klein bleiben muß, Paul?«

Dann gähnte Onkel Johann und erklärte, daß er sich gerne ein Stündchen aufs Ohr legen würde. Die Reise, das gute Essen Ernas, die neuen Eindrücke, alles zusammen habe ihn doch sehr ermüdet. Er sei eben auch nicht mehr der Jüngste. Paul brachte ihn daraufhin auf sein Zimmer.

Eine Frage hing noch unbeantwortet zwischen den beiden in der Luft, nämlich die nach Johnny Millers Existenz. Johnny schnitt aber nun das Thema selbst an, als er sich aufs Bett setzte und die Schuhe auszog.

»Es wird dich interessieren, was ich in Amerika mache, wovon ich lebe, Paul«, sagte er.

»Ja.«

»Ich verkaufe Uhren.«

Etwas Ähnliches hatte sich Paul schon gedacht.

»Du hast ja Uhrmacher gelernt«, meinte er.

»Richtig«, nickte Onkel Johann. »Aber jetzt repariere ich keine Uhren mehr, sondern verkaufe sie.«

»Bist du zufrieden?«

Mit unbewegter Miene erwiderte Johann: »Einigermaßen.«

Paul ging zur Tür, nachdem er noch gefragt hatte, ob der Onkel noch einen Wunsch habe, und dieser verneint hatte.

»Schlaf gut, Onkel Johann. Willst du geweckt werden?«

»Nicht nötig. Ich werde von selbst wieder rechtzeitig wach sein.«

Erna war vom Metzger längst wieder zurück. Paul fand sie in der Küche und begutachtete die Würste, die sie mitgebracht hatte. Sie waren in Ordnung.

»Das ist schon rum, daß wir Besuch haben«, teilte ihm Erna mit. »Die Leute hätten mir bald die Seele aus dem Leib gefragt.«

»Typisch für unser Nest.«

»Was macht er jetzt?«

»Er schläft.«

»Mich würde interessieren, wovon der in Amerika lebt.«

»Ich weiß es schon«, grinste Paul.

Erna blickte ihn vorwurfsvoll an.

»Du hast ihn doch wohl nicht danach gefragt?«

»Doch!«

»Aber das tut man doch nicht. Es hätte besser ausgesehen, wenn du gewartet hättest, bis er selbst davon angefangen hätte.«

»Also gut«, lachte Paul, »ich habe gewartet, bis er das getan hat.«

»Und?«

»Er besitzt ein Uhrengeschäft.«

»Ein eigenes Geschäft? Hat er das gesagt?«

»Gesagt hat er, daß er Uhren verkauft.«

»Dann kann er auch Vertreter sein.«

»Kann er«, nickte Paul zögernd.

»Vertretungen sind oft ein sehr mühseliges Geschäft«, meinte Erna ernsthaft. »Ich sage das deshalb, weil mir der Gedanke unangenehm wäre, daß sich dein Onkel mit dieser Fahrt nach München vielleicht finanziell übernehmen könnte, nur um unseren Jungen eine Freude zu machen.«

Das glaube er nicht, erklärte Paul.

Erna seufzte und gab ihrer Hoffnung Ausdruck, daß Paul sich nicht irren möge.

In der Redaktion des Lokalblättchens herrschte eine gewisse Aufregung. Einer der jungen Reporter hatte das Brüderpaar Karl und Willi Müller per Zufall aufgegabelt und angeschleppt. Das war so vor sich gegangen: Der Reporter hatte eine Schwester, die so alt war wie Karl Müller und diesen zusammen mit Willi auf der Straße getroffen hatte. Sie hieß Ingrid. Sie war ein hübsches Mädchen und stand auf Karls Liste, wenn er davon träumte, sich in nicht mehr allzu ferner Zeit seiner Jünglingsunschuld zu begeben. Auf dieser Liste standen allerdings auch noch andere, die dafür in Frage kamen.

»Hallo, ihr beiden«, sagte Ingrid, als die drei sich begegneten.

»Hallo, Ingrid.«

»Was macht ihr?«

»Mal sehen, was sich tut«, antwortete naseweis Willi, der Kleinere.

»Ich gehe ein Eis essen«, sagte Karl, der diese Idee erst in diesem Augenblick hatte. »Kommst du mit, Ingrid?«

Ingrid erkannte das Problematische an dieser Idee. Sie nickte hin zu Willi.

»Und was geschieht mit ihm?«

»Ich leiste euch Gesellschaft«, sagte Willi.

»Du hast kein Geld!« erklärte Karl.

»Doch, soviel schon.«

»Kapierst du nicht?«

»Sicher, du hast Angst, mich freihalten zu müssen«, erwiderte Willi. »Aber das brauchst du nicht.«

»Er ist und bleibt ein Idiot«, sagte Karl zu Ingrid. »Das sieht man immer wieder.«

»Vorhin warst *du* der Idiot!« setzte Willi sich zur Wehr.

»Halt's Maul!«

»Habt ihr euch gestritten?« fragte Ingrid.

»Ja, weil er keine Ahnung hat«, erwiderte Karl.

»Von was?«

»Vom Fußball.«

»Wir werden ja an Ort und Stelle sehen, wer in München gewinnt«, ließ sich Willi vernehmen.

Ingrid horchte auf.

»An Ort und Stelle?«

»Wir fahren!« verkündete Willi stolz.

»Wohin?«

»Ins Münchner Olympiastadion zu Bayern – HSV.«

Ingrid blickte Karl an.

»Tatsächlich?«

»Ja«, nickte Karl. »Wir haben Besuch von einem Onkel aus Amerika, der bezahlt das.«

»Es ist sein Mitbringsel für uns«, ergänzte Willi.

Ingrid war beeindruckt.

»Toll!« sagte sie. »Dann muß der ja gut bei Kasse sein?«

»Sicher«, sagten die beiden Brüder wie aus einem Munde, obwohl sie davon ursprünglich durchaus nicht überzeugt gewesen waren.

Karl fuhr fort: »Kommst du jetzt mit auf ein Eis?«

»Nein«, entgegnete Ingrid.

»Warum nicht?«

»Ich muß das erst Harald berichten.«

Harald war ihr Bruder, der junge Reporter beim Lokalblättchen. Und wie der Zufall so spielt – Harald kam in diesem Augenblick um die Ecke. In einer Kleinstadt ist so etwas gar nicht so ungewöhnlich. Willi sah ihn als erster.

»Wenn man den Teufel nennt, kommt er gerennt«, sagte er keck.

»Hallo, Jungens«, begann Harald, der auf dem Weg in die Redaktion war. »Was habt ihr vor mit meiner Schwester? Was auch immer, ihr könntet es bereuen, seid deshalb vorsichtig mit ihr.«

»Karl wollte sie zu einem Eis einladen«, sagte Willi.

»Das wird sie gern akzeptiert haben?«

»Nein«, sagte Karl.

»Warum nicht?«

Karl zögerte mit der Antwort.

»Sie steht nicht auf ihn«, ließ sich an seiner Stelle Willi vernehmen.

»Sie wollte erst mit dir reden, Harald«, sagte nun Karl rasch.

Harald blickte seine Schwester an.

»Worüber?«

Endlich kam auch Ingrid zu Wort. Sie erzählte, was sie von Karl und Willi erfahren hatte. Das sei doch etwas für die Zeitung, schloß sie.

Haralds Entschluß war schon gefaßt.

»Kommt mit, Jungens, ich war ohnehin gerade auf dem Weg zu unserem Laden.«

In der Redaktion wurde dem Chef Bericht erstattet, der daraufhin einen Artikel über die Verschmutzung des Rheins in der nächsten Ausgabe des Blattes zurückgestellte, um Platz zu gewinnen für die Veröffentlichung über Johnny Miller aus Amerika. Ein Foto vom Brüderpaar Karl und Willi wurde geschossen, damit es für die Abonnenten auch etwas zu sehen und nicht nur zu lesen geben würde.

»Was macht euer Onkel in Amerika?« fragte der Chef.

Sowohl Karl als auch Willi zuckten die Schultern.

»Das wißt ihr nicht?«

»Nein«, sagte Karl.

Für den Chefredakteur stand trotzdem das Wesentliche fest.

»In Amerika«, sagte er, »gibt's Millionäre wie Sand am Meer. Die können sich, ohne mit der Wimper zu zucken, solche Ausgaben leisten und tun es auch. Deutsche nicht! Oder hat man schon jemals gehört, daß z. B. einer von Stuttgart nach Braunschweig gekommen ist mit einem solchen Präsent? Ausgeschlossen! Die Schwaben schon gar nicht, die doch für ihre Sparsamkeit bekannt sind. Warum grinsen Sie?«

Diese Frage war an Harald gerichtet, der antwortete: »Weil Sie selber Schwabe sind.«

»Wollen Sie damit in verbrämter Form wieder einmal

Ihrem Wunsch nach Gehaltserhöhung Ausdruck verliehen haben?«

»Ja.«

»Abgelehnt!« sagte der Chef prompt und setzte hinzu: »Die Schreibmaschine wartet auf Ihren Bericht über Mister Johnny Miller. Was stehen Sie hier noch rum und grinsen mich an? In fünfundzwanzig Minuten möchte ich das Ergebnis Ihrer Bemühungen auf meinem Schreibtisch liegen haben.«

In dieser knappen Zeitspanne hätte nicht einmal der unnachahmliche Egon Erwin Kisch, dem man das Attribut ›Rasender Reporter‹ verliehen hatte, etwas Brauchbares zu Papier bringen können. Harald benötigte für sein Werk eineinhalb Stunden, aber dann hatte er es geschafft.

So kam es, daß am nächsten Morgen ein Raunen durch die Stadt ging und sich die Rheinpromenade belebte mit Menschen, die einen Blick in die Fenster des Hauses der Familie Müller werfen wollten. Am heißesten diskutierte die Jugend der Stadt das Ereignis. Einen solchen Onkel wünschte sich jeder.

Erna Müller, die von der Familie als erste in die Zeitung guckte, wechselte die Farbe. Sie trommelte Paul aus dem Bett, der am Abend zuvor zusammen mit Johnny noch ein paar Flaschen Wein geleert hatte und sich deshalb ein Stündchen zusätzlichen Schlafes gönnen wollte. Erna hielt ihm aufrecht die Zeitung unter die Nase und fragte ihn, ob er damit etwas zu tun habe.

»Womit?« brummte er mit schwerem Kopf.

»Lies!« sagte sie, auf den Artikel über Johnny Miller aus Amerika zeigend.

Pauls Blick fiel auf das Foto seiner Söhne.

»Das sind ja Karl und Willi«, erkannte er erstaunt.

»Lies!« wiederholte Erna.

Das war an diesem Morgen gar nicht so einfach für Paul, aber als er es dann doch geschafft hatte und das Blatt sinken ließ, wiederholte Erna ihre Frage, ob er damit etwas zu tun habe.

»Nein«, beteuerte er.

Sie könne nicht glauben, erklärte daraufhin Erna, daß Karl und Willi ihnen das allein eingebrockt hätten.

»Was regst du dich eigentlich so auf?« fragte Paul, nur langsam ganz zu sich kommend.

»Was ich mich so aufrege?« wiederholte Erna erzürnt. »Ist das nicht sonnenklar? Hast du nicht gelesen, was da steht?«

»Doch«, sagte Paul und las die Zeilen noch einmal.

Nun fiel auch ihm auf, daß da von den Millionen des Mister Johnny Miller alias Johann Müller die Rede war.

Erna richtete an ihn die Frage: »Begreifst du, in welcher Situation wir uns befinden? Da steht auch, daß es für Rheinstadt ein Segen wäre, wenn sich ein solcher Mann als ehemaliger Deutscher zu Investitionen in der heimischen Wirtschaft bereit fände. Die Bevölkerung würde ihm dafür immerwährenden Dank schulden.«

»Das würde sie doch auch«, meinte dazu Paul, sich über die Stirn wischend.

»Paul!!«

Er blickte, den Kopf einziehend, seine erboste Gattin an.

»Wieviel habt ihr getrunken?«

Pauls Antwort war nicht präzise.

»Das meiste trank er, Erna.«

»Sicher«, sagte sie ironisch. »Und du hast ihm nur zugeguckt.« Sie riß ihm die Zeitung aus der Hand und fuhr fort: »Mein Gott, was mag er von uns denken! Er muß doch glauben, daß das alles von uns stammt!«

»Wir werden ihm sagen, daß das nicht der Fall ist.«

»Und das Foto von unseren Söhnen, wie willst du ihm das erklären?«

Wegen dieses Fotos benötige er selbst noch eine Erklärung von den beiden, erwiderte er.

Karl und Willi hatten das Haus bereits verlassen. Willi war mit dem Rad in die Schule gefahren, Karl zu seiner Konditorei, in der er das letzte Jahr lernte. Erna hatte erst nach dem Frühstück für die beiden in die Zeitung geguckt. Die haben schon gewußt, warum sie mir nichts gesagt haben, dachte sie nun.

Eine Stunde später kam Onkel Johann von oben herunter ins Erdgeschoß, war vollständig angezogen, schien putzmunter, wünschte Erna einen guten Morgen und fragte sie, wo Paul sei.

»Schon bei der Arbeit«, entgegnete sie. »Warte, ich hole ihn...«

Als sie mit Paul zurückkam, hörten die beiden schon durch die geschlossene Tür des Raumes, in dem Onkel Johann saß, daß er laut lachte. Den Grund dazu bot ihm anscheinend die Zeitung, die er auf dem Tisch entdeckt hatte.

Paul und Erna, die dies, über die Schwelle tretend, bemerkten, bekamen rote Köpfe.

»Eure Boys«, grinste Onkel Johann, »sind echt fotogen.«

»Der Teufel soll sie holen!« stieß Paul hervor.

»Warum?«

»Du darfst nicht glauben, daß wir beide« – Paul zeigte auf sich und Erna – »von dieser Schweinerei etwas gewußt haben.«

»Wirklich nicht!« bekräftigte Erna.

»Wieso Schweinerei?« fragte Johann.

Paul und Erna blickten einander teils verblüfft, teils schon ein bißchen erleichtert an.

»Du bist nicht böse?« antwortete Paul.

»Wieso denn?« Onkel Johann winkte geringschätzig mit der Hand. »Ich weiß doch, was sich die Presse ständig zusammenschreibt. Ihr müßtet mal amerikanische Verhältnisse kennenlernen.«

Und damit schien er die Sache als erledigt zu betrachten. Auch die Millionen, die man ihm zugeschrieben hatte, störten ihn nicht mehr.

»Erna«, sagte er, »ich möchte eher dich fragen, ob du mir böse bist.«

»Ich dir? Ich bitte dich! Warum?«

»Weil ich dir heute nacht den Schlaf geraubt habe.«

Das stimmte, aber Erna lächelte und sagte: »Nicht, daß ich wüßte.«

»Erna, schwindle nicht, ich kann mich mit beschämender Deutlichkeit daran erinnern, daß ich die ›Wacht am Rhein‹ gesungen habe.«

Erna konnte nicht mehr an sich halten, sie lachte laut heraus.

»Die ›Wacht am Rhein‹ war das?« sagte sie dabei. »Ich dachte, ein Lied aus Oklahoma oder Kentucky.«

Johann blickte in gespielter Erschütterung Paul an und fragte ihn: »Dachtest du das auch?«

»Nein, keineswegs, Onkel Johann.«

»Dann kann ich mir den Fall nur so erklären, daß deine Frau absolut unmusikalisch ist.«

Johnny Miller war ein lustiger Vogel. Er blühte richtig auf, seit er den Fuß auf den Boden seiner alten Heimat gesetzt hatte. Von dem harten Geschäftsmann, als den man ihn in Amerika kannte, war hier nichts mehr zu bemerken. Doch dieser Eindruck täuschte. Ein Mann wie John Miller interessierte sich niemals nur für rheinische Bratwurst, einen guten Tropfen, schönes Wetter, launische Lieder und ähnliches. Er hielt sein Auge stets auch offen für alles Geschäftliche. Schon nach kurzer Zeit hatte er sich so ein Bild von der Firma seines Neffen Paul verschafft. Der Laden lief gut. Paul war aber auch hinter allem her. Und Erna trug ihren Teil dazu bei, indem sie Paul alles, was ihn in seinem Einsatz für den Betrieb hätte stören können, vom Hals hielt. Darüber hinaus machte sie die Buchhaltung der Firma, der, um zu expandieren, nur eines fehlte – Kapital. Niemand hätte dies rascher und klarer erkennen können als ein Mann wie John Miller. Er sprach darüber aber nicht mit Paul, sondern begrub diese Erkenntnis vorläufig in seiner Brust.

Paul bot ihm an, in den Tagen, in denen er in der Heimat weilte, sich ausschließlich ihm zu widmen und die Arbeit zu vernachlässigen. Das kam aber für Johnny Miller nicht in Frage, er lehnte das ab.

»Wir können uns abends zusammensetzen«, sagte er. »Tagsüber finde ich mich schon allein zurecht.«

Er ging viel spazieren, machte Fotos, erschien an Ernas Mittagstisch, war begeistert von dem Gebotenen, schlief danach ein Stündchen und verließ dann wieder das Haus. Das Wetter spielte mit, ein Tag war schöner als der andere.

Mit Karl und Willi, den Söhnen des Hauses, sprach der Onkel aus Amerika, den sie in ihr Herz geschlossen hatten, meistens über die bevorstehende Reise nach München. Das war ihnen ein Beweis, daß er sein Versprechen nicht vergessen würde.

Mitte der Woche mußte Paul eine kurze Geschäftsreise antreten. Johnny benützte die Gelegenheit, abends allein auszugehen. Erna blieb lieber zu Hause. Johnny wollte nicht nur *ein* Lokal kennenlernen, sondern sich einen umfassenden Einblick in Rheinstadts Gastronomie verschaffen. Er zog also durch die Lokale.

Wenn man in Rheinstadt von Lokalen sprach, so mußte man diesen Begriff etwas einschränken. Das Städtchen besaß genau elf Lokale, in denen die Bürger verkehrten – neun Wirtschaften und zwei Weinlokale. In den Wirtschaften saß man an gescheuerten Tischen und würzte das Bier mit Politik; in den Weinlokalen hatten die Tische weiße Decken, die Kellner trugen einen Frack, und das Gespräch drehte sich zwar ebenfalls um Politik, aber sehr oft auch um den Stand der Aktien oder um Konkursmeldungen. Man sieht daraus, daß es sogenannte Niveau-Unterschiede gab; die Weinlokale waren die vornehmeren Etablissements.

Johnny Miller nahm's, wie's kam. Nacheinander steckte er den Kopf in die Türen dreier Wirtschaften, trank jeweils ein Bier, studierte die Speisekarten, registrierte die Preise, bemerkte Unterschiede und lauschte den Gesprächen an den Nebentischen. Um die Enttäuschung der Kellner über seinen geringen Verzehr zu lindern, setzte er das jeweilige Trinkgeld, das er spendierte, verhältnismäßig hoch an. Als viertes Lokal lag das ›Rheinfäßchen‹ am Wege, eines der Weinlokale. Miller ging hinein und setzte sich an einen leeren Tisch unweit der Tür. Die meisten Tische waren leer, nur um einen in der Nähe des Eingangs zum kleinen Büro des Geschäftsführers hatte sich eine Gesellschaft von fünf älteren Herren geschart, denen gehobene Berufe und Wohlhabenheit anzusehen waren. Sie unterhielten sich lebhaft. Dem neuen Gast, der gekommen war, schenkten sie keine Beachtung. Den Lachsalven, die immer wieder aufbrausten, war zu entnehmen, daß an diesem Tisch ›Herrenwitze‹ erzählt wurden. Getrunken wurde auch fleißig.

Miller nahm die Weinkarte und schlug die letzte Seite auf. Zum Kellner, der kam, um ihn zu bedienen, sagte er: »Einen Rüdesheimer Berg, Trockenbeeren Auslese.« (Das war die teuerste Flasche auf der Karte.)

Mit dem Kellner gingen Veränderungen vor sich, die Beflissenheit zum Ausdruck brachten. Sein Blick wurde respektvoll, der Oberkörper senkte sich zwanzig Grad nach vorn. Dadurch kam eine elegante Verbeugung zustande, mit der der Kellner sagte: »Sehr wohl, mein Herr.«

Johnny Miller kannte aus der Zeit, in der er noch der am Rhein beheimatete Uhrmachergeselle Johann Müller gewesen war, die zwei berühmten deutschen Sprichwörter:

›Bier auf Wein, das laß sein...‹

›Wein auf Bier, das rat' ich dir...‹

Die Reihenfolge stimmte also heute bei ihm, er hatte deshalb keine Bedenken, den drei Gläsern Bier, die schon Einzug in sein Inneres gehalten hatten, zügig die Flasche Wein folgen zu lassen.

Neue Gäste kamen, aber die Hälfte der Tische blieb immer noch leer. Miller bereitete sich schon darauf vor, wieder zu gehen und seine Expedition durch Rheinstadts Gasthäuser fortzusetzen, als eine Kette von Ereignissen eintrat, die sein Vorhaben über den Haufen warf.

Von draußen wurden amerikanische Laute vernehmbar, dann ging die Tür auf, und drei Soldaten in amerikanischer Uniform betraten das Lokal. Sie hatten von Kaiserslautern, wo sie stationiert waren, einen Ausflug an den Niederrhein gemacht und auch schon einiges getrunken. Rheinstadt gehörte zwar nicht mehr zum amerikanischen Besatzungsgebiet, sondern zum britischen, aber das störte sie nicht. Sie hatten noch Durst und wollten dem abhelfen.

Damit kein falscher Eindruck entsteht – sie benahmen sich einwandfrei. Sie waren zwar nicht mehr ganz nüchtern, doch das war auch Johnny Miller nach seinem Bier- und Weinkonsum nicht mehr, und trotzdem hatte niemand etwas gegen ihn einzuwenden. Anders erging es den drei Soldaten. Sie setzten sich an den Tisch neben Miller, unterhielten sich, lachten und scherzten und waren dabei nicht lauter als die Gruppe der Honoratioren, die immer noch Witze erzählte. Ihr Fehler war allerdings der, daß sie schwarze Haut hatten.

Rasch kam der Kellner zu ihnen, der, wie sich herausstellte, ein gutes Englisch sprach. Die Farbigen wollten ihm ihre Bestellung aufgeben, aber er schnitt ihnen das Wort ab und teilte ihnen mit, daß der Tisch, an den sie sich gesetzt hatten, vorbestellt sei.

Das kannten die Neger. Sie verstummten. Miller saß so nahe, daß er alles genauestens mitverfolgen konnte.

An die sechs oder sieben Tische waren leer. Sie alle mit einem Rundblick erfassend, fragte dann der Wortführer der Farbigen: »Und welcher ist nicht vorbestellt?«

»Keiner«, antwortete der Kellner.

Nun ging's Schlag auf Schlag.

»Das glaube ich nicht!« rief der Neger.

»Ob Sie das glauben oder nicht, spielt keine Rolle«, sagte der Kellner.

»Sind Sie der Chef?«

»Nein.«

»Rufen Sie ihn!«

»Er ist nicht da.«

»Das glaube ich nicht!«

»Welche Rolle das spielt, habe ich Ihnen schon gesagt.«

Dem Farbigen platzte der Kragen.

»Ihr seid alle Schweine!«

»Wiederholen Sie das!«

»Schweine seid ihr!«

»Wissen Sie, wen ich jetzt sofort rufe, wenn sie nicht verschwinden?«

»Wen?«

»Die britische Militärpolizei! Der Herr hier« – der Kellner zeigte auf Miller – »ist mein Zeuge für das, was Sie gesagt haben!«

Anscheinend schien es dem Kellner selbstverständlich, daß Miller, von dem er ja nicht wußte, wer er war, Englisch verstand.

Die britische Militärpolizei war nicht weniger gefürchtet als die amerikanische. Der Ober hatte offenbar sein Ziel erreicht. Eingeschüchtert wollten die drei Farbigen den Rückzug antreten. Mit finsteren Mienen wandten sie sich zur Tür, um diesem verdammten Lokal den Rücken zu kehren.

»Einen Moment«, sagte in diesem Augenblick John Miller, und alle kehrten sich ihm zu. »An meinem Tisch ist noch Platz. Kommt her, Jungs.«

Die Farbigen zögerten. Die Drohung mit der Militärpolizei verlor nicht so rasch ihre Wirkung. Der Kellner öffnete den Mund, um Miller zu widersprechen, unterließ dies dann aber und klappte den Mund wieder zu. Sein Protest erschöpfte sich in einem leisen Kopfschütteln.

»Oder stimmt das nicht?« fragte ihn provozierend Miller auf deutsch.

»Was?«

»Daß an meinem Tisch noch Platz für die drei Herren ist.«

»Ich wollte ja nur gerade Ihnen diese Gesellschaft in Ihrer unmittelbaren Nähe ersparen.«

»Bringen Sie vier Flaschen von der Sorte, die ich hatte.«

Das stellte beim Ober die alte Servilität wieder her.

»Sehr wohl, mein Herr.«

Die Farbigen standen immer noch da und wußten nicht, ob sie es wagen sollten, Platz zu nehmen. Sie waren verwirrt, da sie den in Deutsch geführten Dialog zwischen Miller und dem Ober nicht verstanden hatten.

»Setzt euch«, sagte der freundliche Unbekannte zu ihnen in ihrer Sprache. »Ich bin auch Amerikaner, komme aus Chicago. Nennt mich Johnny.«

Die Spannung bei den dreien löste sich. So wie nur Farbige strahlen können, mit blitzenden Zähnen, leisteten sie Millers Aufforderung Folge. Sie stammten alle aus Kalifornien und nannten nacheinander auch ihre Vornamen.

»Ich bin Ted aus San Francisco«, sagte der erste, ein Riese.

Der zweite: »Ich bin Dave, auch aus Frisco.«

Der dritte: »Ich bin Jack aus Los Angeles.«

Dave und Jack waren auch nicht gerade klein, aber an Ted reichten sie nicht heran. Mit dem Kellner gestritten hatte Jack.

»Erlebt ihr das öfter?« fragte Miller, und es war klar, was er meinte.

»Wo?« antwortete Jack. »Hier in Deutschland oder in Amerika?«

»Hier in Deutschland?« sagte Miller. Was in Amerika gang und gäbe war gegenüber Schwarzen, das wußte er ohnehin.

So erfuhr er, daß es auch im Land seiner Väter noch Rassismus gab. Jack und seine Kameraden schilderten ihm einige Beispiele, die sie schon hatten schlucken müssen.

»Vergeßt es«, sagte er daraufhin zu ihnen. »Laßt es uns ein bißchen feiern heute, daß wir uns begegnet sind. Ihr seid meine Gäste.«

Aber wo blieb der Wein, den er bestellt hatte? Der Kellner ließ sich längere Zeit nicht mehr blicken, und als er endlich erschien, war sein Tablett leer.

»Was ist?« fragte ihn Miller scharf.

»Tut mir leid«, erwiderte der Ober achselzuckend. »Ich darf Ihnen nichts mehr servieren.«

»Wer sagt das?«

»Der Geschäftsführer.«

»Schicken Sie ihn zu mir!«

»Er wird nicht kommen. Es muß Ihnen genügen, daß ich Ihnen das sage.«

»So!« Miller erhob sich. »Dann werde *ich* zu ihm gehen! Wo ist er?«

»In seinem Büro.«

»Zeigen Sie es mir!«

Der Geschäftsführer war ein Mann mittleren Alters, der

gar nicht unsympathisch aussah. Den bei ihm eintretenden John Miller fragte er höflich: »Was kann ich für Sie tun?«

»Ich höre«, entgegnete Miller in einem Ton, durch den sich der Geschäftsführer hätte gewarnt fühlen müssen, »daß ich hier nichts mehr kriegen soll...«

»Irrtum!« Der Geschäftsführer zeigte kurz ein gar nicht mal unsympathisches Lächeln. »*Sie* können weiterhin alles kriegen – nur nicht die drei an Ihrem Tisch!«

»Die Neger?«

»Ja.«

»Was gibt Ihnen das Recht dazu?«

»Dieses Recht nehme ich mir«, antwortete der Geschäftsführer ohne Zögern. »Und zu Ihrer Information: Man verlangt sogar von mir, daß ich das tue.«

»Wer verlangt das?«

»Die Gäste unseres Hauses.«

»So!« John Millers Augen schossen Blitze. »Dann sagen Sie mir, wem dieses Haus gehört!«

»Der Sparkasse. Wozu wollen Sie das wissen? Möchten Sie sich beschweren?« Der Geschäftsführer lächelte sympathisch. »Das wird keinen Zweck haben, glauben Sie mir.«

»Ich will mich nicht beschweren!«

»Was dann?«

»Ich werde den Laden kaufen!«

»Kaufen?«

»Und als erstes werde ich dann Sie auf die Straße setzen!«

Daß das keine leeren Worte waren, schien dem Geschäftsführer aufzugehen. Bang fragte er: »Wer sind Sie?«

»Mein Name ist Miller.«

»Miller?«

»John Miller aus Chicago.«

Dem Geschäftsführer wurde schwarz vor den Augen.

Blitzartig erinnerte er sich an den Artikel in der Lokalzeitung über den amerikanischen Multimillionär. Damit hatte sich ein beruflicher Abgrund vor ihm aufgetan. Die Sparkasse würde sehr rasch auf ein diskutables Angebot für ein Objekt eingehen, dessen Rendite sowieso nicht besonders hoch war.

»Okay, Mister Miller«, sagte, den Kurs wechselnd, der Geschäftsführer, »ich weiß jetzt, wer Sie sind und wie's für mich aussieht. Wenn Sie mit dem, was Sie sagen, wirklich Ernst machen wollen, bin ich der Gelackmeierte, der Verlierer. Aber ich möchte Sie doch sehr bitten, daß Sie sich überlegen, ob das mir gegenüber fair wäre.«

»Fair?« stieß Johnny zornig hervor.

»Ich stehe doch unter Druck«, fuhr der Geschäftsführer fort. »Und wenn Sie gestatten, werde ich Ihnen das auch beweisen...«

»Wie denn?«

»Ich weise den Kellner an, daß er Ihre Bestellung ausführt.«

»Und?«

»Dann warten wir auf den ersten Protest von einem unserer Stammgäste. Wissen Sie, wer das sehr gut sein könnte?«

»Wer?«

»Der Sparkassendirektor.«

Miller verstummte kurz.

»Wenn das so ist«, sagte er dann, »begreife ich Ihre Lage. Ich möchte aber Ihren Beweis erleben. Bringen Sie Ihren Kellner auf Trab.«

Und so geschah es. Den drei Farbigen sagte Miller nicht, daß sich da etwas zusammenzubrauen drohte. Der Kellner brachte die vier Flaschen an den Tisch der Amerikaner, und das löste helle Begeisterung unter den Soldaten aus. Ted, der Riese, sprach von einem langen Arm, den der alte Johnny aus Chicago haben müsse.

Eine fröhliche Zecherei begann...

Es dauerte aber nicht lange, und John Miller beobachtete, wie der Kellner an den Tisch der Honoratioren gewunken wurde, obwohl jener Tisch gar nicht zu seinem Revier an diesem Abend gehörte. Man schien erregt mit ihm zu sprechen, der Wortführer war ein hagerer Mann mit dicker Brille, auf deren Gebrauch er jedoch offenbar verzichten konnte, denn er setzte sie beim Reden ab, um mit ihr in der Luft herumzufuchteln. Dann verschwand der Kellner im Büro des Geschäftsführers. Nach kurzer Zeit kam er daraus wieder zum Vorschein, in seinem Gefolge auch der Geschäftsführer selbst. Beide traten an den Tisch der Honoratioren, und nun wurde mit dem Geschäftsführer in der gleichen Weise gesprochen wie zuvor mit dem Kellner. Wieder blinkte in der Luft die dicke Brille. Dann gingen Geschäftsführer und Kellner zu Millers Tisch, und der Geschäftsführer begann: »Es ist soweit, Mister Miller.«

Es wurde deutsch gesprochen, die Farbigen blieben also aus der Unterhaltung wieder ausgeschlossen. Irgendwie schienen sie jedoch zu ahnen, um was es ging. Das war aber auch gar nicht mehr so schwierig.

»Was hat man Ihnen gesagt?« fragte Miller.

»Ich wurde vor die Wahl gestellt, ob ich meinen Stammgästen den Vorzug geben will oder Ihnen und Ihren Freunden, Mister Miller. Für beide Parteien zusammen sei kein Platz in dem Lokal.«

»Haben Sie denen gesagt, wer ich bin?«

»Nein.«

»Warum nicht?«

»Weil das dem Ganzen vielleicht den normalen Verlauf genommen hätte. Verstehen Sie mich, man hätte vielleicht zurückgesteckt? Mir ist aber darum zu tun, daß Ihnen der Beweis, von dem ich sprach, so geliefert wird, wie ich ihn Ihnen angekündigt habe.«

John Miller blickte hinüber zum Tisch der Rassisten. Wut stieg in ihm hoch.

»Wer reißt von denen das Maul am weitesten auf?« grollte er. »Der mit der Brille? Ist das der Sparkassendirektor?«

»Ja.«

Miller erhob sich, automatisch taten dies auch die drei Farbigen.

»Was ist los, Johnny?« fragte Jack. »Brauchst du unsere Hilfe?« Dabei ballte er die Fäuste zum Zeichen dafür, an welche Art der Hilfeleistung er dachte.

»Ihr bleibt sitzen!« sagte Miller mit der ihm eigenen Autorität.

Am Tisch der Rassisten wurde er gleich massiv.

»Was paßt euch nicht, ihr Figuren?«

Die meisten schienen sprachlos, nur einer stieß hervor: »Wie bitte?«

»Was euch nicht paßt, ihr Figuren?«

»Figuren sagen Sie?«

»Ist Ihnen Würstchen lieber?«

Nun waren es schon drei, die sich im Chor vernehmen ließen: »Erlauben Sie mal...«

»Was denn?«

»Wir lassen uns von Ihnen nicht beleidigen!« riß der Sparkassendirektor das Wort an sich.

»Wer hat denn damit angefangen, andere zu beleidigen?« rief Miller. »Ihr!«

»Schreien Sie hier nicht rum! Wie kommen Sie mir vor!« brüllte der Direktor.

»Wer schreit hier mehr, ich oder du?«

»Duzen Sie mich nicht, Sie unverschämter Mensch!«

Miller mäßigte sich ein bißchen.

»Entschuldigung«, sagte er. »Ich bin Amerikaner, da kann das passieren. Wenn Sie unsere Sprache kennen, wird Ihnen das klar sein.«

»Amerikaner sind Sie?«

»Ja.«

»Dann wundert es uns um so mehr, daß Sie sich hier so in Ihrer Rolle als Negerfreund gefallen. In Ihrem Land kann man da ganz andere Beobachtungen anstellen.«

»Ich bin in erster Linie ein Mensch – wenn Sie verstehen, was ich meine?«

»Auch als Mensch hat man Niveau – wenn *Sie* verstehen, was *ich* meine?«

»Hören Sie«, sagte Miller, der diese Debatte nicht ins Uferlose gehen lassen wollte. »Ich habe hier zufällig ein paar Landsleute getroffen, und mit denen trinke ich einen Schluck. Das macht mir Spaß. Daß die eine andere Hautfarbe haben, stört mich nicht. Und euern ganzen Tisch geht das einen Dreck an, verdammt noch mal! Mehr habe ich dazu nicht mehr zu sagen! Ist das klar?«

Ein Mann mit Glatze, der neben dem Sparkassendirektor saß und sich bisher schweigsam verhalten hatte, rührte sich.

»Aber *ich* habe Ihnen noch etwas zu sagen!« Er brachte seinen Dienstausweis zum Vorschein. »Sehen Sie sich das an...«

Aus dem Ausweis ging hervor, daß der Mann der Polizeichef von Rheinstadt war. Zu imponieren war aber damit einem John Miller nicht im geringsten.

»Und?« sagte Miller ironisch. »Sie sind der Sheriff. Was wollen Sie?«

»Ihre Personalien.«

»Was?«

»Ich werde gegen Sie Anzeige wegen mehrfacher Beleidigung erstatten. Man wird Sie schon zur Räson bringen hier in Deutschland. Wir haben hier nicht den Wilden Westen.«

»Was Sie hier haben, scheint mir noch viel schlimmer!«

»Erfahre ich jetzt von Ihnen Ihre Personalien oder nicht?«

»Nein!« brüllte Miller, schäumend vor Wut. »Ich wüßte nicht warum!«

»Dann werde ich Zwang ausüben lassen gegen Sie.«

Miller schnappte nach Luft.

»*Was* werden Sie?«

»Durch eine Polizeistreife Zwang ausüben lassen gegen Sie.«

Ein Wort gab das andere.

»Und ich werde mich an meine Botschaft wenden!« rief Miller.

»Ihre Botschaft interessiert mich nicht, merken Sie sich das!«

»Das werden Sie dann schon sehen!«

»Das können Sie sofort sehen!« konterte der Polizeichef und eilte zum Telefon, um eine Streife herbeizuzitieren. Dazu waren nur ein paar Schritte notwendig, da der Apparat an der Theke auch den Gästen zur Verfügung stand.

Drei Minuten später konnte der Schlußakt des Dramas beginnen. Zwei Polizeibeamte in Uniform betraten das Lokal, wurden von ihrem Chef in aller Kürze instruiert und schritten zur Amtshandlung. Sie waren von normaler Größe und auf Grund regelmäßiger Teilnahme am Polizeisport normalen körperlichen Anforderungen im Dienst durchaus gewachsen. Für die Rechnung, die aber hier gemacht wurde, reichten freilich die Kräfte der beiden bei weitem nicht aus. John Miller hatte inzwischen wieder an seinem Tisch Platz genommen, schützend umgeben von Ted, Dave und Jack.

»Los, Ihren Ausweis!« sagte barsch Wachtmeister Porten, der Streifenführer. Er war ein Mensch, der eigentlich zur Gemütlichkeit neigte, sich diese Schwäche aber hier, unter den Augen seines Chefs nicht erlauben zu können glaubte.

»Ich habe ihn nicht bei mir«, antwortete Miller.

»Dann müssen Sie mitkommen zum Revier – los!« Porten faßte Miller dabei am Oberarm, um ihn von seinem Stuhl hochzuziehen. Das hätte er aber nicht tun sollen.

Wie der Blitz trat Ted, der Riese, in Aktion. Aufspringen, mit der einen Hand Porten am Genick packen und mit der anderen ihm die Waffe aus dem Halfter ziehen war alles eins.

Zugleich nahmen sich Dave und Jack in derselben Weise des zweiten Polizisten an; auch der stand nach einer halben Sekunde waffenlos da und wußte nicht, wie schnell das gegangen war.

In den Augen der Farbigen glühte Haß. Kein Zweifel, sie waren nun zu allem entschlossen. Sicher spielte da bei ihnen auch der Alkohol mit, der ihr Denkvermögen einschränkte. Jedenfalls hing alles Weitere an einem seidenen Faden.

Tödliche Stille herrschte. Der Geschäftsführer, die zwei Kellner, die Honoratioren, die wie gelähmt dasaßen, alle starrten herüber auf die Szene an Millers Tisch. Nicht einen gab's, der keine Angst gehabt hätte.

John Miller selbst erkannte, daß ihn die Entwicklung überrollt hatte, daß sie ihn sogar noch weiter und fürchterlicher überrollen würde, wenn er nicht rasch die richtigen Worte fand, um ihr Einhalt zu gebieten.

»Jungs«, sagte er zu seiner schwarzen Garde, »das war ja wie im Film – echt Spitze!«

Ted zeigte mit dem Daumen auf den schlotternden Porten.

»Was wollte der von dir?«

»Mich mitnehmen.«

Ted hob drohend die Pistole, deren er sich bemächtigt hatte.

»Ich leg' ihn um!«

»Hast du Lust auf den Elektrischen Stuhl?«

»Der ist mir egal!«

»Aber mir nicht!«

»Wieso dir nicht? *Ich* leg' den ja um!«

»Aber du reißt mich in den Strudel mit hinein, ist dir das klar? Man wird mich zwar nicht auch rösten, aber lange genug einsperren, weil ich die Ursache zu deiner Tat war und dich davon nicht abgehalten habe.«

Ted schwieg.

»Willst du das?« fragte ihn Miller.

Teds Schweigen hielt an.

Miller blickte auch Dave und Jack an.

»Ich bin euer Freund und habe euch das gezeigt. Soll ich mir hinter Gittern sagen müssen, daß es die größte Dummheit meines Lebens war, euch an meinen Tisch eingeladen zu haben, um den beschissenen Kerlen hier zu zeigen, wie ich zu euch stehe?«

»Du bist unser Freund, das hast du uns gezeigt«, nickte Jack.

»Ja«, pflichtete Dave bei.

Ted schwieg verbissen.

»Aber er«, sagte, auf ihn zeigend, Miller zu Jack und Dave, »ist nicht dieser Ansicht, er will mich ins Unglück stürzen.«

»Das will ich nicht!« stieß Ted endlich hervor.

»Dann steck die Pistole wieder in den Halfter, in den sie gehört.«

»Nein, niemals!« rief Ted, fuhr aber dann fort: »Ich gebe sie dir. Was du dann mit ihr machen willst, ist mir scheißegal.«

Er tat, was er sagte, und das gleiche geschah mit der zweiten Pistole, die vom Kollegen des Streifenführers in Jacks Hand übergewechselt hatte.

»Und nun«, sagte Miller zu den dreien abschließend, »verschwindet so rasch wie möglich aus der Stadt. Haut ab! Was es hier noch zu regeln gibt, erledige ich. Man wird euch, glaube ich, nicht verfolgen.«

In dieser Annahme irrte sich John Miller nicht. Was sich hier ereignet hatte, warf kein gutes Licht auf die deutsche Polizei. Besonders deren Chef konnte kein Interesse daran haben, daß das an die Öffentlichkeit drang. Als man sich darüber einig geworden war, sagte Miller, der den Polizisten schon die Pistolen zurückgegeben hatte, zum Streifenführer: »Okay, wir können gehen.«

»Wohin?«

»Zum Revier. Das sagten Sie doch?«

Der Streifenführer blickte unsicher zum Chef hin, um sich Rat zu holen. Um nicht ganz als der Verlierer dazustehen, blaffte der Chef: »Jaja, stimmt schon, nehmen Sie ihn mit, er kann sich nicht ausweisen. Was glotzen Sie mich so an?«

Das Revier wurde geleitet von einem Hauptwachtmeister, der ganz hervorragend in die alte preußische Armee gepaßt hätte, so gern erprobte er nämlich seine Stimmbänder. Nachdem ihn Wachtmeister Porten kurz informiert hatte, redete er nicht viel, sondern brüllte, den Delinquenten mit bösen Blicken durchbohrend, los: »Name?«

»Miller.«

»Sie haben keinen Ausweis?«

»Doch.«

Der Hauptwachtmeister streckte die Hand aus.

»Her damit!«

»Er liegt in meinem Quartier.«

»In welchem Quartier?«

»Rheinpromenade 14.«

»In der ganzen Rheinpromenade gibt's kein Hotel!«

»Soviel ich weiß: nein.«

»Auch kein Gasthaus!«

»Nein.«

»Und keine Pension!«

»Nein.«

»Dann sagen Sie mir«, meinte der Hauptwachtmeister ironisch, »was das für ein Quartier ist – Rheinpromenade 14? Eine neue Herberge, von der wir noch nichts wissen?«

»Das Haus meines Schwagers Paul Müller.«

Stille.

Der Hauptwachtmeister brauchte eine kleine Pause, bis er seine Sprache wiederfand. Durch den Kopf war ihm eine gräßliche Erinnerung an eine gewisse Veröffentlichung in der Lokalzeitung gezuckt.

»Wie war Ihr Name?« fragte er dann in ungewöhnlich ruhigem Ton.

»Miller.«

»John Miller?«

»Ja.«

Eine Katastrophe!

Der Hauptwachtmeister erhob sich und ging ins Nebenzimmer, wo er durch das offene Fenster den Untergebenen Porten, der am Streifenwagen herumfummelte, zu sich rief.

»Mann!« sprach er mit unterdrückter Stimme zum Fenster hinaus. »Du bist vielleicht ein Heini! Weißt du, wen du mir da angeschleppt hast?«

»Wieso? Wen denn?«

»Den amerikanischen Verwandten von Kunstschmied Müller.«

Das Gesicht Portens wurde lang.

»Der Geldsack?!«

»Ja, Mann! Auf die Investitionen von dem wartet doch die ganze Stadt!«

»Sieh mich nicht so an, ich kann nichts dafür.«

»Die wollen ihn vielleicht sogar zum Ehrenbürger machen, habe ich gehört.«

Wachtmeister Porten machte von seinem Recht Gebrauch, seine Hände in Unschuld zu waschen, indem er sagte: »Das muß aber schon der Chef selbst ausbaden. Er hat uns diesen Einsatz befohlen.«

Der Hauptwachtmeister schüttelte den Kopf.

»Du weißt doch, wie der ist.«

»Er *kann* das nicht auf mich abwälzen!« meinte Porten verzweifelt.

»Sitzt er noch im ›Rheinfäßchen‹?«

»Das nehme ich an.«

»Dann nichts wie hin und ihm Bescheid sagen! Es gibt keinen anderen Weg, als daß er selbst herkommt. Das wird er auch machen, du wirst sehen. Sag ihm, daß ich in der Zwischenzeit alles tun werde, um den Geldsack zu besänftigen. Habt ihr im Wagen noch eine Flasche Cognac oder etwas Ähnliches bei der Hand?«

»Wie kommst du darauf?«

»Mann!« brauste der Hauptwachtmeister auf. »Mach mir nichts vor, ich weiß doch Bescheid! Habt ihr noch was, oder habt ihr schon wieder alles leergesoffen?«

»Nur einen Magenbitter gegen mein Sodbrennen.«

»Scheiße!« stieß der Hauptwachtmeister hervor. »Den kann ich dem nicht einmal in den Kaffee schütten. Aber bring ihn her, in der Not frißt der Teufel Fliegen.«

»Ich habe bei dir selbst heute nachmittag noch eine Flasche Korn gesehen.«

»Hör mal, erstens war die nur noch halb voll, und zweitens mache ich jetzt die sechste Stunde Dienst!«

Der Magenbitter mußte also von Porten geopfert werden, der Hauptwachtmeister ließ ihm keine andere Möglichkeit.

Im ›Rheinfäßchen‹ schlug die Hiobsbotschaft des Wachtmeisters am Tisch der Honoratioren wie eine Bombe ein. Die Runde verstummte, jedem schien das Wort im Mund zu ersterben. Die Blicke aller richteten sich auf den Polizeichef, der sogar vergaß, den Vorgesetzten herauszukehren. In dessen Haut wollte jetzt keiner stekken.

Der Polizeichef klammerte sich an einen Strohhalm.

»Ist das absolut sicher, daß der das auch ist?« krächzte er schließlich.

»Laut Aussage des diensttuenden Revierleiters absolut!« antwortete Wachtmeister Porten.

»Wer ist der diensttuende Revierleiter?«

»Hauptwachtmeister Schäfer.«

»Auch das noch!« stöhnte der Polizeichef. Ihm war bekannt, wie Schäfer herumzubrüllen pflegte. Bis zu dieser Stunde war das dessen dienstlicher Qualifikation nur förderlich gewesen. Aber jetzt...

»Schäfer?« sagte der Sparkassendirektor zum Polizeichef. »Ist das nicht dein schärfster Hund?«

»Der macht den restlos fertig«, stöhnte der Polizeichef.

»Nein, Herr Polizeirat«, ließ sich da Wachtmeister Porten vernehmen. »Ich soll Ihnen melden, daß er ihn bewirtet.«

»Bewirtet?«

»Mit Alkohol.«

Ein Silberstreif am Horizont zeigte sich dem Polizeichef, leider nur einen kurzen Moment, denn auf die Frage, worin das Angebot Schäfers bestünde – ob in Wein, Bier oder Schnaps? –, erwiderte Porten: »Zur Verfügung stand nur ein Magenbitter.«

Am liebsten wäre der große, mächtige Chef seinem kleinen Untergebenen ins Gesicht gesprungen, als er das hörte.

»Ihr baut doch alle nur Scheiße!« fing er an zu toben. »Laßt euch von Negern fertigmachen! Erkennt nicht, wen ihr vor euch habt! Seid blind!« Er sprang vom Stuhl hoch, baute sich vor Porten auf. »Haben Sie nicht gesehen, was der Mann *hier* getrunken hat? Den besten Wein des Hauses? Die Flasche zu fünfzig Mark? Haben Sie das nicht gesehen?«

»Nein, Herr Polizeirat«, antwortete Porten unbedacht.

»Waaas?!« schrie der Polizeirat. »Sie haben nicht die Flaschen auf dem Tisch gesehen?!«

»Doch, die Flaschen schon – aber nicht die Qualität und die Preise.«

»Die Flaschen hätten Ihnen genügen müssen!«

»Das hätten sie, jawohl«, nickte Porten, um den Chef nicht noch mehr zu reizen.

»Wie konnten Sie es dann auf dem Revier zulassen, daß dieser Mann mit Magenbitter traktiert wird?«

Wachtmeister Porten verstummte. Was hätte er auch sagen sollen? Der Vorwurf war zu gewaltig. Die wegwerfende Handbewegung, die der Chef machte, sagte alles.

»Gehen wir!« entschied er und ließ sich vom Wachtmeister mit Blaulicht zum Revier fahren.

Hauptwachtmeister Schäfer sprach mit Johnny Miller schon seit einiger Zeit über menschliche Irrtümer, die unvermeidlich seien, als die Tür des Reviers aufflog und der Polizeichef hereinstürmte.

»Schäfer!«

»Herr Polizeirat?«

»Verschwinden Sie!«

Dagegen hatte der Hauptwachtmeister nichts einzuwenden. Geschwind schlüpfte er in den Nebenraum. Er fühlte längst, daß ihm die Aufgabe hier über den Kopf gewachsen war.

»Schäfer!« rief ihn der Chef zurück.

»Herr Polizeirat?«

»Nehmen Sie dieses Zeug mit!« Der Chef zeigte auf die Flasche auf dem Tisch. »Die Gläser auch!«

Erstaunlicherweise befand sich in der Flasche nur noch ein kleiner Rest. Der Polizeichef war aber zu aufgeregt, um sich darüber Gedanken zu machen. Dann ließ er sich auf Schäfers Stuhl nieder, betrachtete mit den Augen eines anhänglichen, treuen Bernhardiners John Miller, der ihm auf der anderen Seite des Schreibtisches gegenübersaß, hob hilflos die ausgestreckten, halb ausgebreiteten Hände, ließ sie auf die Tischplatte fallen und seufzte: »Mister Miller . . . was soll ich sagen . . . ich bin ratlos . . . die Situation –«

»Woher kennen Sie mich plötzlich?« unterbrach ironisch Johnny.

Das schockte den Polizeichef ein bißchen.

»Sie sind doch Mister Miller aus Chicago?«

»Ja, bin ich«, nickte Johnny. »Aber überzeugt habt ihr euch davon immer noch nicht . . .«

»Wieso nicht?«

»Mein Ausweis liegt nach wie vor im Haus meines Neffen Paul Müller.«

Darauf lächelte der Polizeichef sonnig.

»Ich kenne Ihren Neffen sehr gut, Mister Miller. Ein prima Mann. Wir sind Schützenbrüder . . .«

»Er ist geschäftlich verreist. Seine Frau würde sich Sorgen machen, wenn plötzlich einer von der Polizei vor ihrer Tür stünde.«

»Aber nein, Mister Miller, das ist doch erledigt. Wir brauchen Ihren Ausweis nicht mehr. Jeder sieht, daß Sie die Wahrheit sprechen.«

»Haben Sie Ihr Wort gehalten?«

»Welches Wort?«

»Daß keine Fahndung nach meinen drei Freunden ausgelöst wird?«

»Das lag doch im beiderseitigem Interesse, Mister Miller.«

»Und was ist mit der Anzeige gegen mich wegen Beleidigung?«

»Was soll mit der noch sein – nichts!«

»Ich hätte aber gar nichts dagegen, wenn die nicht unter den Tisch fiele.«

»Was?« stieß der Polizeichef überrascht hervor.

»Ich hätte nichts dagegen, wenn die nicht unter den Tisch fiele«, wiederholte Miller, der eine bestimmte Absicht verfolgte.

»Aber das gäbe doch einen riesigen Skandal in Rheinstadt. Sie sind ja nicht irgendwer. Die Presse würde sich auf den Fall stürzen.«

»Ginge der Skandal nicht zu meinen Lasten?«

»Sicher nicht«, antwortete der Polizeichef ohne Zögern.

»Warum nicht?«

»Sie wissen doch, Mister Miller, wie man hier über Sie denkt, was man von Ihnen erwartet. Ganz Rheinstadt würde sich auf Ihre Seite stellen. Ich geriete in der Öffentlichkeit in ein solches Kreuzfeuer, daß ich mich nur noch versetzen lassen könnte. Ich habe aber hier mein Haus, meine Frau ist geborene Rheinstädterin, meine Kinder gehen hier zur Schule. Verstehen Sie mich?«

»Sie reden sehr offen mit mir«, antwortete mit unbewegter Miene John Miller, dem es darum ging, daß dieser Rassist – und seine Gesinnungsfreunde – nicht ganz unbehelligt davonkam. »Trotzdem kann ich nicht vergessen, daß Sie auch auf die amerikanische Botschaft gespuckt haben.«

»Das ist übertrieben!«

»Als amerikanischer Bürger bin ich verpflichtet, so etwas nicht hinzunehmen. Die USA sind –«

»Mister Miller«, unterbrach der Polizeichef, der ein dienstlich gehärtetes, abgebrühtes Wesen besaß, »ich sehe schon, ich muß noch offener mit Ihnen reden. Vermutlich schätzen Sie Ihren Neffen Paul sehr?«

»Sehr!«

»Würden Sie es gerne sehen, wenn es in seiner Familie einen Kriminellen gäbe, einen Vorbestraften?«

Johnny starrte den Polizeichef an.
»Wieso?« fragte er dann irritiert.
Der Polizeichef räusperte sich.
»Karl, der Sohn Ihres Neffen, fährt seit einiger Zeit mit dem Motorrad eines älteren Freundes herum. Das ist eine unselige Leidenschaft von ihm. Unselig deshalb, weil er noch keinen Führerschein hat. Wir haben ihn bereits zweimal verwarnt – mündlich. Nun sah ich ihn gestern wieder fahren. Wohlgemerkt: nur ich allein. Es wäre also eine Anzeige bei der Staatsanwaltschaft fällig. Noch bin ich mir aber nicht schlüssig. Was raten Sie mir, Mister Miller?«
Johnny blickte dem Polizeichef in die Augen.
»Ich verstehe – Sie schlagen mir ein Geschäft vor?«
»Solche Geschäfte sind doch in Amerika auf dem polizeilichen Sektor gang und gäbe, Mister Miller?«
»Woher wollen Sie das wissen?«
»Vom Fernsehen«, sagte der Polizeichef trocken.
Das war der Fluch der TV-Serien mit Kojak & Co. Johnny Miller mußte sich geschlagen geben.
»Okay«, sagte er. »Wir sind uns einig, der Handel gilt.« Dabei erhob er sich, um das Revier, von dem er die Nase voll hatte, zu verlassen.
»Der Handel gilt«, bestätigte auch der abgebrühte Polizeichef. »Wir sollten darauf eigentlich noch einen Schluck trinken...« Und er rief, ehe Miller reagieren konnte: »Schäfer!«
Der Hauptwachtmeister erschien aus dem Nebenraum.
»Herr Polizeirat?«
»Bringen Sie die Flasche und die Gläser.«
Schäfer erschrak.
»Welche Flasche, Herr Polizeirat?«
»Die Sie hier weggenommen haben. Spülen Sie aber die Gläser vorher aus.«
»Wozu, Herr Polizeirat?«

»Wozu wohl?« Die Stimme des Chefs wurde scharf. »Fragen Sie nicht so dumm!«

»Sie wollen trinken?«

»Was denn sonst, verdammt noch mal! Wird's bald!«

Schäfer räusperte sich. Das, was er zu sagen hatte, fiel ihm nicht leicht.

»Die Flasche ist leer, Herr Polizeirat.«

»Wieso? Da war doch noch etwas drin?«

»Ein ganz kleiner Rest, Herr Polizeirat.«

»Und wo ist der? Er würde uns« – sein Blick wechselte zu Miller, der sich das Lachen verbeißen mußte – »genügen.«

»Ich... ich habe ihn gerade weggeschüttet, Herr Polizeirat.«

»Warum lügen Sie?!« fing der Chef an zu schreien. »Zeigen Sie mir den nassen Fleck!«

Er sprang auf, schob den auf der Schwelle stehenden Hauptwachtmeister beiseite und drang wahrhaftig in den Nebenraum ein, um zum Schein eine kriminalistische Tatortbesichtigung durchzuführen, mit der der Untergebene in noch größere Verlegenheit zu bringen war.

Miller konnte darüber nur den Kopf schütteln. Das Geschrei, das aus dem Nebenraum drang, ging ihm auf die Nerven. Um ihm zu entfliehen, machte er sich rasch von dannen, lief am Ufer des Rheins entlang und war froh, als er das Haus seines Neffen Paul Müller erreichte.

Der Ausflug nach München wurde zum großen Erlebnis für die Jungen, aber auch für die beiden Erwachsenen. Vater Paul machte sein Versprechen wahr, an der Reise teilzunehmen. Onkel Johann hatte allerdings durchgesetzt, daß sämtliche Auslagen – also auch die für Paul – aus seiner Tasche bestritten wurden. Dagegen war zwar Protest eingelegt worden, am heftigsten von Erna, aber Onkel Johann hatte darüber nur gelacht.

Am Samstag früh ging's los. Der Zug fuhr schon sehr zeitig und traf mittags in München ein. Dort passierte dann gleich etwas, mit dem keiner der vier gerechnet hatte, obwohl es gar nicht so abwegig war. Sie hatten noch keine Eintrittskarten ins Olympiastadion, wandten sich an den nächsten Auskunftsbeamten im Bahnhof und fragten ihn, wo Karten zu haben seien.

»Welche Karten?« antwortete der Mann mit freundlichem Lächeln.

»Zum heutigen Fußballspiel.«

»Zu Bayern – HSV?«

»Ja«, nickten alle vier aus Rheinstadt.

Die Miene des Beamten wurde bedenklich.

»Da sehe ich schwarz.«

»Wieso?« fragte Paul.

»Das Spiel ist seit Tagen restlos ausverkauft. Im Radio haben sie schon zehnmal durchgegeben, daß es keinen Zweck hat, den Verkaufsstellen noch die Türen einzurennen.«

Karl und Willi standen da wie gelähmt. Das Blut wollte ihnen in den Adern gerinnen.

»Ich habe auch keine mehr gekriegt«, seufzte der Auskunftsbeamte.

Den beiden Jungen stiegen schon die Tränen in die Augen, als Onkel Johann den Beamten beiseite nahm und ihn mit unterdrückter Stimme fragte: »Wo sind welche schwarz zu haben? Ich zahle jeden Preis.«

»Jeden?«

»Jeden sage ich!«

»Sitz- oder Stehplätze?«

»Vier Sitzplätze.«

Der Beamte nestelte in seiner Tasche, wobei er sagte: »Zufällig hätte ich noch vier Stück...«

»Sie!« stieß Onkel Johann nun doch etwas überrascht hervor.

Für sich selbst könne er sich eine solche Karte nicht leisten, entgegnete der Beamte. So gesehen, sei das schon richtig, was er gesagt habe.

»Was kosten sie?« fragte Johann.

Er verdiene keine Mark daran und erweise den Leuten nur einen Gefallen, beteuerte der Beamte, da er seit Jahren immer wieder das gleiche erlebe und um Karten angegangen werde.

»Was kosten sie?« fragte Johann noch einmal.

»Haupttribüne?«

»Ja.«

»Das Stück dreihundert Mark. Das ist der Selbstkostenpreis.«

»Geben Sie mir vier!«

Karten und Geld wechselten ihre Besitzer, wobei Onkel Johann noch sagte: »Ich kann mich darauf verlassen, daß sie nicht gefälscht sind?«

Die Antwort lautete: »Aber Sie sehen doch, wer ich bin – ein Beamter!«

Das Blut in den Adern von Karl und Willi konnte wieder frei fließen. Ihre Bewunderung für ihren Großonkel kannte keine Grenzen mehr. Vater Paul allerdings erklärte, daß er das als Wahnsinn empfinde, was hier geschehen sei. Auf keinen Fall dürfte davon zu Hause etwas erzählt werden. Seine Frau würde ihn dafür verantwortlich machen, daß er sich keine Mühe gegeben habe, den Onkel zur Vernunft zu bringen.

Johnny lachte zu allem. Beim Mittagessen im Mathäserbräu, einer Großgaststätte in Bahnhofsnähe, brachten die Jungens vor Aufregung kaum mehr einen Bissen hinunter. Sie sprachen nur noch vom Spiel, redeten sich die Köpfe heiß, stritten. Karl ließ auf seine Hamburger nichts kommen, Willi nichts auf die Bayern.

Ganz so aufgeregt waren Paul und Johann nicht. Sie bestellten eine bayerische Spezialität – Schweinshax'n mit

Kartoffelknödel und Sauerkraut – und ließen es sich schmecken. Nur geteilten Beifall fand allerdings das weltberühmte Münchner Bier. Johann lobte es in den höchsten Tönen; Paul sagte, daß es ihm zu schwach sei. Er war eben das wesentlich stärkere Gebräu gewöhnt, das an Rhein und Ruhr zum Ausschank kommt.

Beide, Johann und Paul, waren zum erstenmal in ihrem Leben in München, das die bekannteste deutsche Stadt in Amerika sei, erzählte Johann. Und wiederum die bekannteste Errungenschaft von München selbst sei natürlich das Hofbräuhaus.

»Wir werden es uns deshalb ansehen«, gab Johann am Tisch bekannt.

»Wann?« fragte Paul.

»Heute abend.«

»Unser Zug geht vor acht Uhr.«

»Morgen fährt auch noch einer«, grinste Onkel Johann.

»Und Erna? Die wartet auf uns!«

»Wir rufen sie an und sagen ihr, daß wir den Zug versäumt haben.« Johann blickte die Jungen an. »Es sei denn, ihr habt sosehr Heimweh nach eurer Mammi, daß ihr die Trennung von ihr bis morgen nicht aushalten könnt?«

Eine Art Indianergeheul ertönte, angestimmt von dem Brüderpaar. Wenn Mutter Erna das gehört hätte, wäre sie sehr enttäuscht gewesen.

»Aber wir haben doch gar nichts dabei«, gab Vater Paul zu bedenken. »Keine Schlafanzüge, keine Zahnbürste . . .«

»Na und?« sagte Onkel Johann. »In meiner ersten Zeit in Amerika habe ich die Nacht oft auf Parkbänken verbracht. Hier gehen wir ins Hotel und schlafen in unserer Unterwäsche. Denkst du, das schaffen wir nicht?«

»In welches Hotel?« fragte Paul, dem seine Frau Erna nicht aus dem Kopf gehen wollte.

»In ein gutes.«

»Ein preiswertes genügt auch.«

»Ich brauche ein gutes, in dem der Portier in der Lage ist, auch am Wochenende einen Juwelier auf die Beine zu bringen.«

Pauls Augen weiteten sich.

»Einen Juwelier?«

»Wir müssen doch auch deiner Frau etwas Hübsches mitbringen«, sagte Onkel Johann vergnügt. »Hast du das vergessen?«

»Sie weiß, daß die Geschäfte zu sind.«

»Siehst du«, grinste Johann. »Deswegen brauche ich ein gutes Hotel mit einem gewandten Portier.«

Paul fühlte sich überfahren.

»Was willst du ihr denn kaufen?« fragte er ergeben. »Einen Ring?«

»Ringe hat sie schon, habe ich gesehen.«

»Was dann?«

»Eine Perlenkette.«

»Eine Perlenkette?!« schrie Paul auf. »Bist du verrückt?«

Die beiden Söhne hatten sogar ihr Fußballgespräch vorübergehend abgebrochen. Gebannt hörten sie zu.

»Ich bin deiner Frau einiges schuldig, Paul«, sagte Johann.

»Für was? Für ihren Grünkohl?«

»Und für ihre Bratwürste«, nickte lächelnd Johann.

»Die sind vom Metzger!«

»Und der Kartoffelbrei? Und die Reibekuchen? Und die Salate? Woher sind die? Und –«

»Das sind doch alles Lächerlichkeiten!« unterbrach Paul.

Johanns heitere Miene änderte sich. Fast ein bißchen melancholisch blickte er seinen Neffen an und sagte: »Nein, Paul, das sind sie nicht für einen, der zweiunddreißig Jahre weg war und in der Zeit Cornflakes gegessen hat und Steaks und Maisplätzchen. Du verstehst das nicht und kannst darum froh sein, es nicht verstehen zu müssen.«

»Aber das klingt ja gerade so, als ob du dich von Amerika irgendwie lossagen möchtest?« meinte Paul erstaunt.

Onkel Johann schüttelte den Kopf.

»Nein, das möchte ich nicht, Amerika ist meine neue Heimat geworden, mein Land; wenn du willst, sogar mein Vaterland. Dabei bleibt's. Amerika hat mir sehr viel gegeben, aber das ändert nichts daran, daß ich, ehe ich Amerika gewann, vorher sehr viel verloren habe – meine alte Heimat, mein altes Land, old Germany. Lange Zeit sah es für mich selbst so aus, als ob ich das vergessen hätte. Irrtum! Es kam die Stunde, in der mir wieder bewußt wurde, was einem im Blut liegt, ob man will oder nicht.«

Paul wußte nicht recht, was er dazu sagen sollte. Die Materie war ihm eben fremd. Er versuchte, einen Scherz zu machen.

»Schön und gut«, antwortete er. »Aber Grünkohl und Reibekuchen in deinem Blut sind keine Perlenkette für meine Frau wert.«

»Doch!« sagte Onkel Johann kurz und lächelte wieder.

»Dann kann ich dich nur noch warnen, Onkel Johann.«

»Vor was oder wem?«

»Vor Erna«, seufzte Paul. »Die kann sehr wütend werden, weißt du.«

»So?«

»Das kommt von einem slawischen Großvater mütterlicherseits, den *sie* noch im Blut hat, sagt sie.«

»Weißt du«, antwortete weise Johann, »wovor auch slawische Großväter sehr rasch kapitulieren?«

»Wovor?«

»Vor Perlen.«

Von draußen hörte man Schlachtenbummler mit schauerlichem Gesang am Lokal vorbeiziehen, die, einem Sonderzug aus Hamburg entstiegen, vom Bahnhof kamen. »Zieht den Bayern die Lederhosen aus!« gröhlten sie und: »Hi – ha – ho, Bayern ist k.o.!«

»Hörst du?« sagte triumphierend Karl, der HSV-Fan, zu Willi.

»Warte nur« – Willi blickte auf die Uhr – »in vier Stunden werden sie nicht mehr singen, sondern weinen.«

Onkel Johann winkte der Bedienung, um die Zeche zu begleichen.

»Macht euch fertig«, sagte er. »Ich möchte mir vor dem Spiel gerne noch das ganze Olympiagelände ein bißchen ansehen, das ja ganz toll sein soll. Nicht einmal in Amerika haben wir so etwas.«

Ehe aufgebrochen wurde, bestellte er telefonisch im ›Vier Jahreszeiten‹, Münchens bestem Hotel, noch drei Zimmer zum Übernachten.

In der S-Bahn zum Stadion drängten sich schon die Fans, die auch das Vorspiel zwischen zwei Jugendmannschaften nicht versäumen wollten. Viele trugen rotweiße Mützen und Schals – die Farben des FC Bayern. Auch zahlreiche rotweiße Wimpel und Fahnen wurden mitgeführt, die in den Waggons noch eingerollt waren, beim Aussteigen aber sofort unter Gebrüll geschwenkt wurden. Die Züge fuhren in Abständen von wenigen Minuten und spien immer neue Massen von Schaulustigen aus, die sich nach dem Verlassen der Waggons zu Strömen zusammenballten und sich aufs Stadion zuwälzten, wo sie sich vor den vielen Eingängen stauten. Überall neben den Anmarschwegen waren Polizisten zu sehen, deren Anwesenheit davon kündete, daß der Satz der Sport diene dem Frieden, längst keine Gültigkeit mehr besitzt (falls er im Laufe der Zeiten jemals Gültigkeit besessen haben sollte).

Den rotweißen Mützen, Schals, Wimpeln und Fahnen wurde mehr und mehr Paroli geboten durch Blauschwarze – den Farben des HSV. Natürlich waren die Rotweißen in der Überzahl, aber auch die Blauschwarzen aus Hamburg reichten aus, um im rotweißen Meer nicht unterzugehen.

Karl und Willi aus Rheinstadt sahen dies alles mit blanken Augen. Ihre Erregung sprang auch über auf Paul, doch er vergaß nicht, ein Augenmerk darauf zu haben, daß ihm seine Söhne in dem Gedränge nicht abhanden kamen.

Onkel Johann sah sehr rasch ein, daß sein Vorhaben, sich das ganze Olympiagelände ein bißchen anzusehen, zum Scheitern verurteilt war. Die Menschenmenge, in der er mit den Seinen eingekeilt war, schob ihn auf das Zentrum von allem zu: das große Fußballstadion mit dem berühmten Zeltdach.

Dann hatten die vier ihre Plätze eingenommen. Die Karten waren also nicht gefälscht gewesen, der Einlaß hatte reibungslos geklappt. Paul und Johann hatten die Jungens in die Mitte genommen, sie selbst saßen außen, Paul neben Willi, Johann neben Karl. Das war sehr günstig für Johann, der sich vorgenommen hatte, mit Karl bei Gelegenheit ein Wörtchen zu reden. Zehntausende waren schon anwesend. Trompeten schallten, Sprechchöre brausten immer wieder auf, der Lärm war gewaltig und bot die Gewähr, daß Onkel Johann unbemerkt von Paul und Willi mit Karl sprechen konnte. Darauf legte er nämlich Wert. Paul und Willi hatten nur Augen und Ohren für die Vorgänge im Stadion.

»Karl«, sagte Onkel Johann, »hast du Lust, ins Gefängnis zu gehen?«

Karl lachte, er nahm das nicht ernst.

»Ich weiß was Schöneres, Onkel Johann.«

»Die sperren dich aber bald ein.«

Karl sah an Johanns Miene, daß kein Grund zum Lachen bestand.

»Wieso?« fragte er.

»Wegen Fahrens ohne Führerschein.«

Karls Gesicht übergoß sich mit Röte. Er blickte Johann an, war aber zu verlegen, um etwas zu sagen.

»Du weißt«, fuhr Onkel Johann fort, »daß die dich schon auf dem Kieker haben. Und jetzt hat dich der Polizeichef selbst wieder gesehen.«

Karl sagte immer noch nichts.

»Eine Anzeige bei der Staatsanwaltschaft – und du bist fertig, Karl!«

»Wenn das passiert«, stieß der Junge hervor, »haue ich ab!«

»Wohin denn?«

Die Antwort lag auf der Hand.

»Zu dir nach Amerika, Onkel Johann.«

Doch Onkel Johann schüttelte den Kopf.

»Nee, nee, mein Junge, auch in Amerika können wir keine Vorbestraften brauchen. Wenn du vielleicht mal was anderes gelesen haben solltest, so ist das Unsinn.«

Karl verstummte wieder. Johann blickte ihn an.

»Ich habe dafür gesorgt, daß die Anzeige unterbleibt.«

»Du?!«

»Niemand weiß etwas davon – nur ich und der Polizeichef!«

»Und die Eltern? Wirst du ihnen etwas sagen?«

»Nein.«

»Ehrenwort?«

»Hör mal«, grinste Johann. »Du kannst mir nicht das Messer auf die Brust setzen. Eher ich dir! Es war ein Zufall, daß ich mit dem Polizeichef ins Gespräch gekommen bin und ich die Sache noch einmal bereinigen konnte. Wenn du mir aber jetzt nicht ehrenwörtlich versicherst, daß du auf kein Motorrad mehr steigst, bis du den Führerschein gemacht hast, werde ich sehr wohl mit deinen Eltern reden. Dann würdest du auch gar nichts anderes verdienen. Also, was ist?«

Karl zögerte keinen Augenblick.

»Ehrenwort, Onkel Johann!«

»Gut, das genügt mir. Ich halte dich für einen Kerl, der sein Versprechen hält. Vergiß nicht, du warst schon mit einem Fuß im Gefängnis. ›Jugendarrest‹ heißt das, glaube ich, bei euch hier.«

»Du kannst dich auf mich verlassen, Onkel Johann«, sagte Karl mit Nachdruck. »Ich werde dich nicht enttäuschen.«

»Wichtiger als *mich* nicht zu enttäuschen ist, daß du deinen *Eltern* das nicht antust.«

»Ich weiß.«

»Dann schlage ich also vor, daß wir über die Sache kein Wort mehr verlieren.«

Karl nickte, schwieg eine Zeitlang, sagte aber dann doch: »Eines möchte ich dich noch fragen, Onkel Johann...«

»Was?«

»Wieviel hast du dafür bezahlt?«

»Wem?«

»Dem Polizeichef?«

»Keine Mark, mein Junge!« erwiderte Johann mit Nachdruck. »Bilde dir da nichts Falsches ein, das ist anders gelaufen!«

»Wie denn?« fragte darauf Karl erst recht neugierig.

»Das erzähle ich dir später einmal, wenn du mich besuchst«, entgegnete Onkel Johann und setzte so nebenbei hinzu: »In Amerika.«

»In Amerika?« rief Karl.

»Ja«, nickte Johann. »Aber nur, wenn du dein Wort nicht brichst.«

»Was ist mit Amerika?« fragte Willi, dem trotz des Lärms im Stadion Karls unbeherrschter Ausruf ins Ohr gedrungen war.

»Auch in Amerika ist der HSV bekannt, sagt Onkel Johann«, erwiderte Karl reinen Gewissens.

»Aber der FC Bayern sicher noch bekannter!«

Die große Kraftprobe, in der geklärt wurde, wem die Palme gebührte, den Hanseaten oder den Münchnern, begann, wie jeden Samstagnachmittag, wenn die Bundesligarunde steigt, um halb vier. Die zwei Jugendmannschaften waren abgetreten, begleitet vom freundlichen Beifall des Publikums. Das Stadion war inzwischen bis auf den letzten Platz gefüllt. Über den Lautsprecher wurden die Aufstellungen bekanntgegeben, dann kamen die Matadore selbst, um 90 Minuten lang mit ihren Beinen wieder einmal jene Arbeit zu leisten, für die sie weitaus höher bezahlt wurden als die brillantesten Geistesschaffenden für ihre Arbeit mit dem Kopf.

Das Spiel ging in die Fußballgeschichte ein. Als es begann, wußte jeder im ganzen Land, daß die Mannschaft, die siegen würde, dem Titel des Deutschen Meisters in diesem Jahr um ein entscheidendes Stück näher gerückt sein würde. Viel hinge, hatten die Zeitungen geschrieben, davon ab, wer das erste Tor schießen würde. Das brächte Ruhe in die Reihen dieser Elf – und Nervosität in die Phalanx des Gegners.

Das erste Tor schossen – und zwar sehr bald – die Hamburger, deren fünf- bis sechstausend Fans, die angereist waren, die Nordkurve besetzt hielten und sie mit ihren Fahnen in ein wogendes blaues Meer verwandelten. Die Südkurve, von jeher das Revier der heißesten Bayern-Fans, bot dagegen ein Bild des Entsetzens. Keine rotweiße

Fahne wurde geschwenkt, als der Ball im Netz der Münchner Mannschaft zappelte.

Was sich zwischen den weiten Kurven im großen abspielte, trug sich zwischen Paul Müller und Onkel Johann im kleinen zu. Karl jubelte, Willi trauerte und gab dem Schiedsrichter die Schuld, der ein angebliches Foul eines Hamburger Angreifers an einem Münchner Verteidiger unmittelbar vor dem Torschuß nicht gegeben hatte.

»Hast du denn das nicht gesehen, Mensch?« fuhr Willi seinen Bruder an.

»Was denn?«

»Das gestreckte Bein von dem?«

»Von wem?«

»Vom Magath.«

»Der war doch gar nicht am Ball!«

»Aber er wollte ran, und das genügt! Wenn du das nicht gesehen hast, dann tust du mir leid!«

»Leid tust *du* mir mit deinen Bayern! Sieh nur, wie sie untergehen...«

Ein neuer Angriff des HSV rollte, und der arme Willi glaubte, das, was sich auf dem grünen Rasen tat, bald nicht mehr mitansehen zu können. Der FC Bayern war in Not. Die Nordkurve jubelte, die Südkurve zitterte. Nur langsam konnten sich die Bayern aus der Umklammerung der Gästemannschaft lösen und zu eigenem Druck auf den Gegner übergehen. Doch als sich die Anzeichen mehrten, daß das Spielgeschehen umschlagen könnte, fiel wie ein Blitz aus heiterem Himmel der zweite Treffer des HSV. Damit stand es 0:2 gegen Willis Lieblinge. Gleich darauf ertönte der Halbzeitpfiff des Schiedsrichters, und die Mannschaften verschwanden in ihren Kabinen. Die Hamburger wurden, als sie das Feld verließen, von ihren Anhängern gefeiert, die Münchner von den ihren ausgepfiffen.

»Onkel Johann«, sagte Paul, »mit deinem Tip wird's

wohl leider auch nichts mehr. Ich hatte dich ja ausgelacht, als du den Bayern keinen Sieg zugetraut hast, aber jetzt wäre ich froh, wenn die wenigstens noch ein Unentschieden erreichen würden.«

Johann wiegte den Kopf.

»Ich weiß nicht, die gehen mir ein zu hohes Tempo«, sagte er. »Ob die das durchhalten?«

»Wer?«

»Die Hamburger.«

»Die machen doch die Bayern im Stehen fertig«, fiel Karl ein. »Habt ihr nicht gesehen, wessen Hemden schon viel verschwitzter sind, weil sie immer nur wie die Hasen hinter den anderen herlaufen müssen? Das geht weit mehr an die Kraft als Vorausmarschieren.«

»Wo hast du denn das gelesen?« fragte Willi. Es sollte ironisch klingen, tat's aber nicht, da Willi zu niedergeschlagen war, um seiner Zunge noch den richtigen Schwung zu geben.

Onkel Johann hätte gern einen Becher Bier getrunken, aber Alkohol gab's auf den Rängen nicht. Die Polizei hatte schon beim Anmarsch Betrunkene aus der Menge herausgefischt und sie am Betreten des Stadions gehindert, um Schlägereien vorzubeugen. Bei solchen Spielen waren aber auch immer wieder Nüchterne nicht davor gefeit, aus der Rolle zu fallen.

Wenigstens bot die Halbzeitpause Gelegenheit, das eigenartige Zeltdach zu bewundern, eine Architektur, die es in der ganzen Welt ein zweites Mal nicht mehr gab. Onkel Johann war hingerissen. Wenn er gehört hätte, welch irrsinnige Summe das Dach gekostet hatte, wäre seiner Begeisterung allerdings ganz bestimmt ein ziemlicher Dämpfer aufgesetzt worden.

Die Halbzeitpause ging vorüber, die zweite Spielhälfte begann. Und nun sah plötzlich alles ganz anders aus, der FC Bayern war am Drücker, der HSV wurde in die Defensive gedrängt. Welle um Welle brandete gegen das Tor der Hanseaten, und nur großartige Leistungen ihres Keepers verhinderten noch eine Zeitlang den Anschlußtreffer der Münchner. Karls Nase wurde lang und länger, Willi schrie sich heiser, da nun seine Lieblinge das Heft in der Hand hatten. Und schließlich fiel auch das längst verdiente erste Tor der Bayern. Das Stadion schien zu bersten – mit Ausnahme der Nordkurve natürlich. Spontan behauptete jetzt Karl, daß der Schiedsrichter zum Augenarzt müßte, weil er das klare Handspiel eines Bayern-Stürmers nicht gesehen hätte.

»Außerdem standen von denen auch noch zwei Mann im Abseits!« fügte Karl hinzu.

»Warum nicht vier?« höhnte Willi.

Der nächste Nackenschlag für Karl und die Nordkurve ließ nicht lange auf sich warten – der Ausgleichstreffer des FC Bayern fiel. Dabei blieb's aber dann bis zum Schluß, das Spiel endete also unentschieden, nachdem der Hamburger Torwart noch über sich hinausgewachsen war und die tollsten Chancen der Münchner zunichte gemacht hatte.

Onkel Johann war stolz auf seine Nase.

»Was sagt ihr zu meinem Tip?« fragte er hocherhobenen Hauptes.

Paul nickte anerkennend, aber die Jungen erhoben Einspruch.

»Du mußt zugeben, Onkel Johann«, meinte Willi, »daß das Ergebnis irregulär ist. Für mich ist der moralische Sieger der FC Bayern – auf Grund der zweiten Halbzeit!«

»Und für mich«, ließ sich Karl vernehmen, »der HSV – auf Grund der ersten!«

Onkel Johann lachte.

»Hat's euch gefallen?« fragte er die beiden. »Obwohl jeder nur den moralischen Sieg seiner Mannschaft zu verzeichnen hat?«

Es sei einmalig gewesen, versicherten sie ihm. Das Fernsehen müsse sich dagegen verstecken. Und das hätten sie ihm zu verdanken.

Aus dem Stadion herauszukommen, war mit einigen Schwierigkeiten verbunden. Vor den Ausgängen stauten sich die Massen, das Gedränge war fürchterlich. Jeder wollte der erste sein und stieß und trat und drückte, als ob es um sein Leben ginge. Die Unvernunft feierte Triumphe. Es wurde geschimpft und geflucht, und auf dem Gelände zwischen dem Stadion und dem S-Bahnhof hatte ein großes Aufgebot von Polizisten auch schon alle Hände voll damit zu tun, Gruppen aufgepeitschter Fans, die entgegengesetzten Lagern entstammten, auseinanderzuhalten. Auch in den Waggons drohte die Situation zu explodieren, wenn Rotweiße mit Blauschwarzen zusammentrafen.

Onkel Johann und die Seinen hatten Glück. Sie konnten Plätze in einem Wagen ergattern, in dem sie nur von Rotweißen umgeben waren. Das blauschwarze Element fehlte, und dadurch bestand keine Gefahr, daß Feindseligkeiten ausbrachen, unter deren Räder zu geraten den vier Rheinstädtern den Geschmack am ganzen Spiel nachträglich noch verdorben hätte.

»Wohin jetzt?« fragte Paul während der Fahrt in die Innenstadt seinen Onkel, dem er das Kommando überließ.

»Zuerst ins Hotel«, antwortete Johann. »Etwas essen und trinken und die Zimmer beziehen...«

»Und dann?«

»Dann laufen wir rum und sehen uns noch ein bißchen die Stadt an.«

»Wann rufen wir zu Hause an?«

»Um halb neun.«

»Nicht eher?«

»Eher geht das nicht«, grinste Onkel Johann, »weil um acht erst der Zug fährt, den wir versäumen.«

Karl und Willi kicherten darüber.

»Boys«, sagte Onkel Johann zu ihnen, »zu Hause werden wir eurer Mutter natürlich eingestehen, daß wir sie hinters Licht geführt haben. Hoffentlich ist sie uns dann nicht allzu böse.«

»Du bringst ihr doch eine Perlenkette mit?« meinte Willi vorlaut.

Das erregte Pauls Ärger, aber zum Schimpfen war keine Zeit mehr, denn der Zug erreichte schon den Marienplatz, wo das Quartett aussteigen mußte. Zum Hotel ›Vier Jahreszeiten‹ in der Maximilianstraße ein Taxi zu nehmen, lohnte sich nicht. Karl und Willi staunten, als sie von den Erwachsenen in den Prachtbau hineingeführt wurden. Sie wagten kaum aufzutreten, so vornehm war alles um sie herum. Auch Paul fühlte sich beklommen. Zum ersten Mal in seinem Leben befand er sich in einem Grandhotel der internationalen Klasse. Er spürte, daß die Kleidung, die er und seine Söhne – aber auch Onkel Johann – trugen, diesem Rahmen nicht angepaßt war. Die vier waren in Rheinstadt ja zu einem Fußballspiel aufgebrochen, und nicht, um in einem Welthotel abzusteigen.

Auch der Portier war von internationaler Klasse. Als er die vier hereinkommen sah, stiegen unmerklich seine Augenbrauen hoch. Die Verhandlungen mit ihm führte Onkel Johann, indem er begann: »Mein Name ist Miller. Ich habe heute mittag telefonisch bei Ihnen drei Zimmer bestellt – ein Doppelzimmer und zwei einzelne.«

»Wenn Sie Mister Miller aus Amerika sind – ja.«

»Der bin ich.«

Die unmerklich hochgezogenen Augenbrauen des Portiers blieben unmerklich hochgezogen.

»Wir sprachen nicht über die von Ihnen erwünschte Preisklasse, Mister Miller.«

»Nein.«

»Soll das jetzt geschehen.«

»Nein, nicht nötig.«

Das war deutlich, aber der Portier war sich immer noch nicht sicher.

»Ihr Gepäck, Mister Miller?« fragte er mit einem suchenden Blick, der nicht von Erfolg gekrönt war.

»Haben wir keines.«

»Hat man Sie bestohlen?«

»Mein lieber Freund«, grinste Onkel Johann, »sagen Sie mir unsere Zimmernummern und quälen Sie sich nicht mit Fragen, die unwichtig sind.«

Der Gesichtsausdruck, mit dem der Portier der kleinen Karawane aus Rheinstadt nachblickte, als sie zum Lift zog, war mißbilligend und voller Zweifel. Das änderte sich aber dann schlagartig, als wenig später der Portier von dem Gast aus Amerika aus dessen Zimmer angerufen und gefragt wurde: »Können Sie mir einen Juwelier besorgen?«

»Einen was?«

»Einen Juwelier.«

»Ich verstehe nicht.«

»Ist das so schwer zu verstehen. In Amerika klappt sowas ohne weiteres. Ich brauche einen Juwelier, der ins Hotel kommt, um mit mir ein Geschäft zu machen.«

»Wann?«

»Morgen früh.«

»Morgen ist Sonntag, Mister Miller.«

»Ich weiß, aber ich brauche trotzdem morgen früh hier im Hotel eine Perlenkette.«

»Zu welchem Preis?«

»Sagen wir zehntausend Mark.«

Von diesem Moment an war der Portier geheilt, und er hätte sich sogar in der Lage gezeigt, einen Schönheitschirurgen auf die Beine zu bringen, der am Sonntag früh eine kosmetische Operation an der Nase der Gattin eines solchen Gastes durchgeführt hätte.

Nur ein paar Schritte vom ›Vier Jahreszeiten‹ entfernt liegt in München ein ganz anderes Etablissement – das Hofbräuhaus. Größere Gegensätze sind überhaupt nicht vorstellbar. Onkel Johann, Paul und die Jungen saßen am Abend in der ›Schwemme‹ dieses berühmtesten Gasthauses der Welt und erlebten einen Betrieb, der nur noch übertroffen wird von dem Geschehen in den Bierzelten beim alljährlichen Oktoberfest in München. Die ›Schwemme‹ liegt im Erdgeschoß des Hauses. Wie der Name schon ahnen läßt, fließt dort das Bier in Strömen. Getrunken wird nur aus Literkrügen. Kleinere Gefäße sind an dieser Stätte verpönt. Der ständige Lärm aus Blechinstrumenten, die zum Teil größer sind als die Männer, von denen sie gespielt werden, ist ohrenbetäubend.

Die Leute, die sich an den einfachen, langen Holztischen drängen, kommen aus aller Herren Länder, lachen, singen, schunkeln und vergessen die happigen Preise, die ihnen abverlangt werden. Die Musiker tragen die berühmten bayerischen Lederhosen. Ihre Hüte sind geschmückt mit den ebenso berühmten Gamsbärten, Prachtexemplaren, von denen jedes einzelne ein kleines Vermögen kostet, sofern ihr ›Material‹ nicht von Wildererhand aus den Felsregionen der Alpen geholt wird.

Natürlich werden in einer solchen Atmosphäre nicht nur Duzbrüderschaften geschlossen, sondern es brechen auch Feindseligkeiten aus, die aber meistens schon im Keim von kräftigen, an ihren Schirmmützen zu erkennenden Ordnern erstickt werden.

Karl und Willi durften auch gemeinsam einen Krug leeren, mußten aber dann ins Bett. Den kurzen Weg zurück zum Hotel fanden sie alleine. Die Fülle ihrer Erlebnisse an diesem Tag wollte ihnen schier die Brust sprengen, trotzdem waren sie am Ende so müde, daß ihr Drang, sich in ihrem Doppelzimmer noch einmal über alles zu unterhalten, rasch in sich zusammenfiel und sie nach wenigen Minuten einschliefen.

Vater Paul und Onkel Johann folgten ihnen viel später. Sie hatten aus getrennten Krügen getrunken – und jeder nicht nur aus einem. Beim Verlassen des Lokals warf Onkel Johann einen Blick zurück auf das sich langsam leerende Gebäude, von dem er schon soviel in seinem Leben gehört und das ihn nun nicht enttäuscht hatte, und sagte mit glänzenden Augen: »Siehst du, Paul, das fehlt uns in Amerika!«

»Und der Fußball«, ergänzte Paul. »Der doch auch?«

»Der auch«, nickte Johann. Der Kopf war ihm schwer, die Beine ebenfalls.

Nicht anders erging es Paul, so daß sich jeder von ihnen beim anderen einhängen mußte, um den gemeinsamen Weg in wahrer Eintracht zu bewältigen.

Paul dachte an Rheinstadt.

»Ein solches Lokal fehlt auch bei uns, Onkel Johann«, sagte er.

»Aber wenigstens wird bei euch Fußball gespielt, Paul.«

»In der Landesliga«, schränkte Paul bedrückt ein.

»Auch darum müßte Chicago schon froh sein, Paul.«

Der Schlepper eines Nachtlokals fragte die beiden, ob sie denn keine Lust mehr auf die Körper schöner Frauen hätten. Nicht nur zum Ansehen, ließ er durchblicken.

Da dachte Paul noch einmal an sein Zuhause.

»Du hast mit Erna telefoniert, Onkel Johann«, meinte er. »Was hat sie denn eigentlich verlauten lassen?«

»Das habe ich dir doch schon gesagt«, erwiderte Johann. »Daß ich dich die Übernachtung bezahlen lassen soll.« Er grinste.

»Sonst nichts?« fragte Paul.

»Und daß wir früh ins Bett gehen sollen, damit wir morgen den Zug nicht noch einmal versäumen.«

»Wieviel Uhr ist es?«

»Ein Uhr früh.«

Der Witz war so alt wie die Menschheit selbst. Trotzdem verfehlte er anscheinend auch diesmal wieder seine Wirkung nicht, denn Paul lachte und meinte: »Dann können wir ihr ja sagen, daß wir ihren Wunsch erfüllt haben.«

Beim Einbiegen in die Maximilianstraße schienen Paul Zeit und Ort günstig zu sein, um Johann eine wichtige Angelegenheit zu unterbreiten. Er blieb stehen.

»Onkel Johann«, begann er, »ich mag dich.«

»Ich dich auch, Paul.«

»Erna mag dich ebenfalls, das weiß ich.«

»Ich sie nicht weniger, Paul.«

»Und von den Jungens brauche ich nicht zu reden, die gehen für dich durchs Feuer.«

»Das freut mich.«

»Du hast nur einen Fehler, darf ich dir das sagen?«

»Welchen?«

»Du wirfst mir zu sehr mit dem Geld herum.«

»Meinst du?« grinste Onkel Johann.

»Sieh mal«, setzte Paul zu einer gutgemeinten Seelenmassage an. »Es besteht doch nicht der geringste Anlaß dazu, daß du das tust. Du meinst wohl dauernd, dich revanchieren zu müssen. Aber das ist ein absoluter Blödsinn. Daß es dir nicht schlecht geht in Amerika, das habe ich schon gemerkt. Trotzdem übernimmst du dich vielleicht, weil du uns magst. Das sollst du nicht. Glaub mir, es wäre mir lieber, wenn du damit nicht angefangen hättest. Du bist unser Gast, aber du gibst uns keine Gelegenheit, dir das auch zeigen zu können. Wir –«

»Hör auf, Paul«, unterbrach Onkel Johann. »Ich wohne und lebe bei euch.«

»Das ist doch selbstverständlich. Bist *du* zu uns nach Deutschland gekommen – oder *wir* zu dir nach Amerika?«

»Eine gute Idee!« hakte Onkel Johann ein. »Wann kommt ihr denn mal?«

Paul blickte ihn an, und es war erstaunlich, mit welch klaren Augen er das tat. Er ereiferte sich bei diesem Gespräch, und das schien zu bewirken, daß sich der alkoholische Nebel in seinem Gehirn verflüchtigte.

»Ich mache dir einen anderen Vorschlag«, sagte er. »Laß dein Amerika sausen.«

»Nein!«

»Warum nicht?«

»Das habe ich dir schon einmal gesagt, warum das nicht in Frage kommt.«

»Aber wir hätten dich gern ganz hier, Onkel Johann.«

»Und wovon sollte ich hier leben?« fragte Johann mit undurchdringlicher Miene.

»Könntest du denn aufhören mit deinem Uhrenhandel drüben?«

»Das schon.«

»Und bliebe ein bißchen was übrig?«

»Ja.«

»Na also!« meinte Paul erfreut. »Du kennst unser Haus. In dem wäre nicht nur für ein paar Tage – so wie jetzt – Platz für dich.«

Onkel Johann machte große Augen.

»Wäre das dein Ernst?« fragte er.

»Nicht nur der meine, auch der von Erna, dessen bin ich ganz sicher.«

In Johanns Innerem fiel eine Entscheidung, über die er aber noch nicht sprechen wollte.

»Ihr seid prima Menschen«, sagte er, Paul kurz den Arm um die Schulter legend. »Aber hier bleiben kann ich nicht. Das geht einfach nicht, Paul.«

»Schade, Onkel Johann.«

Das Hotel lag schräg gegenüber auf der anderen Straßenseite.

»Komm«, sagte Johann, sich in Bewegung setzend. »Langsam werde ich müde.«

Der Portier war inzwischen von einem Kollegen abgelöst worden. Als Johann für sich und Paul die Zimmerschlüssel verlangte, sagte der neue: »Sie sind Mister Miller?«

»Ja.«

»Ich soll Ihnen bestellen, daß Ihnen der Juwelier um halb neun zur Verfügung stehen wird. Oder wäre Ihnen das zu früh?«

»Nein.«

»Wollen Sie geweckt werden?«

»Nein«, erwiderte Johann. »Der soll um halb neun zu mir raufkommen. Ich werde ihn empfangen.«

»Sehr wohl, Mister Miller.«

»Gute Nacht.«

»Gute Nacht, Mister Miller.«

Im Lift sagte Paul: »Onkel Johann, ich habe dir eine lange Predigt gehalten, aber genützt hat das offenbar nichts.«

»Wieso, was meinst du?«

»Bei der Perlenkette bleibt's?«

»Ja.«

»Dann werde ich Erna bitten, daß sie die Annahme verweigert.«

Onkel Johann lachte dazu nur.

»Lach nicht«, sagte Paul zu ihm. »Wahrscheinlich wird sie das sogar von alleine tun.«

Johann lachte noch mehr.

»Willst du mir schon wieder Angst vor ihrem slawischen Großvater machen?«

»Ich glaube, sie hat sogar schon einmal erwähnt, daß sie Perlen nicht mag.«

»Ja?«

»Ja«, log Paul.

»Gut, daß du mir das sagst. Ich werde mir deshalb das Recht zu einem eventuellen Umtausch vorbehalten.«

Daraufhin seufzte Paul.

»Du bist unverbesserlich, Onkel Johann.«

Der Lift war am Ziel. Die Zimmer der beiden lagen nicht unmittelbar nebeneinander. Sie gingen den Flur entlang. Johanns Tür war die erste, die sie erreichten.

»Gute Nacht, Paul.«

»Gute Nacht, Onkel Johann.«

»Siehst du noch nach den Jungens?«

»Ja.«

Karl und Willi hatten auftragsgemäß ihre Zimmertür nicht abgeschlossen. Zu stehlen gab es ja bei ihnen nichts. Ihre Jeans und Pullis hatten sie ordentlich auf zwei Stühle gelegt. Sie schliefen tief und hörten nichts, als ihr Vater leise ins Zimmer trat, um sich zu vergewissern, daß sie ihm noch nicht abhanden gekommen waren.

Erna nahm die vier Ausflügler an der Haustür in Empfang. Ihre erste Frage war typisch: »Habt ihr Hunger?« Dabei blickte sie naturgemäß in erster Linie ihre Söhne an.

Beide verneinten.

»Wieso nicht?« wunderte sie sich.

»Wir haben gegessen«, sagte Karl mit blasierter Miene.

»Im Speisewagen«, setzte Willi in gleicher Art hinzu.

Erna wußte sofort, auf wen das wieder zurückzuführen war, und nahm den Schuldigen ins Gebet.

»Onkel Johann, wozu diese Verschwendung?«

Die Jungen sprachen dazwischen und fragten, ob sie abzischen dürften in die Stadt, wo ihre Freunde schon auf die Berichte aus München warteten. Sie durften.

»Paul«, wandte Erna sich dann an ihren Mann, »hast wenigstens du bezahlt?«

»Nein.«

»Warum nicht?« erregte sich Erna. »Ich hatte dir das doch am Telefon gesagt?«

»Mir nicht!« Paul zeigte mit dem Daumen auf Onkel Johann. »Ihm!«

Erna wußte dadurch wieder alles und blickte kopfschüttelnd den unbotmäßigen Mann aus Amerika an.

Im Wohnzimmer wollte sie von Paul den Grund wissen, warum die vier in München den Zug versäumt hatten. Paul fuhr fort, alles auf Onkel Johann abzuwälzen.

»Frag ihn«, sagte er zu Erna.

Onkel Johann räusperte sich.

»München ist eine tolle Stadt, Erna, besonders für einen Amerikaner«, begann er. »Wenn man schon mal nach München kommt, besonders als Amerikaner, fällt es schwer, die Stadt noch am gleichen Tag wieder zu verlassen. Kannst du dir das vorstellen?«

»Ja sicher.«

»Siehst du, das dachte ich mir«, sagte Onkel Johann erleichtert. »Deshalb wirst du mir nicht böse sein, wenn ich hiermit das Geständnis ablege, daß ich dich am Telefon beschwindelt habe.«

»Ihr habt den Zug gar nicht versäumt?« begriff nun Erna, die ein helles Kind war.

»Nein, haben wir nicht.«

»Aber ihr seid doch wenigstens bald ins Bett gegangen?«

»Nein«, fuhr Onkel Johann fort, reinen Tisch zu machen.

»Auch nicht?! Wo habt ihr denn gewohnt?«

»Im ›Vier Jahreszeiten‹.«

Erna schlug die Hände überm Kopf zusammen.

»Ist das nicht eines der teuersten Dinger, die's gibt?«

»Es geht.«

»Es geht!« rief Erna. »Habt ihr denn da auch gegessen?«

»Ja, aber nur einen kleinen Imbiß«, entgegnete Onkel Johann. »Nach dem Spiel.«

»Und wo habt ihr richtig gegessen?«

»Im Hofbräuhaus.«

Das schlug für Erna dem Faß den Boden aus.

»Mit den Jungens?« entsetzte sie sich. »Wann war das? Sagt bloß nicht, am Abend?« Sie richtete dabei ihren Blick weniger auf Onkel Johann als auf Paul.

»Nur bis halb zehn, dann mußten sie ins Bett«, erwiderte Paul beschwichtigend.

»Und du?«

»Was ich?«

»Du hast doch die nicht im Hotel allein gelassen?«

»Aber Erna«, erwiderte Paul, der sich mehr und mehr in die Enge getrieben sah, »du weißt nicht, daß das ›Vier Jahreszeiten‹ und das Hofbräuhaus nur wenige Schritte voneinander entfernt liegen. Onkel Johann und ich wären im Bedarfsfalle jederzeit zur Stelle gewesen. Nicht wahr, Onkel Johann?«

Paul hatte das Gefühl, Hilfe zu brauchen, daher sein Versuch, Onkel Johann wieder in das Gespräch hineinzuziehen.

»Paul«, sagte Erna, »ich bin erschüttert!«

»Aber Onkel Johann –«

»Es geht nicht um Onkel Johann«, unterbrach sie. »Es geht um *dich!*«

»Ich sage dir doch, daß alles in Ordnung war. Es bestand nicht der geringste Zweifel, daß die sofort einschlafen würden.«

»Warum war das so sicher? Die hätten doch noch wer weiß was anstellen können!«

»Nein!«

»Wieso nicht?«

In seiner Bedrängnis antwortete Paul: »Trink du mal aus solchen Krügen Bier, dann weißt du das.«

»Waaas?« schrie Erna auf.

»Versteh mich nicht falsch«, sagte Paul, zu spät seinen Fehler erkennend. »Das war nur ein Liter.«

»Für *jeden?!*«

»Nein, für beide – und außerdem müßtest du mal sehen, wie schlecht die dort einschenken. Ein Skandal ist das! Frag mal einen Münchner! Nicht wahr, Onkel Johann?«

»Komm mir nicht damit, daß ich einen Münchner fragen soll!« rief Erna.

»Die wissen doch am besten Bescheid!«

»Ich weiß jetzt über *dich* Bescheid!« Erna lief es im nachhinein noch kalt über den Rücken, wenn sie an die Schutzlosigkeit ihrer Sprößlinge dachte. »Wenn ich das geahnt hätte, daß das passiert, wäre ich mitgefahren!«

»Hättest du es nur getan, dann wäre noch etwas ganz anderes nicht passiert.«

»Noch etwas ganz anderes nicht?«

»Eine Wahnsinnstat von Onkel Johann.«

Der rettende Einfall Pauls bestand darin, von sich auf Onkel Johann abzulenken, indem er von der Perlenkette anfangen wollte.

»Frag ihn doch mal«, fuhr er fort, »was er dir mitgebracht hat.«

»Mir?«

Johann zog ein längliches, flaches Päckchen aus der Tasche, daß in Geschenkpapier eingewickelt war. Er streckte es lächelnd Erna hin, die nur zögernd zugriff, und sagte dabei: »Wenn's dir nicht gefällt, kannst du es auch umtauschen.«

»Was ist das?« fragte Erna.

»Mach es auf, dann siehst du's.«

»Du wirst dich wundern!« ließ Paul sich vernehmen.

Erna löste die dünne goldene Schnur und das Papier von dem Päckchen, auf dem elegant gedruckt stand ›Juwelier David Elch, München – Paris – London‹.

Ernas Augen wurden groß. Sie sah Johann an, dann die flache Schachtel aus feinstem Leder und öffnete sie langsam. Eine prachtvolle Perlenkette lag vor ihr, deren Schließe gebildet wurde von einem großen Saphir, den zwei Reihen blitzender Brillanten umgaben.

Erna konnte erst einmal gar nichts sagen. Dann lieferte sie den beiden Männern einen Grund zur Belustigung, indem sie hervorstieß: »Die sind doch nicht echt?«

Zwischen Pauls Lachen und dem seines Onkels bestand allerdings ein Unterschied. Paul grinste sozusagen grimmig.

»Die hat der sich«, sagte er, mit dem Daumen auf Johann zeigend, »am Sonntag früh ins Hotel bringen lassen. Der Juwelier kam höchstpersönlich angetanzt. Denkst du, das hätte der mit unechten getan?«

Erna spürte, daß das, was sie tun mußte, sehr rasch zu geschehen hatte, weil ihr sonst die Kraft dazu verlorengehen würde.

»Nein!« sagte sie entschlossen, machte zugleich die Lederschachtel zu und streckte sie Johann hin, erzielte damit aber nicht den erwünschten Erfolg, denn Onkel Johann reagierte nicht.

»Bitte!« sagte Erna.

»Was heißt das?« fragte Johann. »Gefällt dir die Kette nicht?«

»Es geht hier nicht ums Gefallen.«

»Sondern?«

»Es ist unmöglich, daß ich sie annehme!«

»Was habe ich gesagt!« war Paul triumphierend zu vernehmen.

»Weißt du, was er gesagt hat?« fragte Johann, sich seiner Sache sicher, Erna.

»Was denn?«

»Daß dir Perlen grundsätzlich nicht gefallen.«

»Blödsinn!« entfloh es Ernas Lippen. »Eine solche Frau gibt's nicht!«

»Das dachte ich auch«, grinste Johann.

»Erna!« rief Paul warnend.

»Du kennst doch nur deine Werkstatt, Paul«, sagte sie.

»Merkst du denn nicht, daß der dich einseifen will?«

»Nein«, widersprach ihm Onkel Johann scheinheilig, »das will ich nicht, Paul. Es geht momentan um das, was du gesagt hast.« Er zuckte die Achseln. »Du hast selbst davon angefangen.«

Und schon war der arme Paul in die Defensive gedrängt.

»Ich habe das so gemeint«, sagte er, »daß du bei Erna mit Dingern, die so teuer sind, keinen Anklang finden wirst. Etwas anderes wäre das mit einer Schachtel Pralinen als Mitbringsel gewesen, dachte ich.«

»Dachtest du?«

»Ja.« Paul wandte sich an Erna. »Und damit hätte ich ja wohl auch recht gehabt, nicht?«

»Was hat denn die Kette gekostet?« fragte ihn Erna.

»Das weiß ich nicht, ich war beim Kauf nicht dabei. Und sagen tut er es ja nicht.«

Erna blickte Onkel Johann an.

»Warum nicht?«

»Weil sie ein Geschenk ist«, lächelte er.

»Aber es wäre doch ganz einfach für mich, das rauszukriegen.«

»Wie denn?«

»Du mußt eine Rechnung haben...«

»Sicher.«

»Und an die käme ich, wenn ich wollte, leicht ran.«

»So?«

»Ohne Rechnung kein Umtausch.«

»Das stimmt«, packte Onkel Johann zu, brachte seine Brieftasche zum Vorschein, entnahm ihr die Rechnung und drückte sie Erna in die Hand. »Da hast du sie, es geht nicht anders. Die Frist ist ein Monat. Für mich ist der Fall damit erledigt.«

Erna warf einen Blick auf die Rechnung und prallte schier zurück. Der Zettel entglitt ihren Fingern und flatterte auf den Boden.

»Über elf... elftausend Mark«, stammelte sie.

»Elftausend Mark?!« rief Paul.

Erna öffnete wie unter einem magischen Zwang noch einmal das Lederschächtelchen und versenkte sich in den Anblick seines Inhalts. Der sanfte Schimmer der Perlen wurde nun mit jeder Sekunde noch verführerischer, bis er sich zur absoluten Unwiderstehlichkeit gesteigert hatte, wenn Erna sich das auch noch nicht eingestehen wollte.

Paul hob den Zettel vom Boden auf, um sich zu vergewissern, daß das, was er gehört hatte, stimmte.

»Elftausendeinhundertfünfzig Mark«, las er ab. »Elftausend... einhundertfünfzig... Mark!« Er schüttelte den Kopf. »Wahnsinn!«

Erna ließ die Perlen durch die Finger gleiten, wobei sie flüsterte: »Sind sie nicht herrlich?«

»Elftausendeinhundertfünfzig Mark«, stöhnte Paul noch einmal. »Das wäre das Dach für meine neue Halle.«

»Fang mir jetzt nicht damit an!« entfuhr es Erna.

Onkel Johann amüsierte sich.

»Was magst du an der Kette nicht?« fragte er Erna. »Den Saphir?«

»Er ist fantastisch!« antwortete Erna, ihre verklärten Augen auf den Saphir heftend.

»Die Brillanten?«

»Sie sind wunderschön!«

»Dann müssen es doch die Perlen sein?«

»Aber nein, die sind das Allerschönste!«

»Warum denkst du dann an einen Umtausch?«

»Nicht im entferntesten würde ich an den denken!« rief Erna.

»Was heißt ›würde‹?« fragte Onkel Johann. »Willst du sie umtauschen oder nicht? Wozu brauchst du sonst die Rechnung?«

Seufzend errötete Erna.

»Ich wollte den Preis sehen.«

»Mehr nicht?«

Mit unmenschlicher Selbstüberwindung erwiderte Erna: »Nein.«

»Dann gib her!« Mit düsterer Miene nahm Johann die Schachtel mit der Perlenkette Erna aus der Hand, ging zum Fenster und schickte sich an, es zu öffnen.

»Was tust du da?« rief Erna.

»Ich werfe das Ding auf die Straße. Vielleicht findet es jemand, der klüger ist als du.«

Erna brachte vor Schreck kein Wort mehr heraus.

»Der macht das!« rief Paul seiner Frau zu. »Der ist so verrückt!«

»Das ist in Amerika so üblich, wenn ein Geschenk zurückgewiesen wird«, log Onkel Johann und zog das Fenster weit auf.

Ein schriller Schrei Ernas: »Nein!!«

»Na also«, sagte Johann lakonisch, wandte sich vom Fenster ab und schob die Schachtel Erna wieder in die Hand. »Warum nicht gleich?«

Dann ging er zur Tür, um das Zimmer zu verlassen, wobei er bekanntgab, daß er sich ein bißchen hinlegen wolle, da er von der Reise in Anbetracht seines Alters ziemlich müde sei. Wenn man ihm einen Gefallen erweisen wolle, möge man ihm zum Abendessen eine frische Bratwurst auftischen. »Aber nein«, besann er sich, »heute ist ja Sonntag, der Metzger hat zu. Dann irgend etwas anderes...«

Paul und Erna blickten ihm nach, die Tür fiel hinter ihm zu.

Erna stand da, die Schachtel mit den Perlen an ihr Herz gedrückt.

»Hast du gehört?« fragte sie Paul.

»Was?«

»Er will eine frische Bratwurst. Ich verlasse mich jetzt ganz auf dich.«

»Was heißt das? Ihm ist doch selbst auch noch eingefallen, daß heute Sonntag ist.« Paul schnippte mit den Fingern. »Kriegt er die Wurst halt morgen.«

Erna sah Paul mit einem Blick an, den er in seiner ganzen Ehe mit ihr noch nicht erlebt hatte. Er spürte, daß das Zusammenleben mit ihr in Gefahr war.

»Paul«, sagte sie langsam. »Dieser Mann hat es fertiggebracht, am Sonntag morgen in München eine Perlenkette zum Preis von elftausendeinhundertfünfzig Mark für deine Frau zu besorgen. Und du willst es nicht fertigbringen, am Sonntagabend in Rheinstadt von deinem Schützenbruder für diesen Mann eine Bratwurst für sechsfünfzig zu besorgen? Sag mir das nicht!«

Onkel Johann bekam seine Bratwurst aus der Metzgerei Backes, deren Besitzer allerdings erst von einer Skatpartie weggeholt werden mußte und deshalb verlautbaren ließ, daß auch Schützenbruderschaft nicht überstrapaziert werden dürfe.

Die zweite Woche begann, seit Johnny Miller in Rheinstadt eingetroffen war, und das veranlaßte ihn, die Verwirklichung dessen in Angriff zu nehmen, wozu er sich entschlossen hatte. In den nächsten Tagen mußte noch allerhand geschehen, denn Johnny wollte seinen Besuch nicht gern über die Frist hinaus ausdehnen, die er brieflich angekündigt hatte.

Aufmerksam las er die Adressen durch, die er sich in Paul Müllers Büro notiert hatte. Fabrikanten waren darunter, reiche Gutsbesitzer am Niederrhein, Händler mit Riesenvillen und kleinen Gehirnen.

Ein Gedanke ging ihm durch den Kopf. Er band sich einen Schlips um und nahm den Spazierstock, den er erstanden hatte, in die Hand. So ging er in die Stadt, fragte einen Polizisten nach einer Adresse, die er sich notiert hatte, und stand nach knapp fünfzehn Minuten vor dem Tor einer großen Villa, die träumend in einem Park lag wie ein Dornröschenschloß.

Auf einem Messingschild stand schlicht ›Hugo Mössle‹.

Johnny Miller blickte noch einmal in sein Notizbuch. Es stimmte: Hugo Mössle, Wurstfabrik. (Mössle hatte bei Paul Müller eine schmiedeeiserne Lampe bestellt.)

Miller schellte. Summend sprang das Tor auf. Miller ging auf einem mit Platten ausgelegten Weg bis zur Villa, auf deren Treppe ein Dienstmädchen mit Spitzenhäubchen stand, tief knickste und den ihr zufällig vom Sehen her bekannten amerikanischen Millionär in ihrer Verwirrung gleich in das Rauchzimmer im Erdgeschoß führte. Dann rannte sie ans Haustelefon und rief Hugo Mössle im ersten Stock der Villa an.

»Herr Miller erwartet... erwartet Sie«, stotterte sie.

»Was?«

»Herr Miller ist da und erwartet Sie.«

»Wo?«

»In Ihrem Rauchzimmer.«

»Ach nee«, höhnte Mössle, der ein cholerischer Mensch war. »In meinem Rauchzimmer hockt einer und erwartet mich. Sagen Sie mal, Sie dumme Gans«, begann er zu schreien, »sind Sie nicht auch der Ansicht, daß in meinem

Haus *ich* derjenige bin, der einen zu erwarten hat – und nicht umgekehrt!«

»Ich meinte ja nur, Herr Mössle, weil das Herr Miller ist.«

»Was für ein Miller?«

»Miller.«

»Wer?« schrie Mössle und starrte entsetzt seine Frau an, die sich frisierte.

»Miller, der amerikanische Millionär.«

»Mein Gott, warum sagen Sie das nicht gleich, Sie Schaf!« Hugo Mössle legte den Hörer hin. Seine Frau unterbrach ihr Haarebürsten und schaute erstaunt auf. »Weißt du, wer unten sitzt?« fragte er und zweifelte selbst noch daran.

»Woher soll ich das wissen.«

»Mister Miller.«

»Wer?« Waltraud Mössle schnellte hoch. »Der Milliardär? In unserem Haus? Und da stehst du noch da und guckst dumm? Du weißt doch, wie's um deinen Betrieb steht! Wie du dich seit Monaten um einen Kredit bemühst und keinen bekommst! Aber ich spüre, das ist jetzt die Wende! Verlaß dich auf meinen Instinkt! Vergangene Nacht habe ich auch etwas Ähnliches geträumt, ich wollte dir das nur noch nicht sagen! Hugo, mein neues Kleid! Mein Schmuck!« Sie wandte sich zum Spiegel. »Ist meine Frisur auch gut? Lauf schon runter. Ich kümmere mich um die Getränke und sage in der Küche Bescheid. Beeil dich, Hugo.«

Johnny Miller war nicht wenig erstaunt, als Hugo Mössle auf der Schwelle des Rauchzimmers erschien und vor Aufregung schwitzte. Was hat der denn? dachte er. Steckt der in Schwierigkeiten?

In der Einschätzung Johnny Millers gab's instinktiv nur eine Sorte von Schwierigkeiten, in denen ein Geschäftsmann stecken konnte: finanzielle!

Dann habe ich den ja zum richtigen Zeitpunkt erwischt, um ihn mir zurechtzubiegen, dachte Miller.

Waltraud Mössle scheuchte ihr Personal in der Küche herum, lief selbst hinunter in den Weinkeller und dann noch einmal hinauf in ihr Zimmer und nahm sich die Zeit, am Telefon ein Rundgespräch mit den Bekannten und Freunden zu führen.

»Wir haben Besuch«, flötete sie immer ungefähr dasselbe. »Mister Miller ist bei uns. Ja, Mister John Miller. Ein reizender Mensch. Was er will? Was wird er schon wollen? Chicago ist doch die Stadt mit den größten Schlachthöfen der Welt. Und wir haben eine Wurstfabrik. Damit will ich nichts gesagt haben, vielleicht irre ich mich auch. Allerdings glaube ich nicht, daß er gekommen ist, um mit meinem Mann über das Wetter zu sprechen. Wir kannten ihn doch bisher noch gar nicht persönlich. Die beiden stecken die Köpfe zusammen. Geschäfte sind Männersache. Ich kümmere mich um die Bewirtung. Ob er auch noch andere Besuche macht? Ich weiß es nicht. Es wird sich zeigen...«

Durch Rheinstadt ging ein Raunen. In den Häusern der Unternehmer gab es Szenen zwischen Ehegatten und Gattinnen, die ihren Männern vorhielten, daß sie sich von Hugo Mössle wieder einmal hätten überrunden lassen. Das würde in der üblichen Weise abfärben auf dessen arrogante, unmögliche Frau.

Neid machte die Damen blaß und gelb.

Unterdessen saßen sich Miller und das Ehepaar Mössle gegenüber in den tiefen Sesseln.

Waltraud hatte sich in ihr Cocktailkleid geworfen und girrte wie ein Täubchen.

Das Gespräch galt den politischen Beziehungen zwischen Europa und Amerika. Davon verstand Waltraud überhaupt nichts, aber sie sagte, daß sie in allem Mister Miller beipflichten müsse.

»Mein Besuch ist geschäftlicher Natur«, wechselte Johnny plötzlich das Thema.

»Selbstverständlich! Das haben wir uns schon gedacht!« Waltrauds Augen glänzten wie in jungen Jahren. »Ist der Ruf von den Erzeugnissen meines Mannes schon bis nach Amerika gedrungen?«

»Das gerade nicht.« Miller beachtete nicht mehr länger Frau Mössle, sondern sprach mit ihrem Mann. »Was mich herführt ist Ihr Auftrag an meinen Neffen Paul Müller.«

»Die Lampe?« Hugo winkte ab. »Unwichtig! Ich habe eine kleine Vorliebe für kunstgeschmiedete Gegenstände.«

»Ich auch.« Johnny Miller beugte sich vor. »Aber was würden sie davon halten, Herr Mössle, mal Ihr Herz dem Weißblech statt dem Eisen zuzuwenden?«

»Dem Weißblech?« Mössle staunte.

»Ja.«

»Ich verstehe Sie nicht...«

»Sehen Sie.« Johnny Miller holte aus der Tasche Papier und Bleistift. »Eine einfache Sache, Herr Mössle. Sie fabrizieren Dauerwurst und Frischwurst. Was Sie nicht produzieren, sind Wurst- und Fleischwaren in Konserven. Auch Delikateßartikel führen Sie nicht. Ahnen Sie, was ich Ihnen plausibel machen will?«

Mössle räusperte sich.

»Ja, aber das würde für mich einem Griff nach den Sternen gleichkommen. Ich müßte meinen ganzen Betrieb umstellen.«

»Nicht umstellen – nur erweitern!«

»Trotzdem!« Hugo Mössle stand auf und wanderte im Zimmer hin und her. »Das würde enormes Kapital erfordern. Soviel habe ich nicht.«

»Sie haben, wenn mich mein Instinkt nicht trügt, gar keines!« sagte Johnny Miller schonungslos, und Mössle errötete.

»Stimmt's?« fragte Johnny.

Mössle räusperte sich mehrmals, ehe er antwortete: »Gewisse Schwierigkeiten... oder sagen wir: einen momentanen Engpaß... will ich nicht bestreiten. Die Wirtschaftslage ist derzeit hier allgemein nicht günstig, wissen Sie.«

»*Ich* habe Kapital!« sagte Miller mit Nachdruck.

»Das wissen wir, Mister Miller«, flötete Waltraud Mössle zart.

»Wenn ich Sie recht verstehe, Mister Miller«, sagte Hugo Mössle, »wären Sie geneigt, in meinen Betrieb Geld zu investieren...«

»Nein!«

»Nein?« Die Enttäuschung bei Mössle war groß, auch bei seiner Frau. Betroffen blickten die beiden einander an.

»Wenn Sie Geld brauchen«, fuhr Miller fort, »werden Sie es sich bei meinem Neffen Paul Müller holen müssen.«

»Der hat doch selber keines, Mister Miller.«

»Er bekommt's von mir – und zwar genug!«

»Und warum würde er mich daran teilhaben lassen? Was würde ihn dazu bewegen?«

»Sein eigenes geschäftliches Interesse.«

»Wieso?«

»Weil es das Richtige für ihn ist, sich mit Ihnen zusammenzutun. Ich werde ihm das klarmachen.«

»Sie denken an eine gemeinsame Produktion von Wurst- und Fleischkonserven?«

»Ja.«

Hugo Mössle, der sich längst wieder hingesetzt hatte, stand noch einmal auf, um hin und her zu gehen.

»Mister Miller«, sagte er dabei, »Konservenfabriken gibt's aber schon jede Menge in Deutschland...«

»Nicht die, die ich meine, Herr Mössle.« Miller begann auf dem Papier zu zeichnen. »Sehen Sie hier: eine Dose mit Plexiglasdeckel. Die Leute kaufen nicht die Katze im Sack, sie sehen den Inhalt...«

»Auch solche Konserven sind längst auf dem Markt«, sagte Mössle, während Miller eifrig zeichnete.

»Aber nicht solche, bei denen auch der Boden aus Plexiglas besteht. Verstehen Sie«, entgegnete Miller, »die Leute haben auf beiden Seiten den Inhalt vor Augen. Das ist besonders bei Fleischkonserven äußerst vorteilhaft für den Käufer. Was versteckt sich denn in einer gewöhnlichen Dose immer wieder auf der einen Seite? Eine dicke Schicht Fett! Dem entgeht der Käufer bei Dosen, die mein Neffe und Sie ihm liefern werden.«

Hugo Mössle war frappiert.

»Wissen Sie, Mister Miller«, sagte er, »an was ich im Moment denken muß?«

»An was?«

»An das berühmte Ei des Kolumbus.« Mössle ließ damit erkennen, daß er nicht nur von Schweinebäuchen und Blutwürsten etwas verstand, sondern auch über einen gewissen Bildungsschatz verfügte.

»Dieses Ei«, beeilte sich Waldtraud Mössle hinzuzufügen, um selbst auch ein solches Zeugnis wie ihr Gatte abzulegen, »findet in unserem Haus häufige Erwähnung.«

Johnny Miller blickte sie beide an.

»Das Projekt leuchtet Ihnen also ein?«

»Natürlich!«

»Dann sehe ich schon die Firma ›M & M‹ vor meinen Augen – ›Müller & Mössle‹. Mössle stellt die Wurst und das Fleisch her, Müller macht die Abfüllung. Das Heft in der gemeinsamen Firma wird natürlich mein Neffe in der Hand haben. Ist das klar, Herr Mössle?«

»Wäre es nicht besser, wenn ich... mit meiner Erfahrung –«

»Nein!« unterbrach Miller hart.

»Warum nicht?«

»Weil immer der das Sagen hat, bei dem das Geld sitzt! Oder?«

Hugo Mössle schwieg.

»Überlegen Sie es sich«, sagte Miller, wobei er sich erhob. »Und geben Sie meinem Neffen Bescheid.«

Da gab's für Hugo Mössle nichts mehr zu überlegen.

»Noch eine Frage, Mister Miller...«, sagte er.

»Ja?«

»Ihr Neffe ist doch in seinem Betrieb für eine solche Produktion gar nicht eingerichtet?«

Johnny winkte ab. »Das lassen Sie meine Sorge sein.« Er reichte Waltraud, die überrascht war, die Hand. »Auf Wiedersehen, Frau Mössle, es hat mich gefreut, Sie kennenzulernen.«

»Aber Mister Miller«, stotterte Waltraud, »wir... wir hatten gedacht, daß Sie uns noch zu einem kleinen Imbiß die Ehre geben... ein Schlückchen Champagner... im Salon ist inzwischen sicher schon nach meinen Anordnungen angerichtet, beziehungsweise –«

»Tut mir leid«, unterbrach Miller so taktlos, wie sich das nur ein Großkapitalist erlauben kann, »keine Zeit mehr! Ich muß noch viel erledigen!«

Waltraud fühlte sich zwar brüskiert, lächelte jedoch und sagte: »Ich verstehe, Mister Miller.«

›Gesiegt!‹ dachte sie im Inneren. Die Freunde werden platzen! Hugo Mössle – die größte Fleischwarenfabrik am Niederrhein! Das modernste Werk! Was heißt ›Mössle & Müller‹? Alle werden wissen, wer von den beiden der Fachmann ist, der Mann, auf den's ankommt! Und ich, die Frau an seiner Seite, werde glänzen!

Sie sah Miller nach wie einer Erscheinung, während Hugo ihn zum Tor begleitete und sich dort mit tiefen Verbeugungen verabschiedete.

»Es ist wie im Märchen«, sagte Waltraud, als Hugo zurückkam und sich auf die Zeichnung Millers stürzte. »Endlich erreichen wir das, wovon ich schon geträumt habe, als du noch ein kleiner Metzger warst und ich dir trotzdem mein Jawort gab.«

»Blöde Kuh!« knurrte Hugo. Er hatte seinerzeit Waltraud, die Verkäuferin im Laden seines Vaters war, geehelicht, weil sie von ihm in anderen Umständen war. Das war damals noch ein unumgänglicher Heiratsgrund gewesen. Zwei Monate später hatte Waltraud eine Fehlgeburt gehabt – zu spät für Hugo!

Waltrauds jetzige Triumphgefühle sollten sehr rasch kleine Einschränkungen erfahren.

Frau Barthel rief nämlich plötzlich an.

»Mister Miller ist bei uns!«

Dr. Barthel stellte Stahlfedern her.

Eine Stunde später: Hermine Kämmerich meldete sich am Telefon, um mitzuteilen, daß John Miller mit ihrem Mann zusammensitze. Emil Kämmerich stellte Artikel her, zu deren Ausstattung er Blechknöpfe benötigte, die er bisher von einer Firma in Belgien bezogen hatte.

Sechsmal läutete an diesem Tage im Hause Mössle noch das Telefon. John Miller schien mit ungeheurer Ausdauer die Rheinstädter Unternehmerschaft durchzukämmen. Und überall, wo er sich wieder verabschiedete, hinterließ er beträchtliche Aufträge für seinen Neffen Paul Müller, Aufträge, die ein noch gar nicht entstandenes Werk auf Jahre hinaus sicherten.

Endlich, es war schon der Abend hereingebrochen, kam Onkel Johann müde und abgespannt nach Hause. Paul sah ihn besorgt an.

»Du warst heute den ganzen Tag weg, Onkel Johann. Erna sagte mir, daß du nicht einmal zum Mittagessen heimgekommen bist.«

»Ja«, antwortete Johann, »ich muß mich bei ihr entschuldigen. Ich hätte sie anrufen sollen.«

»Wo warst du denn?«

Ein Lächeln huschte über Johanns Gesicht.

»Bei deinem zukünftigen Kompagnon – und noch bei ein paar anderen.«

Ist der betrunken? fragte sich Paul. Er schaut aber nicht so aus.

»Paul«, lachte Johann, »sieh mich nicht so an, ich weiß, was du denkst. Sag, können wir uns nicht bald einmal absolut ungestört eine Zeitlang in dein Büro setzen? Ich hätte etwas sehr Wichtiges mit dir zu besprechen.«

»Natürlich«, nickte Paul. »Aber was soll das heißen, du warst bei meinem zukünftigen Kompagnon? Ich weiß nichts von einem Kompagnon. Ich hatte noch nie einen und habe auch nicht die Absicht, in Zukunft einen zu haben.«

»Darüber will ich eben mit dir sprechen.«

»Wann?«

»Am besten morgen früh«, erwiderte Onkel Johann. »Für heute reicht's mir nämlich.«

»Du mußt doch auch einen Mordshunger haben?«

»Das kann man wohl sagen«, nickte Onkel Johann.

Man aß bald zu Abend. Es gab Aufschnitt, Butter, dunkles Brot und Tee für Erna und die Söhne. Paul und Johann tranken Bier, dazwischen auch ein Schnäpschen. Johann sprach besonders dem rheinischen Schinkenspreck zu, der nicht zu mager war, so daß er geradezu danach verlangte, zusammen mit Steinhäger auf die dunkle Reise ins Innere Johanns geschickt zu werden.

»Schmeckt dir das Wässerchen, Onkel Johann?« fragte Paul augenzwinkernd. »Ich kann mich entsinnen, daß mein Vater einmal sagte, der Johann war in Geographie gut. Er wußte immer, welche Stadt in Westfalen diesem Schnaps den Namen gegeben hat.«

Johann nickte melancholisch.

»Ja, dein Vater.« Er sah auf die Steingutflasche. »Er war

ein lieber Bruder. Er hat mich nicht wie die anderen ausgelacht und abgelehnt, weil ich meine eigenen Ideen von der Welt hatte. Und du erinnerst mich sehr an ihn, Paul, nicht nur äußerlich, auch im Charakter. Schade, daß er nicht mehr lebt. Ich kann es mir nicht verzeihen, daß ich die Verbindung zu ihm so total habe abreißen lassen. Ich habe mich dadurch an ihm versündigt und wäre froh, wenn er sehen könnte, daß ich mir Gedanken gemacht habe, wie ich das irgendwie wiedergutmachen kann, so – ach, Quatsch!«

Er stand vom Tisch auf und ging hinaus auf die Terrasse. Schweigend sahen Paul und Erna ihm nach.

»Wat hat er denn?« fragte der vorlaute Willi.

»Halt den Mund!« sagte Paul streng. »Du mußt nicht in alles deine Nase stecken!«

Schweigend aß man zu Ende. Dann ging Paul noch einmal in sein Büro und arbeitete die Bestellungen durch, während Erna am großen Fenster mit Blick auf den breiten Rhein saß und strickte. Stricken war ein Hobby von ihr. Sie konnte dabei so schön träumen, die Finger arbeiteten automatisch. Das Fernsehen brachte an diesem Abend nichts nach ihrem Geschmack.

Die ganze Familie Müller ging dann relativ früh zu Bett. Auch Onkel Johann begab sich auf sein Zimmer, legte sich aber noch nicht nieder, sondern setzte sich ans Fenster und las die Zeitung. Die Nacht war lau, das Fenster deshalb offen. Das Licht der Lampe zog aber zu viele Insekten an, so daß Johann sich veranlaßt sah, das Fenster bald zu schließen. Als es elf Uhr von der Kirche schlug, lag das Haus in tiefem Schlaf. Vorsichtig öffnete Onkel Johann die Tür, damit sie nicht knarrte, und ging in Hausschuhen leise die Treppe hinunter. An der Tür zu Pauls Büro blieb er stehen, schaute noch einmal die Treppe hinauf und schlüpfte dann schnell in den dunklen Raum. Er tastete sich zum Telefon, knipste die Schreibtischlampe an und setzte sich auf den Drehstuhl. Mit unterdrückter Stimme führte er dann mehrere Ferngespräche mit Männern in Amerika, die es gewohnt waren, zu jeder Zeit von Mister John Miller angerufen zu werden und Anweisungen von ihm zu erhalten.

Obwohl John nicht laut sprach, um im Haus nicht gehört zu werden, verstanden ihn die Männer am anderen Ende des Drahtes gut, trotz der riesigen Entfernung, die zwischen ihnen und John lag. Zum einen gehörte das zu den Wundern der Technik, an die man sich längst gewöhnt hat; zum andern war jeder, mit dem John Miller sprach, es gewohnt, die Ohren zu spitzen.

Vertieft in seine Telefonate, bemerkte Onkel Johann nicht, wie Paul Müller auf der Treppe stand und nicht wußte, ob er den Onkel stören oder ob er sich wieder hinauf ins Bett schleichen sollte. Geweckt durch die zweite Klingel des Telefons, die neben seinem Bett angebracht war und die bei jedem Wählen leicht anschlug, hatte er Millers nächtliche Wanderung entdeckt.

Fast eine Stunde lang telefonierte Onkel Johann. Dann legte er neben den Apparat einen Zettel, auf den er geschrieben hatte: ›Mußte mehrmals mit Amerika telefonieren. Auslagen gehen auf meine Rechnung.‹

Dann tappte er durch das dunkle Haus zurück in sein Zimmer und legte sich mit zufriedenem Lächeln ins Bett. Obwohl er bemüht war, jedes Geräusch zu vermeiden, hörten Paul und Erna ihn dennoch.

»Jetzt ist er oben«, sagte Paul und knipste das Licht aus. »Ich gäbe viel drum, wenn ich wüßte, wen er angerufen hat. Was ich vor allem nicht verstehe, ist sein Versteckspiel.«

»Das verstehe ich zwar auch nicht«, antwortete Erna. »Aber daß du dich ja nicht unterstehst, ihn morgen darauf anzusprechen.«

Paul wagte einen Witz.

»Und wer ersetzt mir die Kosten?« fragte er.
»Bist du verrückt?« fuhr ihn Erna prompt an. »Denk an die wundervolle Perlenkette, die er mir geschenkt hat.«
»Die würdest du wohl am liebsten auch noch nachts im Bett tragen?«
»Ja«, sagte Erna selig.
»Da würde sie aber stören.«
»Bei was?«
»Bei dem...«, erwiderte Paul, kroch unter Ernas Decke, und was dann geschah, war zwar für Erna überhaupt nichts Neues, sie hatte es schon zig-mal erlebt, aber trotzdem hatte es sich noch nicht im geringsten abgenützt für sie – von Paul gar nicht zu reden!

Am anderen Morgen fand gleich nach dem Frühstück in Pauls Büro das ungestörte Gespräch statt, um das Onkel Johann gebeten hatte. Johann redete nicht lange herum, sondern erörterte Paul ohne zeitraubende Einleitung die geschäftlichen Umwälzungen, die er sich für seine Firma ausgedacht hatte.
Paul konnte lange dazu gar nichts sagen. Er starrte seinen Onkel an wie einen, der nicht mehr bei Trost sein konnte. Endlich stieß er hervor: »Das wäre ja Wahnsinn!«
»Wieso?« fragte Johann.
»Das würde mindestens zwei Millionen Mark kosten!«
»Dollar!«
»Was?«
»Du mußt zwei Millionen Dollar veranschlagen, dann kommst du hin.«
»Wahnsinn!« schrie Paul nur wieder, sich an den Kopf greifend.
»Das Geld erhältst du von mir.«

Stille.

»Nein!« sagte Paul dann entschlossen.

»Warum nicht?« fragte Johann.

»Weil ich mich niemals in einer solchen Höhe verschulden werde, auch nicht – und gerade nicht! – von einem Verwandten!«

Aber nun kam erst der richtige Hammer.

»Ich schenke dir das Geld, Paul.«

Wieder starrte der Neffe seinen Onkel an und glaubte erst recht an eine plötzliche geistige Verwirrung des armen, alten Mannes.

»Du hast schon richtig gehört«, unterbrach Johann die Stille.

Paul schluckte. Wenn *er* nicht verrückt ist, muß *ich* es sein, dachte Paul. Zwei Millionen Dollar, wieviel sind denn das Mark? Um die fünf Millionen! Herrgott im Himmel!

Johann zeigte auf den Zettel neben dem Telefon, den Paul noch gar nicht bemerkt hatte, und sagte: »Ich habe heute nacht mit dem Direktor meiner Hausbank in Amerika gesprochen. Das Geld ist bereits unterwegs.«

Paul, wie vor den Kopf geschlagen, sprach seinem Onkel nach: »Hausbank?«

Dann nahm er den Zettel, wischte sich über die Stirn und las: ›... Auslagen gehen auf meine Rechnung.‹

Das war für ihn der schlagende Beweis, daß sein Verdacht zutraf.

Onkel Johann konnte nicht mehr ganz richtig im Oberstübchen sein. Aber einem Verrückten darf man nicht widersprechen, das hatte Paul schon oft gehört. Das konnte gefährlich werden.

»Also gut«, sagte er, »du willst mir fünf Millionen Mark schenken, Onkel Johann, und ich nehme sie dankend an. *Eine* Bitte habe ich aber...«

»Welche?«

»Das Ferngespräch mit dem Direktor deiner Hausbank geht zu meinen Lasten.«

»Bitte«, lachte Onkel Johann.

Paul ging zur Tür, öffnete sie und rief laut in den Flur hinaus: »Erna!«

Er wollte sich bei der psychologischen Behandlung eines Geistesgestörten Unterstützung durch seine Frau sichern, die das Abitur vorweisen konnte und überhaupt, wie fast jede Frau, bestrebt war, sich in medizinischen Dingen per Fernsehen und Ratgeberseiten in den Illustrierten ständig weiterzubilden.

»Erna«, begann Paul augenzwinkernd, »stell dir vor, Onkel Johann möchte gern, daß wir unseren Betrieb erweitern und das Geld dazu von ihm annehmen.«

Paul hatte sich dabei von Johann weggedreht, so daß dieser sein Augenzwinkern nicht sehen konnte.

»Wieviel?« fragte Erna ruhig.

»Fünf Millionen Mark.«

»Fünf Milli--« Das Wort erstarb Erna im Mund. Auch sie schien der Betrag zu erschlagen.

»Wir sind Onkel Johann dafür natürlich sehr dankbar, habe ich ihm gesagt«, fuhr Paul fort.

Spontan rief Erna: »Bist du verrückt?«

»Ich?!«

»Ja!«

»Wieso ich?«

»Willst du dich und deine Söhne auf ewig verschulden?«

»Onkel Johann«, sagte Paul, noch heftiger als zuvor augenzwinkernd, »will uns das Geld ja schenken.«

Onkel Johann war schon eine Weile damit beschäftigt, sich eine seiner Importen anzuzünden. Das nahm ihn in Anspruch und hinderte ihn daran, an der Unterhaltung teilzunehmen. Jetzt war er aber soweit; die ersten Wolken aus seinem Mund stiegen empor zur Decke.

Erna war abwechselnd blaß und rot geworden. Ihrem Gatten schenkte sie keine Beachtung mehr.

»Darf ich mich setzen?« fragte sie den Onkel aus Amerika.

»Aber bitte«, lachte der. »Das ist doch euer Büro hier.«

»Onkel Johann«, fuhr Erna fort, »was bewegt dich dazu, so etwas zu tun?«

»Ist das wichtig?«

»Sehr.«

Johann wollte hier keine feierliche Stimmung aufkommen lassen, deshalb sagte er: »Ich weiß nicht, wohin mit meinem Geld.«

»Hast du drüben keine Verwandten mehr?« fragte Erna.

Paul hörte ihr bewundernd zu. Die macht das viel besser als ich, dachte er. Ich hätte nicht mehr weitergewußt. Aber dafür kann ich mit Eisen umgehen.

»Nur noch ein paar aus der Familie meiner Frau«, erwiderte Johann. »Aber die haben selber Geld genug. Außerdem mag ich sie nicht.«

»Und uns magst du?« fragte Erna.

»Sehr.«

»Auch noch, wenn ich dir sage, daß dein Neffe hier dich schon die ganze Zeit für absolut verrückt hält und daran denkt, dich in ein Irrenhaus einzuweisen?«

Paul fiel der Unterkiefer herunter. Mit offenem Mund saß er da. Onkel Johann schlug sich auf den Schenkel.

»Denkst du, das habe ich nicht gemerkt!« rief er, Erna anlachend. »*Das* ist ein Menschenkenner! Gut, daß er *dich* hat!«

Paul wischte sich wieder einmal über die Stirn. Total verwirrt, keines Wortes fähig, blickte er abwechselnd seine Frau und seinen Onkel an.

Plötzlich läutete das Telefon. Das war ein normales Alltagsgeräusch, das in Paul gewissermaßen wieder ein normales Alltagsbewußtsein hervorrief. Er hob ab. Am anderen Ende meldete sich ein Direktor Vorwerk von der Deutschen Bank in Xanten. Der Mann war Paul unbekannt. Achtung schwang in Vorwerks Stimme, mit der er sagte: »Herr Müller, darf ich Sie fragen, wie wir mit Ihrem Kapital zu verfahren haben, wenn es eintrifft? Was schwebt Ihnen vor?«

»Mit welchem Kapital?« fragte Paul trockenen Mundes.

»Mit dem aus Chicago.«

»Für mich?«

»Ja«, antwortete Direktor Vorwerk. »Zwei Millionen Dollar! Oder sind Sie nicht Herr Paul Müller, Rheinpromenade 14, Rheinstadt?«

»Doch.«

»Ich habe das Gefühl, daß Ihnen mein Anruf überraschend kommt?«

»Das kann man wohl sagen«, krächzte Paul, fühlte sich der Situation immer noch nicht gewachsen und fuhr fort: »Moment mal, ich gebe Ihnen einen Herrn, der dafür eher zuständig ist als ich...«

Onkel Johann nahm den Hörer, den ihm Paul hinhielt, und sprach hinein: »Hier ist John Miller aus Chicago! Wer sind Sie?«

»Direktor Vorwerk von der Deutschen Bank in Xanten.«

»Ich bin der Mann, der in der vergangenen Nacht seiner Bank in Chicago Dampf gemacht hat, daß sie eine größere Überweisung an Ihr Institut vornimmt. Ist das Geld schon da?«

»Mir liegt die fernschriftliche Ankündigung vor.«

»Das genügt, die Sache klappt ja rascher, als ich dachte.«

»Wie kann ich mich momentan vergewissern, daß Sie auch Mister John Miller sind?«

»Mann«, sagte Miller im Multimillionärston, »wozu das? Ich will doch von Ihnen gar nichts! Sie lassen das Geld bei Ihnen liegen, bis Herr Paul Müller Sie wissen läßt, was Sie zu tun haben! Ist das klar?«

Johann legte auf, ohne eine Antwort abzuwarten, und sagte zu Paul und Erna: »Einen Wunsch habe ich...«

»Welchen?« fragte Erna.

»Daß ihr mit diesem Geld keine Geschäfte mehr mit eurer hiesigen Sparkasse macht. Sucht euch dazu einen anderen Laden mit einem anderen Chef. Ihr wißt, warum mir daran gelegen ist.«

»Selbstverständlich«, nickte Erna.

»Das gilt auch für dich«, sagte Onkel Johann zu Paul.

Paul, der in Gedanken versunken war, schreckte auf.

»Natürlich.« Er blickte Johann wie aus weiter Ferne an. »Aber ich glaube immer noch, daß ich träume.«

»Wach auf!« lachte Onkel Johann. »Du mußt voll da sein, wenn der Wirbel hier losgeht. Das wird nämlich ganz rasch der Fall sein.«

Und so war es auch. Noch am gleichen Tag gaben sich all die Geschäftsleute, mit denen Johnny Miller verhandelt hatte, Pauls Tür in die Hand. Der größte Bauunternehmer in der ganzen Umgebung fragte an, wann er seine Leute samt Maschinen schicken könne. Paul beschied ihm, daß er doch noch gar keine Baugenehmigung von der Stadt habe. Eine halbe Stunde später stand ein Architekt auf Pauls Schwelle, entsandt vom Bauunternehmer. Was er denn wolle, fragte ihn Paul. Die Pläne anfertigen für das Stadtbauamt, lautete die Antwort.

Die wichtigsten Gespräche hatte Paul mit Hugo Mössle zu führen. Frau Mössle lud Erna zum Tee ein, holte sich aber einen Korb, da Erna auf keinen Fall bei anderen Leuten herumsitzen zu können glaubte, solange Onkel Johann noch unter ihrem Dach weilte und Anspruch auf ihre Betreuung hatte.

Paul hatte in all dem Trubel fast keine Minute Zeit mehr für seinen Onkel, so daß er aus allen Wolken fiel, als Johann nach vier Tagen plötzlich zu ihm sagte: »Paul, ich sehe schon, daß du mit der Sache fertig wirst. Außerdem ist dir deine Frau eine hervorragende Stütze. Ich kann also beruhigt abreisen.«

»Du willst abreisen?« stieß Paul fassungslos hervor.

»Ja.«

»Wann?«

»Morgen.«

»Das lasse ich nicht zu!«

»Wie willst du es denn verhindern?« erwiderte Johann grinsend. »Ich fahre, Paul! Die Zeit ist um, ich habe sowieso überzogen!«

»Sehen wir uns denn wieder?«

»Ganz bestimmt! Denkst du, ich möchte mir kein Bild davon machen, wie der Laden hier gelaufen ist?«

»Erna sagte mir, daß sie dich gestern nachmittag schon vermißt hat. Wo warst du denn? Wieder bei Geschäftsleuten?«

»Nein«, entgegnete ernst Onkel Johann. »Am Grab meiner Eltern und auch der deinen. Ich habe mit allen Zwiesprache gehalten. Die Gräber sind wunderbar in Schuß.«

»Das macht Erna.«

»Sei froh«, lächelte Onkel Johann, »daß ich schon so alt bin. Die würde ich dir sonst noch ausspannen.«

»Und weiß der Teufel«, stieß Paul unwillkürlich hervor, »dir würde das bei der wahrscheinlich sogar gelingen. Sie spricht nur noch von dir.«

»So?«

»Die Jungens übrigens auch.« Paul lachte. »Du hast mir also meine ganze Familie entfremdet.«

Onkel Johann grinste ebenfalls, dann fragte er: »Kannst du mir die beiden heute abend mal auf mein Zimmer schicken?«

»Natürlich«, sagte Paul. »Willi ist jetzt schon von der Schule zurück.«

»Aber Karl nicht vom Geschäft, und ich möchte mit beiden zusammen sprechen.«

Die Unterhaltung mit Onkel Johann wurde dann für die Jungens eine Sensation.

»Karl«, begann Johann das Gespräch mit dem Älteren, »wann wirst du achtzehn?«

»In einem Jahr.«

»Wenn's soweit ist, bekommst du von mir eine Honda oder eine BMW. Du kannst wählen. Oder eine Suzuki oder Yamaha, das ist mir egal. Außerdem zahle ich dir den Führerschein. Voraussetzung zu allem ist, daß du dein Versprechen hältst.«

»Onkel Johann«, stammelte Karl, »ich... ich... natürlich... mein Ehrenwort –«

»Welches Ehrenwort?« unterbrach Willi.

»Das ist eine Sache zwischen deinem Bruder und mir«, sagte Onkel Johann zu ihm und fuhr fort: »Wann wirst du sechzehn?«

»Auch in einem Jahr«, entgegnete Willi.

»Wenn's soweit ist, bekommst du von mir das schönste Moped, das dann auf dem Markt sein wird. Voraussetzung ist, daß deine Leistungen in der Schule nicht nachlassen.«

»Weißt du denn über die Bescheid?« fragte Willi verblüfft.

»Ich habe mich mit deinem Rektor unterhalten«, antwortete Onkel Johann. »Und ich werde das auch in Zukunft noch von Zeit zu Zeit tun.«

»Von Amerika aus?«

»Ja, am Telefon.«

»Aber das kostet dich doch ein wahnsinniges Geld?«

»Falls du hoffen solltest, daß mir das zuviel ist, wirst du eine Enttäuschung erleben«, lachte Onkel Johann.

»Ich werde Klassenbester!« schwor Willi.

Eine Nacht noch – und die Stunde des Abschieds von Rheinstadt brach an. Das nächste Ziel Johanns in seinem Programm war Bochum. Um sich die Sache zu vereinfachen, faßte er den Entschluß, ein Taxi zu nehmen. Die Behinderung durch seine Koffer wurde dadurch auf ein erträgliches Maß herabgesetzt. Außerdem war es nach Bochum nicht weit, die Kosten für das Taxi hielten sich also in Grenzen. In solchen Dingen war John Miller es gewöhnt, zu rechnen. Millionäre haben das so an sich.

Als der Mietwagen, nach dem Paul telefoniert hatte, vor dem Haus hupte, machte es Onkel Johann kurz. Er stand mit der ganzen Familie – die Söhne Karl und Willi hatten zu Hause bleiben dürfen – auf der Terrasse, umarmte jeden, als letzten Paul, und sagte: »Macht's gut, Kinder, ich werde oft an euch denken. Ihr seid eine prächtige Familie.«

Ein Arbeiter aus dem Betrieb verlud inzwischen schon die Koffer. Paul schien die Sprache verloren zu haben, er schluckte nur immer wieder. Auch Erna sagte nichts und begann zu weinen, Onkel Johann sah, daß es hier nur noch eines gab – Flucht!

Rasch wandte er sich ab, ging die paar Stufen hinunter und stieg ins Taxi. Erst als das Auto anfuhr, drehte er sein Gesicht noch einmal der Familie zu und winkte. Die vier winkten automatisch zurück. Erna stürzten die Tränen über die Wangen. Paul war bleich und zwang sich zu einem krampfhaften Lächeln. Nur die Jungens waren guter Dinge. Sie dachten an die Zukunft – Karl an seinen achtzehnten, Willi an seinen sechzehnten Geburtstag. Das Taxi fuhr schneller, rollte den Rhein entlang, verschwand.

Paul nahm seine Frau in die Arme, sie bettete ihren Kopf an seine Brust. Plötzlich schlug sich Paul mit der flachen Hand an die Stirn, dabei rief er: »Ich Idiot!«

Erna schaute fragend zu ihm auf.

»Das habe ich vergessen!« fuhr er fort.

»Was?« fragte Erna.

»Ihm zu sagen, daß das Werk seinen Namen tragen wird!«

Die Adalbertstraße liegt in Bochum nahe dem großen, ewig in Ruß gebetteten Komplex einer Zeche. Es ist kein schönes Viertel dieser bekannten Industriestadt. In dem hohen, schmalen, dunklen Haus, in dem Emma Kerbel wohnte, gingen deshalb auch nicht die Damen der oberen Schichten ein und aus, nicht die eleganten Gattinnen der Männer, die es zu allen Zeiten verstehen, mit der Wurst nach der Speckseite zu werfen, und denen, wenn sie schon mal mit ihren Firmen in Schwierigkeiten geraten, der Staat helfend unter die Arme greift, während er ungerührt zusieht, wenn kleine Gewerbetreibende den Bach hinuntergehen.

Emma Kerbel hatte es im Leben nie leicht gehabt. Ihre Mutter, eine geborene Müller, hatte in Emmas drittem Jahr das Leben eingebüßt, als ein Lastwagen auf der Straße schleuderte und die schmale Frau an die Hauswand quetschte. Ihr Vater, ein stiller, harter Mann, dem nur die Zunge überfloß, wenn er auf seine Tauben zu sprechen kam, erlag seiner Staublunge und hinterließ das Mädchen Emma, das gerade sechzehn Jahre alt geworden war, schutzlos den Wirren des Lebens.

Emma war damals Schneiderlehrling. Wie sie es, auf sich allein gestellt, schaffte, die Gesellenprüfung zu bestehen, konnte sie sich später eigentlich selber nicht mehr erklären. Unglaubliches Glück im Unglück hatte sie insofern, als der Hausbesitzer nicht einen Stein in der Brust hatte, sondern ein Herz, und sie nicht aus der elterlichen Wohnung warf, so daß sie in der Lage war, sich in den kleinen Räumen ein bescheidenes Atelier einzurichten, wo sie für wenig Geld genauso gut nähte, wie die Kolleginnen in den teuren Werkstätten der Hauptstraßen. Aber sie war ein wenig verwachsen und schämte sich, unter die Menschen zu gehen, die so schön und groß waren, so glücklich und sorgenlos.

Der Brief des unbekannten Onkels aus Amerika hatte ihr eine Zeitlang Auftrieb gegeben. Nun, da das Telegramm eingetroffen war und der Besuch sozusagen vor der Tür stand, erfaßte ein Kribbeln und eine Spannung das verhärmte alte Mädchen, wie es sie in ihrem stillen Leben nie verspürt hatte. Als die Stunde kam, in welcher der Onkel erscheinen sollte, putzte sie das Atelier, räumte die Stoffreste zusammen, schmückte den Küchentisch mit frischen Blumen und kaufte ein Viertelpfund Bohnenkaffee. Dann setzte sie sich ans Fenster und blickte hinab auf die Straße.

Kurz nach der Mittagszeit rollte ein Taxi vor und hielt vor dem dunklen Haus. Emma Kerbel lugte hinunter. Ein großer, dicker Mann stieg aus, bezahlte den Chauffeur, ließ sich sein Gepäck aus dem Kofferraum aushändigen, ging zur Haustür und studierte dann die Namensschilder an der Klingeltafel. Emma sah, wie er die Hand hob.

Es schellte. Sie trippelte zur Wohnungstür, drückte auf den elektrischen Öffner und hörte dann den Mann mit schweren Schritten die Treppe heraufkommen.

Jetzt hängen sie auf jeder Etage an den Türspionen, dachte sie. Jetzt tuscheln sie, jetzt platzen sie vor Neugier. Sie machte die Tür auf und ging dem dicken Mann ein paar Schritte entgegen.

»Guten Tag, Onkel Johann, herzlich willkommen«, sagte sie leise, als er vor ihr stand und sich den Schweiß von der Stirn wischte.

»Jeden Tag dreimal hier rauf und runter, das würde mich schlank machen.« Johnny Miller lehnte sich schwer atmend an das Treppengeländer. »Guten Tag, liebe Emma...«

Er stutzte, fuhr sich mit der Hand über die Augen.

»Verdammt!« sagte er laut. »Als wenn die Änne vor mir stünde. Deine Mutter sah genauso aus.«

»Komm bitte rein, Onkel Johann.« Emma versuchte ihm einen der Koffer abzunehmen, um ihn in die Wohnung zu schleppen, scheiterte aber am Gewicht. »Die sind aber schwer, meine Güte!«

In der Diele sah Johnny sich um. Die Tapeten waren alt, verblichen, die Möbel einfach, ärmlich fast. Aber sauber war alles, gepflegt trotz der Dürftigkeit. Das berührte ihn angenehm.

»Hier lebst du also?«

Emma Kerbel nickte. »Ja.« Sie bemerkte, daß sie in der Aufregung die Wohnungstür nicht geschlossen hatte, lief hin und holte dies nach. Dabei fuhr sie fort: »Die Schneiderei ist heute schwer und bringt nicht mehr viel. Aber ich bin zufrieden.«

»Zufrieden?« Onkel Johann folgte Emma in die Küche und setzte sich an den sauber gedeckten Tisch mit Blumen. »Gibt es wirklich Menschen, die zufrieden sind?«

»Man muß, Onkel Johann.« Emma schüttete heißes Wasser in die Kaffeekanne und stellte sie auf einen Untersatz. »Woher kanntest du eigentlich meine Adresse?«

Onkel Johann blickte auf. Es war das erste Mal, daß ihn jemand danach fragte. Selbst Paul Müller hatte es nicht getan.

»Als ich vor mehr als dreißig Jahren auswanderte, Emma, warst du gerade acht Jahre alt. Deine Mutter war meine Lieblingsschwester. Die Änne war immer nett zu mir. Wir waren sieben Geschwister, von denen mich vier mehr oder minder ablehnten, weil ich das sogenannte Schwarze Schaf der Familie war. Lange Zeit dachte ich an keinen mehr, der Existenzkampf drüben nahm mich voll in Anspruch. Aber kürzlich, nach zweiunddreißig Jahren, stellte sich heraus, daß auch nach so langer Zeit der Ursprung, von dem man kommt, noch nicht tot ist. So entschloß ich mich, die Verbindung zu dir aufzunehmen, und besorgte mir deine Anschrift. Das ist heute gar nicht so schwierig.«

»Und nun bist du enttäuscht, was?«

»Wieso denn?«

Emma goß ihm die Tasse voll und setzte sich ihm gegenüber.

»Ich habe nie gewußt, daß ich noch einen Onkel in Amerika hatte. Wo wohnst du eigentlich?«

»In Chicago.«

»Nein, ich meine, hier in Bochum.«

»Natürlich bei dir.«

»Bei mir?« Emma errötete ein bißchen und blickte zu Boden. Sie schämte sich. »Das wird nicht gehen«, sagte sie verlegen. »Ich als alleinstehende Frau – mit einem Mann in einer Wohnung ... Die Nachbarn würden sich die Mäuler zerreißen.«

»Heutzutage doch nicht mehr!«

»Doch, die hier schon noch! Das sind alles Leute, weißt du, die gern tratschen und einem das Leben schwermachen, besonders wenn man wehrlos ist. Aber« – Emma atmete tief ein und blickte den Onkel entschlossen an – »das soll mir jetzt egal sein! Du kannst bleiben! Die Hoteliers sind ja verrückt, was die heute verlangen. Und wenn mir jemand dumm kommt, werde ich ihm die Meinung sagen. Der wird sich wundern. Am schlimmsten sind ja die Weiber.«

Braves Mädchen, dachte Johann. Sie wird denen – wegen mir – die Meinung sagen. Ganz sicher zum erstenmal in ihrem Leben. Ich könnte ja in ein Hotel gehen, aber ich will nicht – jetzt erst recht nicht! Nur nicht in die Knie gehen vor der Meute. Emma soll eine neue Erfahrung machen, nämlich die, daß es besser ist, den Leuten die Stirn zu zeigen, ihnen zu verdeutlichen, daß man sich nichts aus ihnen macht. Und dabei werde ich ihr helfen. Wenn's nötig sein sollte, mit allen Mitteln.

»Emma«, sagte er, »falls die Nachbarn frech werden, mache ich sie zur Sau.«

Emma, die schon wieder Angst vor ihrer eigenen Courage hatte, erwiderte bang: »Die können sehr eklig werden; solange du da bist, vielleicht nicht – aber dann, wenn du wieder weg sein wirst!«

»Wissen die denn, wer ich bin?«

»Ja.«

»Von wem?«

»Von mir.« Emma erschrak im nachhinein. »Hätte ich niemandem davon etwas sagen sollen?«

»Das ist mir egal«, antwortete Onkel Johann. »Aber wenn schon, dann kannst du denen auch noch mitteilen, daß sie sich dir gegenüber anständig zu benehmen haben, sonst kaufe ich die Häuser hier auf und setze sie alle auf die Straße.«

Johnny Miller sagte dies im Bewußtsein eines Amerikaners, der vom deutschen Mietrecht keine Ahnung hat. Unter einem anderen Eindruck stand Emma Kerbel.

»Hast du denn soviel Geld?« Sie sah den Onkel mit großen Augen an. »Ich habe mir ja von Anfang an gedacht, daß du reich bist – und das glauben alle hier –, aber daß ein Mensch sich einfach alles kaufen kann, was er haben möchte, das ist unvorstellbar für mich.«

»Das gibt es, Emma.« Johann ging hinaus in die Diele, wo er seine Koffer abgestellt hatte, und kam mit einer riesigen Schachtel Pralinen zurück. »Hier, zum Naschen für dich.«

»Danke, Onkel.« Das Mädchen bekam fast nasse Augen. Pralinen waren ihr noch nie geschenkt worden.

Johann zog seinen Rock aus.

»Du hast doch sicher auch Wünsche, was?«

»O ja«, meinte Emma mit einem bitteren Lächeln. »Wenn ich es mir leisten könnte, würde ich mir einen Pelzmantel kaufen. Nicht aus Eitelkeit, sondern wegen der Wärme. Ich friere sehr leicht, weißt du. Aber noch wichtiger wäre eine neue Küche, und am wichtigsten wären Dinge für meinen Beruf: ein großer Standspiegel für die Kundinnen, ein großes Kleiderregal, eine Kleiderpuppe, neue Bügeleisen, endlich eine elektrische Nähmaschine –« Sie schwieg plötzlich und winkte mit der Hand. »Ach, es fehlt ja alles und man bräuchte ein Vermögen für das Nötigste.«

Die Ankunft des reichen Amerikaners hatte sich schnell im ganzen Viertel herumgesprochen. Die ersten Nachbarn kamen, um den Gast zu bestaunen. Unter dem Vorwand, momentan ein Ei oder eine Zwiebel zu benötigen, drangen sie in die Küche ein, warfen verlegene Blicke auf den dicken, alten Herrn und gingen dann wieder, befriedigt, einen amerikanischen Millionär in Hemdsärmeln gesehen zu haben.

Gegen Nachmittag erschien der erste Mann, der Morgenluft witterte. Es ist immer so in ausgesprochenen Industriegegenden, daß es dort eine Unmasse verkannter Erfinder gibt, die revolutionäre Verbesserungen an unvollkommenen Maschinen in der Schublade haben. Der Mann, der über Johnny Miller herfiel, hieß Paffke, Peter Paffke. Johnny mußte den Besuch über sich ergehen lassen. Emma Kerbel hatte nicht die Macht, den Mann an der Wohnungstür abzufertigen. Er drängte an ihr vorbei mit der Nonchalance großer Männer, für die kleine Näherinnen kein Hindernis sein können.

Peter Paffke hatte für jeden das richtige Benehmen auf

Lager. Eine Emma Kerbel schob er beiseite, vor einem Mister Miller baute er sich auf, klappte die Hacken zusammen, verbeugte sich schicklich und sagte: »Verehrter Herr, würden Sie mir wohl für ein paar Minuten Ihr Ohr leihen?«

»Welches?« antwortete Johnny trocken. »Das rechte oder das linke?«

Diese Antwort brachte Peter Paffke aus dem Konzept. Er starrte verdutzt den dicken Amerikaner an, versuchte ein Grinsen und schüttelte das Haupt. Er ist nicht firm in unserer Sprache, dachte er. Er nimmt das wörtlich. Wie dumm! Ich muß aufpassen.

»Nehmen Sie das linke«, sagte Johnny. »Das rechte ist etwas schwerhörig.«

Peter Paffke überhörte dies.

»Ich komme zu Ihnen mit einer epochalen Erfindung«, sagte er, »einer Erfindung, an der Sie und ich Millionen verdienen können. In langen Nächten habe ich gesessen –«

Johnny unterbrach ihn: »Ach, Sie waren schon im Gefängnis?« Er lächelte nachsichtig. »Das kann jedem passieren.«

Peter Paffke begann zu schwitzen. Furchtbar! dachte er. Der Blödmann versteht alles falsch. Was mache ich nur mit ihm? Dieser Idiot! Millionen in der Tasche, aber geistesschwach. Die irdischen Güter sind doch ungerecht verteilt.

»Sie mißverstehen mich, mein Herr«, sagte Paffke. »Ich habe zu Hause gesessen, lange Nächte, und meine Erfindung ausgeknobelt.«

»Was haben Sie?« fragte Johnny.

»Meine Erfindung ausge–« Paffke brach selbst ab, da ihm klar wurde, daß ein Amerikaner diesen Ausdruck unmöglich verstehen konnte. Es fiel ihm aber zum Glück ein brauchbares Wort ein, und er sagte es: »Ausgebrütet.«

»Aha«, nickte Johnny Miller.

»Sie müssen zu mir in meine Wohnung kommen, damit Sie sich selbst überzeugen –«

»Was heißt das? Sie haben Ihren Apparat nicht bei sich?«

»Nein.«

»Warum nicht?«

»Weil das unmöglich ist. Er ist zu groß. Sie werden mir das zugeben, wenn ich Ihnen sage, daß es ein neuer Zahnarztstuhl ist, der durch Elektrizität den Schmerz des Patienten, ausgehend vom Zahn, in gleicher Heftigkeit überträgt auf den Fingernagel des bohrenden Zahnarztes. Dadurch ist gewährleistet, daß rücksichtsloses Bohren nicht mehr vorkommen wird. Ein Segen für die zahnkranke Menschheit!«

»Wahrhaftig!« rief John Miller. »Aber Sie hätten zwanzig Jahre früher zu mir kommen müssen!«

»Warum?«

»Weil ich keinen eigenen Zahn mehr besitze, nur Prothesen. Bei mir wird nicht mehr gebohrt. Dadurch habe ich kein Interesse mehr an Ihrer Erfindung.«

Peter Paffke setzte sich. Die Tragik des Erfinders, der auf einen dummen Geldmann trifft, drückte ihn zu Boden. Er starrte Miller verzweifelt an.

»Dieser Stuhl ist eine Sensation, mein Herr! Sie können Millionen damit verdienen!«

»Das will ich ja gar nicht.«

»Sie wollen keine Millionen verdienen?« Paffke sprang wieder auf. »Das gibt's doch gar nicht! Das ist pervers! Ein Mann, der keine Millionen verdienen will! Auch wenn man, wie Sie, schon Millionen auf dem Konto hat, kann man doch davon nie genug kriegen!«

»Doch, das kann man – ich jedenfalls!« sagte Miller. »Was ich habe, das reicht für meinen Lebensabend. Noch mehr Geld? Wozu?«

»Denken Sie an Ihre Familie!« Paffke rang die Hände.

»Ich bin kinderloser Witwer, und heiraten werde ich nicht mehr. Im übrigen, Herr...«

»Paffke. Peter Paffke.«

»...Herr Paffke, ist es mir unmöglich, derzeit geschäftliche Transaktionen durchzuführen.« Er sah zu Boden, als ginge ihm das Kommende nur schwer über die Lippen. »Ich mußte Amerika fluchtartig verlassen. Ich werde gesucht.«

»Von der Polizei?« Paffke hatte die Augen aufgerissen und war unwillkürlich einen Schritt zurückgewichen. Von amerikanischen Gangstern wußte er aus dem Fernsehen zuviel Gefährliches. Bei denen spielte das Alter keine Rolle. Im Gegenteil, je älter sie waren, desto größer ihr Einfluß bei den Syndikaten.

»Nein«, beruhigte Miller ihn einigermaßen. »Vom Finanzamt. Und falls Sie das nicht wissen, das heißt bei uns allerhand. Das ist nicht so wie hier. Ist Ihnen der Name Al Capone ein Begriff?«

Paffke nickte stumm.

»Einer der größten Gangster aller Zeiten«, fuhr Miller fort. »Ihn hat die Steuer erledigt. Keiner seiner ungezählten Morde konnte ihm nachgewiesen werden, aber als Steuerhinterzieher saß er bis zu seinem Lebensende hinter Gittern. Da kennt man in Amerika keine Gnade.«

Hier habe ich nichts mehr zu suchen, dachte Paffke. Er gab sein Spiel verloren und verließ nach knappem Gruß die Wohnung. Auf der Treppe hörte er nicht mehr das schallende Gelächter, das Johnny Miller ihm nachsandte. Unten im Hausflur stand einträchtig die Hausgemeinschaft, um den Erfolg des ersten Ansturms zu erfahren. Als sie Peter Paffke mit abgrundtief enttäuschtem Gesicht die Treppe herunterkommen sahen, wußten sie genug.

»Rausgeflogen?« fragte einer.

»Nee. Bin selbst gegangen. Der Alte ist erstens ein Idiot, der überhaupt nicht begreift, was ihm gesagt wird – und zweitens eine taube Nuß.«

»Was heißt taube Nuß?«

»Von dem ist nichts zu holen, seine Konten sind gesperrt. Er mußte in Amerika Reißaus nehmen.«

»Wieso?«

»Er steht auf der Fahndungsliste.«

»Waaas?« riefen mehrere wie aus einem Munde.

»Er hat sich im Gespräch mit mir selbst auf eine Stufe mit Al Capone gestellt. Ihr wißt, was das heißt?« sagte in seiner Enttäuschung und Wut Peter Paffke.

»Das hat er selbst gesagt?« wunderte sich einer.

»Es ist ihm herausgerutscht.«

»Na Mahlzeit!«

Noch eine Stunde tuschelte man im Hausflur und beriet sich, was man tun sollte. Zur Polizei gehen? Nein, auf keinen Fall! Wieder einmal zeigte sich die Wirkung des Fernsehens auf das Volk. Wie ergeht's den Leuten, die sich die Feindschaft der amerikanischen Unterwelt zuziehen? Großer Gott, nur das nicht!

Durch das ganze Stadtviertel flog die Neuigkeit über John Miller. Entscheidend war für manche das, was Peter Paffke zum Ausdruck gebracht hatte, als er von einer tauben Nuß gesprochen hatte. So begrub denn auch der Schrotthändler, der von einem amerikanischen Kredit für sein Geschäft geträumt hatte, fluchend seine Hoffnung und gebot Gattin und Töchtern, die bei Emma Kerbel schon in Auftrag gegebenen Kleider wieder abzubestellen. Das geschah dann telefonisch und löste bei Emma Entsetzen aus. Sie stotterte: »Aber ich... ich habe die Stoffe doch schon zugeschnitten, Frau Malmut...«

Die Schrotthändlersgattin antwortete kalt: »Händigen Sie die Teile unserem Dienstmädchen aus, das ich Ihnen vorbeischicken werde.«

»Und was ist mit der Arbeit, die ich mir bereits gemacht habe? Wer bezahlt mir die?«

»Wir nicht! Wir bezahlen für fertige Kleider! Seien Sie froh, daß wir keinen Schadensersatz von Ihnen für die zerschnittenen Stoffe beanspruchen!«

Emma Kerbels Stimme begann zu zittern.

»Aber das ist doch Unrecht, was Sie da sagen, Frau Malmut.«

»Unrecht?« höhnte das Weib. »Prozessieren Sie doch gegen uns, dann werden Sie schon sehen, wie weit Sie kommen. Nehmen Sie sich einen Anwalt, falls Sie das Geld dazu haben.«

Tränen flossen Emma übers Gesicht.

»Das habe ich nicht«, sagte sie leise.

»Eben!«

Weinend vertraute Emma Kerbel diese Schweinerei dem Tagebuch an, das sie führte.

Der Besuch aus Amerika fiel Emma Kerbel fast überhaupt nicht zur Last.

Tagsüber, wenn ihre Kundschaft kam, war Onkel Johann in der Stadt und schien wichtige Besorgungen zu machen. Emma fragte nicht näher; es lag ihr nicht, neugierig zu sein. Sie freute sich, wenn der Onkel mittags zurückkam und sich mit großem Appetit an den Tisch setzte. Meistens brachte er gegen ihren Protest dann das Essen für den nächsten Tag mit, immer große Stücke Fleisch, Schnitzel oder riesenhafte Rouladen.

Das sei doch alles zuviel, sagte Emma. Wohin mit den teuren Materalien?

»In die Kühltruhe«, antwortete Onkel Johann.

»Wenn ich eine hätte.«

Am nächsten Tag hatte sie eine. Sie wurde ihr ins Haus geliefert, und als sie entsetzt nach der Rechnung fragte, die zu begleichen sei, sagte man ihr, daß alles schon erledigt sei.

»Onkel Johann«, knöpfte Emma sich ihn am Abend dieses Tages mit aller Strenge vor, die ihr zu Gebote stand, »das geht nicht!«

»Was geht nicht?«

»Daß du mir unnütze Dinge kaufst.«

»Davon weiß ich nichts.«

»Die Kühltruhe.«

»Welche Kühltruhe?«

Emma hob rügend den Zeigefinger vor dem Mann, der sie um Haupteslänge überragte.

»Bitte, laß das Theater, Onkel Johann. Die Männer haben mir gesagt, wer die Rechnung bezahlt hat.«

»Diese Arschlöcher!« ärgerte sich Johnny. »Ich habe doch beim Kauf ausdrücklich verlangt, daß darüber nicht gesprochen wird! Ist der Fernseher schon da?«

Emma faßte sich ans Herz.

»Auch noch ein Fernseher?«

»Also noch nicht«, sagte Johnny. »Dann kommt er morgen früh.«

»Onkel Johann, das sollst du nicht tun, sage ich!«

»Warum nicht? Weil es unnütze Dinge sind?«

»Ja.«

»Nein, Emma, das sind eine Kühltruhe und ein Fernseher heutzutage nicht mehr!«

»Für mich schon«, meinte Emma Kerbel bitter.

»Auch für dich nicht!« sagte Johann mit Nachdruck und freute sich über seinen Entschluß, dafür zu sorgen, daß Emma noch ganz andere Augen machen würde in nächster Zeit.

Manchmal wurde zwischen den beiden stundenlang kein Wort gewechselt, immer dann, wenn Onkel Johann gegessen hatte, am Tisch sitzen blieb, rechnete und lange Zahlenkolonnen auf große Blätter Papier warf. Sooft er das tat, wurde er Emma fremd und geheimnisvoll. Sie scheute sich, Fragen an ihn zu stellen. Sie besaß nicht den Geschäftssinn des Barons v. Chowelitz, der in diesen Tagen sein Gut auf Pump polierte und ein Telegramm seines amerikanischen Verwandten wie ein Heiligtum mit sich herumtrug. Der Text lautete: »Ankomme Sonntagmittag. Onkel Johann.«

Gleich nach dem Eintreffen des Telegramms hatte Huldrich v. Chowelitz sein Pferd satteln lassen und war nach Gut Eibenhain geritten. Zu Pferd sah der blaublütige junge Mann nicht schlecht aus, schlank, sportlich und in gewisser Hinsicht sogar seriös. Auch als er im Hof von Eibenhain vom Pferd sprang und Baroneß Evy aus der Tür kam, um ihn zu begrüßen, deutete äußerlich nichts an ihm darauf hin, daß er ein Mann war, dem der Boden unter den Füßen schwankte.

»Er kommt!« rief Huldrich freudig und schwenkte das Telegramm, das Evy mit Interesse las. »Jetzt sind bald alle Hindernisse aus dem Weg geräumt, Liebste, und wir können heiraten!«

Vage entgegnete Evy: »Hoffentlich ist er auch reich genug, um nicht eine Riesenenttäuschung für dich zu werden.«

»Dessen bin ich ganz sicher, Evy. Ich habe mich in der Zwischenzeit erkundigt, Onkel Johann war das Schwarze Schaf in der Familie meiner seligen Mama. Solche Kerle sind das Richtige für Amerika. Die schaffen es dort. Sie haben keine Hemmungen, weißt du, gehen über Leichen. Lies doch die Lebensgeschichten der amerikanischen Milliardäre. Alles Verbrecher – so ähnlich wie unsere Vorfahren, die Raubritter«, lachte Huldrich zynisch. »Oder nicht?«

»Und wenn er ein großer Geizkragen ist? Wenn er sieht, daß Waldfels ein Faß ohne Boden ist?«

Huldrich wiegte den Kopf.

»Wozu habe ich dich?« sagte er vieldeutig. »Onkel Johann ist sicher einer von diesen alten Schwerenötern, die noch gern kleine Mädchen sehen. Verstehst du? Solche Männer sind Wachs in den Händen einer jungen Schönheit, die noch dazu adelig ist.«

So etwas wie Empörung zeigte sich in Evys Gesicht.

»Du willst mich verkaufen?!«

»Wer spricht denn davon?« Huldrich legte den Arm um Evys Schultern. »Du sollst notfalls dem Alten nur ein bißchen um den Bart gehen. Es geht doch um Gut Waldfels, auf dem du in Kürze als Herrin einziehen sollst, damit sich dein Reichtum auf einen Schlag verdoppelt –«

»Der deine auch«, unterbrach Evy ironisch. »Ich bekäme Waldfels dazu, du aber Eibenhain – das ist ein Unterschied!«

»Spiel nicht schon wieder auf meine Schulden an«, sagte Huldrich etwas unwillig. »Denen soll doch durch deinen Einsatz, falls er sich überhaupt als notwendig erweisen wird, abgeholfen werden. Und dann übertrifft mein Waldfels dein Eibenhain entschieden.«

»›Einsatz‹ nennst du das?« meinte Evy in unverminderter Ironie.

»Alte Herren sind schon zufrieden, wenn man sie unterm Kinn krault oder ihnen mal was Nettes ins Öhrchen flüstert. Man kann auch den Arm um ihren fetten Nacken legen und sich sogar auf ihren Schoß setzen. Kurze Zeit natürlich nur. Was ist denn dabei?«

»Was dabei ist? Sehr viel!«

Huldrich merkte, daß er für Evys Geschmack zu weit gegangen war. Er steckte zurück.

»Warten wir's ab«, sagte er. »Wahrscheinlich klappt sowieso alles ganz von selbst, dann lachen wir über unsere Sorgen.«

»Das wär' mir auch lieber.« Evys Augen blickten kühl. »Wann kommt dein Besuch? Am Sonntag? Und er bleibt eine Weile? Das trifft sich gut. Er kann dann mit uns auf die Jagd gehen. Was hältst du davon, Huldrich? Förster Mais sagt, es seien gute Böcke im Revier.«

»Auf die Jagd! Das ist es, Evy!« Huldrich schwang sich auf sein Pferd und ließ es kokett tänzeln. »Wir werden den guten Johnny einen Bock schießen lassen.« Er lachte über den Doppelsinn des Satzes und winkte, dem Hengst die Sporen gebend, Evy zu.

Um die gleiche Zeit ging es in Rheinstadt drunter und drüber. Die Geschäftsleute umschwärmten Paul Müller, Vertreter rannten ihm die Tür ein, der Architekt rief zehnmal am Tag an, der Bauunternehmer teilte mit, daß mit den Ausschachtungsarbeiten schon begonnen werden könne. Er habe mit dem Leiter des Stadtbauamtes gesprochen und die entsprechende Zusage erhalten. Der Bürgermeister und der ganze Stadtrat seien informiert. Die offizielle schriftliche Genehmigung sei nur noch eine Formsache, sie ergehe in kürzester Zeit.

Auch Erna bekam von dem Glanz, der auf das Haus Müller fiel, etwas ab. Herren, die zur Prominenz der Stadt gehörten, küßten ihr plötzlich die Hand, obwohl Erna vorher mehr oder minder Luft für sie gewesen war. Und Erna hätte keine Frau sein müssen, wenn ihr das nicht wohlgetan hätte – trotz ihrer Intelligenz.

»Paul«, sagte sie nachts im Bett zu ihrem Mann, der müde war von der Unrast des Tages, »weißt du, was mich der Mössle heute gefragt hat?«

»Woher soll ich das wissen?« brummte Paul nur mäßig interessiert.

»Ob ich mir im klaren sei, welcher Reiz von mir für jeden Mann, der etwas von Frauen versteht, ausgehe.«

Paul gähnte.

»Dieser Idiot!«

»Wieso Idiot? Weil er das gesagt hat?« Erna richtete sich auf im Bett. »Stimmt's etwa nicht?«

»Doch, mein Schatz.«

»Wieso dann Idiot?«

»Weil er glaubt, dich damit einseifen und auf diese Weise mehr Einfluß auf mich gewinnen zu können. Das ist sein Ziel. Er will mich einsacken, Erna, verstehst du? Aber Onkel Johann hat mir eingeschärft, das auf keinen Fall zuzulassen. Und du sollst dem Mössle auch auf keinen Leim kriechen, hat er mir ebenfalls aufgetragen. Er hat das kommen sehen.«

»Er hat das kommen sehen?«

»Onkel Johann sieht alles kommen, er ist ein Genie!« sagte Paul, trotz seiner Müdigkeit etwas lebhafter. »Ach, es gäbe ja noch so vieles, was ich ihn im Zusammenhang mit dem Bau zu fragen hätte...« Er gähnte wieder. »Läßt du mich jetzt schlafen?«

Erna sank zurück auf ihr Kopfkissen. Paul knipste das Licht aus. Nach einem Weilchen war im Dunkeln verträumt Ernas Stimme zu vernehmen.

»Wo mag er jetzt sein?«

»Wer?« fragte Paul.

»Onkel Johann.«

»In Bochum.«

»In Bochum?« fragte Erna überrascht. »Wieso in Bochum?«

»Er hat mir gesagt, daß er da hinfährt.«

»Und was macht er da?«

»Eine Kusine lebt in Bochum. Eine Schneiderin, Emma Kerbel. Die wollte er besuchen.«

Sekundenlang herrschte Stille, dann konnte man hören, daß sich Erna noch einmal im Bett aufsetzte.

»Weißt du was, Paul?«

»Wann gibst du denn Ruhe?« erwiderte er. »Was denn?«

»Wir fahren nach Bochum, um ihn noch einmal zu sehen. Du wolltest ihn doch noch vieles fragen? Und außerdem kannst du ihm bei der Gelegenheit das sagen, was du vergessen hast.«

»Was habe ich vergessen?«

»Daß das neue Werk seinen Namen tragen wird.«

»Ja«, seufzte Paul und drehte sich um. »Gute Nacht.«

Nachdem Peter Paffke in der Bochumer Adalbertstraße verbreitet hatte, wer bei der Schneiderin Emma Kerbel zu Besuch sei, nämlich ein mit Vorsicht zu genießendes Subjekt, ließ schlagartig der Kundenstrom nach, der ohnehin noch nie den Namen ›Strom‹ verdient hatte, sondern viel eher einem ›Bächlein‹ gleichzusetzen gewesen wäre. Emma ahnte, was sich zugetragen hatte, schwieg aber. Nur ihr Mausgesicht wurde noch spitzer, noch blasser und wehmütiger. Auch Onkel Johann sah mit wachen Augen den plötzlichen Rückgang des Geschäfts und mußte an sich halten, keinen Wutanfall zu kriegen. Noch ist die Frist nicht um, die ich mir gesetzt habe, dachte er. Noch kann ich nicht wie im Märchen die gute Fee spielen. Meine liebe, kleine Emma Kerbel, du vom Schicksal vergessenes Kind, du sollst bald wieder lachen können wie alle die anderen Menschen, die du heimlich beneidest.

Als Emma einmal einkaufen gegangen war, hatte er ein bißchen spioniert und in der Wäscheschublade ihr Tagebuch gefunden. Ohne Hemmungen las er es, und die Erschütterung über dieses Menschenleben warf in ihm alle Vorsätze über den Haufen, auch hier ein Spiel mit der Gutgläubigkeit zu treiben und sein wahres Gesicht erst am Ende zu zeigen. Vor allem die letzten Tagebucheintragungen ergriffen ihn sehr und steigerten seine verborgenen Aktivitäten in der Stadt.

Diese Eintragungen lauteten:

»Es ist elf Uhr nachts. In zwei Tagen wird Onkel Johann hier sein. Was soll ich ihm sagen? Wie soll ich ihn empfangen? Ich habe solche Angst vor dem Besuch. Ich kenne Onkel Johann gar nicht. Vielleicht ist er ein ganz reicher Mann, der sich schämt, in meine armselige Wohnung zu kommen. Frau Dr. Vieths sagte gestern: ›Kindchen, wenn Ihr Onkel aus Amerika kommt, zapfen Sie ihn nur ruhig ordentlich an. So eine Chance bekommen Sie nie wieder.‹ – Ich habe genickt, aber ich kann es nicht. Nein! Ich werde ihm nicht sagen, wie schlecht es mir geht, ich werde nicht von Geld sprechen. Ich schäme mich so. Vielleicht denkt er, meine Freude ist nur gespielt, weil ich Geld von ihm haben will. Ich werde mich deshalb zurückhalten müssen, damit er nicht diesen Verdacht gewinnt, obwohl ich ihm gerne zeigen würde, wie ich ihn mag. Er ist doch ein Onkel von mir, der letzte. Es muß eben so weitergehen wie bisher. Der Mensch wird auch von Kartoffeln und Gemüse satt. Es gab eine Zeit, da war eine Kartoffel mehr wert als ein Goldstück. Nein! Ich kann es nicht! Ich werde schweigen. Vielleicht zahlt er mir für das, was ich ihm auf den Tisch stelle, ein paar Mark mehr als meine Auslagen. Vielleicht tut er das. (Das ganze Leben ist für einen Menschen wie mich ein großes *Vielleicht*, das sich selten erfüllt.)«

Oder:

»Es ist soweit, morgen kommt Onkel Johann, und ich habe kein Geld, um ihm etwas Besonderes zur Begrüßung zu bieten. Zu einem Strauß Blumen langt's und zu ein paar Tassen Bohnenkaffee. Ich hätte ihm gern auch noch ein Kistchen Zigarren gekauft, aber Frau Süder hat ihre Kleiderrechnung nicht bezahlt. Vielleicht raucht er gar nicht, dann wäre ich aus der Verlegenheit. Als ich Frau Süder gestern mahnte, sagte sie am Telefon: ›Seien Sie doch nicht so ungeduldig, Fräulein Kerbel, oder wollen Sie mich auf den Gedanken bringen, mir eine andere

Schneiderin zu suchen? Mit Ihrer Arbeit bin ich ohnehin nicht mehr recht zufrieden. Warten Sie also bis zum Ersten, auch unsereiner muß rechnen. Mit meinem Mann kann ich diesbezüglich nicht reden, seit in seinem Amt davon gesprochen wird, daß das vierzehnte Monatsgehalt in Zukunft unter den Tisch zu fallen droht. Leute wie Sie sind davon nicht betroffen, Fräulein Kerbel. Denken Sie darüber einmal nach. Sie haben doch auch noch andere Kundinnen, wenn Sie, wie Sie sagen, momentan im Druck sind.‹ – Und so sind sie alle, immer vertrösten sie mich, drohen sie mir. Sie wissen ja gar nicht, wie wichtig ein paar Mark sein können.

Trotzdem werde ich meinem Besuch am Abend einen guten Aufschnitt vorsetzen können. Frau Wagner, die Metzgermeisterin, hat sich noch einmal breitschlagen lassen und mir den Aufschnitt gestundet. Allerdings will sie sich dafür von mir ein Kleid zum halben Preis machen lassen. Da ich in einer Zwangslage bin, mußte ich darauf eingehen. Was sollte ich machen? Aber mein Onkel wird davon nichts merken. Er soll sich nach Möglichkeit bei mir wohl fühlen.

Morgen kommt er. Ich habe ein bißchen Angst davor. Ich kenne ihn ja gar nicht...«

Oder:

»Jetzt ist er schon einige Tage da, und ich komme kaum mehr zu meinen Tagebucheintragungen. Das soll nicht heißen, daß es mir zuviel ist mit ihm, Gott bewahre! Aber mein Tagebuch ist mein Geheimnis, und ich kann deshalb nur schreiben, wenn er schon im Bett liegt. Er ist ein wunderbarer Mann! Manchmal poltert er über Gott und die Welt, doch ich sehe hinter seiner rauhen Schale das goldene Herz in seiner Brust. Täglich stehe ich vor meiner neuen Kühltruhe! Und vor meinem Fernseher! Was mache ich nur, um meine Dankbarkeit zu zeigen? Erst habe ich ja geschimpft, aber inzwischen würde ich jedenfalls die Kühltruhe um keinen Preis mehr hergeben wollen. Sie ist ja so praktisch und quillt schon über von dem, was er täglich anschleppt. Davon werde ich, wenn ich es mir richtig einteile, mindestens ein Jahr lang leben können. Dann allerdings... Man muß ja auch Geld haben, um eine solche Truhe wieder zu füllen.«

Oder:

»Was heute passiert ist, ist eine himmelschreiende Gemeinheit! Ich mußte weinen. Hoffentlich hat er nichts gemerkt. Meine Augen waren ganz verquollen, ich habe sie mir aber mit kaltem Wasser gewaschen, ehe er nach Hause gekommen ist.

Frau Malmut, das niederträchtige Weib, hat angerufen und die Stoffe für sie und ihre Töchter zurückverlangt, die ich bereits zugeschnitten hatte. Eine Bezahlung für meine Arbeit, die ich mit den Stoffen schon hatte, lehnte sie ab. Ich soll prozessieren, sagte sie und lachte mich praktisch aus.

So ist es halt im Leben, Kirchenmäuse können nicht prozessieren. Im ersten Moment war ich ja versucht, Onkel Johann den Fall zu unterbreiten, denn er hätte das Geld, das dazu nötig wäre. Er könnte sogar die ganze Adalbertstraße kaufen und auch den Malmuts einheizen, aber ich will ihn nicht für mich einspannen. Wie sähe denn das aus? Nein, das kommt nicht in Frage! Den Ärger mit diesem Weib werde ich vergessen, die Freude über meine Kühltruhe und meinen Fernseher aber bleibt bestehen. Onkel Johann ist ein unvergleichlicher Mann, ich bin stolz, ihn in meiner Verwandtschaft zu haben. Ich verehre ihn, ich liebe ihn, aber ich kann es ihm nicht zeigen. Das macht mich traurig.«

John Miller hatte all diese Zeilen tief in sein Herz geschrieben. Er war gleich am nächsten Morgen zum Metzgerladen an der Ecke gegangen und hatte die fette Person, die ihm routiniert entgegenlächelte, angeherrscht: »Sind Sie Frau Wagner?«

»Ja.«

»Hier!« Er warf ihr einen Fünfzigmarkschein auf die Theke. »Von Fräulein Kerbel! Es ist das letzte Geld von ihr für Sie! Und das Kleid, auf das Sie reflektieren, können Sie sich in Hongkong oder Taiwan machen lassen! Dort bewilligt man Ihnen den Hungerlohn, den Halsabschneiderinnen wie Sie herausrücken!«

Und er hatte die erstarrte Metzgersfrau einfach stehen lassen.

Auch beim Schrotthändler Malmut fuhr er vorbei. Das Firmengelände lag zwar in der Nähe der Adalbertstraße, aber Malmut selbst bewohnte eine Villa am Rand von Bochum-Hamme. Schrotthändler sind eine eigene Sorte von Menschen. In den meisten Fällen kommen sie von ganz unten, machen viel Geld, schwimmen dann oben und gehen oft auch rasch wieder pleite. Auch Alfred Malmut hatte seine goldene Zeit schon hinter sich. Bis zum Konkurs hatte er allerdings noch eine Gnadenfrist, die er dazu benützte, Werte beiseitezuschaffen.

Es traf sich gut, daß Alfred Malmut noch nicht ins Geschäft gefahren und deshalb zu sprechen war. Frau Malmut, nach der Johnny Miller ursprünglich das Dienstmädchen gefragt hatte, schlief noch. Es war neun Uhr. Um diese Zeit liegen solche Damen noch im Bett, dachte Johnny grimmig. Zur Körperpflege brauchen sie wenig Schlaf in der Nacht und viel am Vormittag. Aber mir genügt ja für das, was ich in diesem Haus mitzuteilen habe, auch der Alte.

Als Alfred Malmut, vom Dienstmädchen herbeigeholt, das Zimmer betrat, in dem Miller wartete, wußte er nicht, mit wem er es zu tun hat. Das Mädchen hatte bei der Meldung Millers dessen Namen, wie üblich, umgewandelt in Müller. Johnny erhob sich nicht, als Malmut vor ihm stand. Erstaunt betrachtete der Schrotthändler seinen unhöflichen Gast und fragte steif: »Sie wünschen?«

»Das werden Sie gleich erfahren!« griff Miller ohne Umschweife zum richtigen Ton. »Den Anlaß dazu, daß ich hier bin, lieferte Ihre impertinente Frau!«

Alfred Malmut war Schrotthändler. Schrotthändler tun sich mit Fremdwörtern schwer. Malmut verstand den Ausdruck ›impertinent‹ nicht, spürte aber, daß er nichts Positives bedeuten konnte.

»Wer sind Sie?« fragte er.

»John Miller.«

Das veränderte die Situation. Miller war kein Müller, noch dazu, wenn er mit dem Vornamen John hieß.

»Dann weiß ich Bescheid«, meinte Malmut und glaubte Oberwasser zu haben. »Hinter Ihnen ist die amerikanische Polizei her.«

»Wer sagt das?« fragte überrascht Johnny, der Paffkes Besuch schon längst wieder vergessen hatte.

»Sie selbst!«

»Ich?«

»Zu einem Mann, der mit seiner Erfindung auch schon bei mir war.«

Bei Johnny fiel der Groschen.

»Der sollte sich überlegen, was er herumerzählt«, sagte er darauf drohend, und der Schrotthändler erschrak. Dadurch trat ein neuer Beweis für die erdumspannende Wirkung der amerikanischen Krimi-Serien zutage.

»Was war mit meiner Frau, Mister Miller?« fragte nun devot Malmut.

»Sie hat sich bei meiner Nichte zu entschuldigen! Und zwar schriftlich, verstanden!«

»Bei der Schneiderin?« antwortete Malmut unwillkürlich geringschätzig.

»Bei wem?« Johnnys Ton klang noch drohender und brachte den Schrotthändler rasch wieder zur Räson.

»Bei Fräulein Kerbel, Mister Miller.«

»Der Entschuldigung Ihrer Frau haben sich auch Ihre Töchter anzuschließen, Herr Malmut!«

»Ja.«

»Und keines Ihrer Weiber« – Malmut zuckte zusammen – »hat noch einmal ihren Fuß über die Schwelle meiner Nichte zu setzen! Haben Sie mich verstanden?«

»Ja, Mister Miller.«

»Meine Nichte wird mich auf dem laufenden halten. Sorgen Sie dafür, daß es nicht mehr den geringsten Anlaß für mich geben wird, Sie zu vernichten, Herr Malmut. Ich würde dazu alle meine Mittel einsetzen.«

Stumm nickte der Schrotthändler. Er kochte innerlich, wagte es aber nicht, davon irgendein Anzeichen nach außen dringen zu lassen. So war mit ihm seit dem frühen Tod seines Vaters, eines Trinkers, keiner mehr umgesprungen. Damals war er noch zur Schule gegangen.

Miller blickte ihn an.

»Sie sind Schrotthändler?«

»Ja.«

»Sie wissen selbst am besten, was von Ihrer Branche zu halten ist?«

Muß ich mir das gefallen lassen? dachte Malmut in ohnmächtigem Grimm. In meinem Haus? Ich muß.

»Wenn Sie mich dazu zwingen, zerdrücke ich Sie wie eine Laus, Malmut!« fuhr Miller fort.

Endlich muckte der Schrotthändler ein bißchen auf, indem er erwiderte: »Sagen Sie das doch meiner Frau! *Die* hat mit Ihrer Nichte telefoniert, nicht *ich!*«

»Sie schläft ja noch, die Madame!« höhnte Miller.

»Ich hole sie Ihnen«, sagte Malmut und wollte sich zur Tür wenden, um die Rolle des Blitzableiters seiner Gattin zu übertragen, die sie schließlich ja auch verdient hatte.

Miller hielt ihn jedoch zurück.

»Das würde mir zu lange dauern«, sagte er. »Außerdem

bin ich sicher, daß Sie ihr das Nötige schon mit dem entsprechenden Nachdruck beibringen werden, Malmut. Ich weiß, wie's diesbezüglich in Ihren Kreisen zugeht.«

Der Schrotthändler schwitzte schon. Wie lange soll das noch gehen? dachte er. Wie lange muß ich mir das noch anhören?

»Ihre Zeit, Mister Miller«, krächzte er, »ist kostbar, sagen Sie. Erlauben Sie, die meine auch.« Er blickte auf die Uhr. »Ich muß in mein Geschäft.«

»Tut mir leid, Malmut, ich bin noch nicht fertig mit Ihnen!«

»Noch nicht, Mister Miller?« stöhnte der Schrotthändler.

»Die Forderung meiner Nichte an Sie steht noch offen. Da ich schon hier bin, will ich das auch noch klären.«

»Welche Forderung, Mister Miller?«

»Fürs Maßnehmen, Zuschneiden –«

»Die Maße liegen ihr doch schon seit Jahren vor!« unterbrach Malmut.

»Maße ändern sich«, blieb Miller unerbittlich. »Oder wollen Sie etwa behaupten, daß Ihre Frau heute noch so aussieht wie am Tag ihrer Hochzeit mit Ihnen?«

»Weiß Gott nicht!« entschlüpfte es dem Schrotthändler.

»Sehen Sie«, nickte Miller. »Deshalb nimmt eine gute Schneiderin immer wieder neu Maß. Und daß meine Nichte eine gute Schneiderin ist, werden Sie ja wohl nicht bestreiten wollen?«

Malmut sagte darauf nicht gleich etwas. Miller sah ihn an. Der Blick genügte Malmut.

»Eine sehr gute!« stieß er hervor. »Wieviel will sie denn haben?«

Miller wußte das nicht. Aufs Geratewohl sagte er: »Hundert Mark.«

Das schien dem Schrotthändler zwar ein von Miller in die Höhe getriebener Wucherpreis zu sein, aber er nickte: »Einverstanden.«

»Dazu kommt noch einmal die gleiche Summe fürs Zuschneiden, Malmut.«

»Was?!« rief gepeinigt der Schrotthändler. »Ich dachte, das sei für beides!«

»Irrtum!«

»Hundert Mark verlangte Fräulein Kerbel bisher ja nicht einmal für ein fertiges Kleid!«

»Bisher nicht, das mag stimmen«, sagte Miller zum Schrecken des Schrotthändlers. »Aber diese Zeiten sind nun endgültig vorbei. Ab jetzt gelten völlig neue Tarife bei ihr. Erkundigen Sie sich ruhig mal danach in naher Zukunft.«

»Also gut«, biß Malmut in den sauren Apfel. »Zweihundert Mark.«

»Mal drei.«

Nun blieb aber dem Schrotthändler echt die Spucke weg. Unfähig eines Wortes starrte er seinen Peiniger an.

»Meine Nichte«, erklärte ihm Miller die Sachlage, »hat sich ja diese Arbeit nicht nur mit Ihrer Frau gemacht, sondern auch mit Ihren Töchtern.«

Malmut blieb stumm. Miller erhob sich und ging zur Tür, wobei er mit einer Stimme, die keinen Widerspruch duldete, noch sagte: »Sie schulden ihr also sechshundert Mark plus den hier üblichen Mehrwertsteuersatz. Überweisen Sie ihr den Gesamtbetrag per Post oder liefern Sie ihn selbst bei ihr ab. Lassen Sie sich damit aber nicht allzuviel Zeit. Guten Tag.«

Am zweiten Samstag des Aufenthalts von Onkel Johann bei Emma Kerbel geschah dann das Wunder im Leben der kleinen, mausgesichtigen Näherin. Eine Flut von Boten und Botinnen ergoß sich in das stille, dunkle Haus in der Adalbertstraße. Zuerst lieferte das beste Pelzgeschäft Bochums einen wundervollen Persianermantel ab. Er paßte hervorragend, denn Onkel Johann hatte die Maße Emmas aus ihrem Schneiderbuch abgeschrieben. Ein anderer Lieferwagen brachte eine neue elektrische Nähmaschine und eine schwarze Kleiderpuppe, ein dritter Wagen vom besten Stoffgeschäft der Stadt entlud Ballen der feinsten, modernsten Stoffe.

Sprachlos stand Emma Kerbel in ihrer Wohnung, ließ die Sachen irgendwo abstellen und saß dann vor den Schätzen wie ein Mensch, der im Banne eines Traumes steht. Sie strich mit den Fingern über das weiche, gekräuselte Haar des Persianers, über die blanken Chromteile der neuen Maschine, über den glatten Leib der Puppe, über die seidenen Flächen der Stoffe. Sie schloß dabei die Augen, und Tränen tropften unter den geschlossenen Lidern über ihre blassen, eingefallenen Wangen.

Das kann ich doch nicht annehmen, dachte sie erschreckt. Das ist viel zuviel. Für das bißchen Kaffee und das alte Bett, in dem er schlafen durfte, braucht er mir doch nicht soviel zu schenken.

Sie sprang auf.

Nein, sagte sie sich. Ich muß es wieder zurückgeben. Hätte ich doch bloß nicht gesagt, was ich mir wünschte, wenn ich viel Geld besitzen würde. Er hat es sich gemerkt, und jetzt denkt er vielleicht noch, ich hätte es ihm gesagt, damit er mir das alles kaufen soll.

Ihre Selbstvorwürfe wurden noch stärker und drohten sie völlig zu deprimieren, als ein Gepäckträger kam und sie bat, ihm die Koffer des Herrn Johann Müller auszuhändigen. Der Herr käme nicht mehr zurück. Er warte auf dem Bahnhof und müßte den nächsten Zug nehmen. Einen Brief habe er, der Bote, auch abzugeben.

Damit überreichte er Emma Kerbel ein verschlossenes Kuvert, packte die Koffergriffe, stöhnte, als ihm das Gewicht die Arme auszureißen drohte, und stapfte die Treppe hinab.

Emma Kerbel saß auf dem Küchenstuhl und wagte nicht, den Brief Onkel Johanns aufzuschlitzen. Er kam nicht wieder, das wußte sie jetzt. Er fuhr ohne Abschied von ihr fort. Er hatte sich nicht wohl gefühlt bei ihr – das war jetzt ihr einziger Gedanke. Ich war unbescheiden, ich habe ihm gesagt, was ich haben möchte, und er hat es mir auch gekauft, aber nun will er nichts mehr wissen von mir.

Sie saß eine ganze Zeit, ehe sie die Kraft gewann, den Brief zu öffnen. Mit der Angst, Vorwürfe entgegennehmen zu müssen, las sie stockend die Zeilen. Doch dann überzog ihr Gesicht eine solche Verblüffung, ein solches Erstaunen über ein unfaßbares Rätsel, daß sie die Zeilen noch einmal lesen mußte, um den Inhalt voll zu begreifen.

›Meine liebe Emma!

Sei nicht böse, wenn ich so plötzlich wieder abfahre. Ich möchte nicht, daß Du mir dankst, denn Du hast in deinem Leben lange genug den Kopf beugen müssen, um kleinerer Dinge willen. Wenn ich Dir eine Freude mache, so ist das auch für mich eine Genugtuung, denn ich habe bei Dir gesehen, daß der Mensch zufrieden sein kann, auch wenn es ihm nur gelingt, das nackte Leben von einem Tag auf den anderen zu fristen. Das ist eine Mahnung für mich. Ich hatte zu lange vergessen, wie weh Armut tut. Als ich vor dreißig Jahren nach Amerika auswanderte, war ich auch ein armer Hund, gekleidet in einen Anzug, den ich mir von meinem älteren Bruder ohne sein Wissen ›auslieh‹. Drüben hatte ich Glück, ich wurde reich, sehr reich, und vergaß die Not, aus der ich kam. Ich konnte mir keine Armut mehr vorstellen. Das ist die große Lehre, die ich bei meinem Aufenthalt in Deiner Wohnung gewonnen habe.

Ich weiß, daß Du jetzt zwischen den Dingen sitzt, die Du Dir schon immer gewünscht hast. Aber sie sollen noch nicht alles sein. Du sollst ab heute ein anderes Leben führen können. Ich habe Dir deshalb auf Deinen Namen in der Bongardstraße ein großes Haus gekauft. Die ganze Unterseite wird nach den Plänen des Architekten Weiher zu einem großen Geschäft umgebaut, mit fünf großen Schaufenstern und einem geräumigen Atelier. Das wird Dein neues Modehaus sein. Mehr kann ich nicht tun. Es liegt jetzt an Dir, liebes Nichtchen Emma, das beste und eleganteste Modehaus Bochums aufzubauen. Weil Du zum Start Bargeld brauchst, habe ich Dir auch ein Konto eingerichtet. Die Dresdner Bank wird Dich benachrichtigen, über wieviel Du verfügen kannst.

Hab keine Angst, Emma, vor der Aufgabe, die es zu bewältigen gilt. Du schaffst das, auch wenn es Dir im Moment noch völlig unmöglich erscheint. Du hast Müller- bzw. Millerblut in Dir. Ich habe Dich genau beobachtet, tief in Dir ruhen Kräften, über die Du selbst erstaunt sein wirst. Sie müssen nur geweckt werden, und dazu habe ich jetzt – glaube ich – den Anstoß gegeben. Ich behalte Dich im Auge, auch von Amerika aus. Und merke Dir, wenn Deine Schultern mal wirklich zu schmal werden sollten, werde ich zur Stelle sein. Ich glaube aber nicht an diese Gefahr. Siehst Du, soviel halte ich von Dir.

Und nun leb wohl, liebe Emma. Blick nicht mehr zurück. Vorwärts! heißt die Parole. Schaffe! Sei fröhlich! Letzteres ist der größte Wunsch, dessen Erfüllung ich mir von Dir wünsche. Wenn ich einmal wiederkomme aus Amerika, will ich am Bochumer Bahnhof schon hören: Das erste Modehaus ist das von Emma Kerbel!

Es grüßt Dich Dein Onkel Johann.‹

Emma Kerbel saß noch wie betäubt zwischen den Gaben, als es abermals an der Flurtür schellte.

Noch etwas, dachte sie. Ich bekomme einen Schlag, soviel Glück kann ich ja gar nicht auf einmal tragen.

Sie schob den Brief in ihre Schürzentasche und eilte zur Wohnungstür. Draußen stand aber kein Bote im Kittel, sondern ein Fremder im Trenchcoat, der sie forschend ansah, als suche er in ihrem Gesicht irgendeine Ähnlichkeit.

»Bin ich recht bei Fräulein Emma Kerbel?« fragte er.

»Ja.«

»Mein Name ist Paul Müller, aus Rheinstadt. Wir sind verwandt, ich bin ein Vetter...«

Emma Kerbel schlug die Hände zusammen und riß die Tür auf.

»Vetter Paul!« Sie lachte ein wenig gezwungen. »Ich kann mich entsinnen. Als Kinder – du warst damals acht und ich sechs Jahre, da hast du mir einmal meinen Zopf abgeschnitten.« Sie zog Paul Müller ins Zimmer.

Mit einem Blick hatte er alles erfaßt und drehte sich um.

»Onkel Johann ist bei dir! Ich sehe es an den Geschenken! Emma, wo steckt er? Ich muß ihn sprechen!«

Emma Kerbel zog den Brief aus der Tasche und gab ihn Paul.

»Fort«, sagte sie traurig. »Vor einer Viertelstunde brachte ein Gepäckträger den Brief und holte die Koffer des Onkels ab.« Sie wischte sich über die Stirn. »Mir ist noch immer, als ob ich träume...«

Paul Müller las die Zeilen und ließ das Blatt sinken. Er setzte sich auf den Küchenstuhl und stützte die Arme auf.

»Dir richtet er ein großes Modehaus ein – mir baut er eine neue Fabrik. Er kommt plötzlich, und er geht plötzlich. Wir haben nie etwas von ihm gehört, und er wälzt unser ganzes Leben um. Emma, wir müssen ihn suchen. Unten wartet meine Frau –«

»Wo wartet die?« unterbrach Emma.

»Unten im Auto.«

»Dann hol sie bitte rauf. Du kannst sie doch nicht da sitzen lassen.«

»Laß mich erst ausreden. Wir müssen Onkel Johann suchen. Ich muß ihm sagen, daß sich unsere ganze Sippschaft, unsere Väter und Mütter ihm gegenüber nicht gut benommen haben, als sie ihn damals ziehen ließen. Ich möchte mich für sie alle entschuldigen. Das ist das Geringste, was er beanspruchen darf. Mein Gott« – er überflog den Brief noch einmal – »wie sehr muß er gefühlt haben, wie tief die Kluft zwischen ihm und uns geworden ist! Wie selbstlos aber hat er die Brücke geschlagen, die damals in die Brüche ging!«

Paul Müller stand auf. Er blickte durch die offenen Türen auf die wahllos in den Zimmern stehenden Gaben des Onkels, zwischen denen, wie eine verängstigte Maus Emma Kerbel saß und sich die Tränen aus den Augen wischte.

»Kennst du noch andere Verwandte, bei denen er sein könnte?« fragte Paul.

»Nur noch Onkel Josef in Köln-Nippes«, erwiderte sie. »Ob er aber zu dem fährt? Der hat sich doch nie um einen von uns gekümmert?«

»Das haben wir alle nicht«, sagte Paul ehrlich. »Ich muß es versuchen mit dem.« Er blickte seine Kusine an und hatte einen Gedanken. »Komm doch mit, Emma, mach den Laden zu. Platz haben wir im Auto, und meine Frau wird sich freuen, dich näher kennenzulernen.«

»So plötzlich...« Emma blickte ihn unsicher an.

»Warum nicht? Wir liefern dich nach der Fahrt in Bochum wieder ab.«

»Wenigstens eine halbe Stunde müßte ich schon noch Zeit haben, um hier ein bißchen Ordnung zu schaffen...«

»Das läßt sich machen«, sagte Paul Müller. »Ich kann ja in der Zwischenzeit mit meiner Frau irgendwo eine Tasse Kaffee trinken und komme dann wieder, um dich abzuholen.«

»Ein bißchen Kaffee hätte auch ich noch, den ich euch aufbrühen könnte«, meinte Emma.

»Und wer räumt dann auf?« Paul schüttelte den Kopf. »Nee, nee, liebe Emma, machen wir's so, wie ich gesagt habe.« Er blickte auf seine Armbanduhr. »Also in einer Stunde. Ich komme gar nicht mehr rauf, sondern läute nur unten. Klar?«

Emma nickte.

Mit dem Aufräumen klappte es aber dann doch nicht so richtig. Kaum war nämlich Vetter Paul verschwunden, begehrte schon wieder jemand Einlaß. Emma schob gerade die Stoffballen zu einem Stapel zusammen, als die Türglocke schrillte und Emma einen Seufzer entlockte. Ihr Erstaunen war dann groß. Der großmächtige Schrotthändler Alfred Malmut stand auf der Matte. Für die kleinen Leute in der Adalbertstraße galt er immer noch als ein Mann, der was an den Füßen hatte. Daß in Wahrheit mit ihm gar nicht mehr soviel los war, ahnten nur solche, die geschäftlich mit ihm zu tun hatte und feststellen mußten, daß die Zeiträume wuchsen, in denen Malmut seine Zahlungen leistete.

Emma Kerbel erschrak, als sie den Schrotthändler erblickte. Von dem Besuch Millers, den Malmut zu verzeichnen gehabt hatte, wußte sie; Onkel Johann hatte sie davon in Kenntnis gesetzt. Bar des Schutzes durch den Onkel fürchtete sie nun instinktiv, daß der Schrotthändler nicht gekommen sei, um ihr das von Johann angekündigte Honorar zu bringen, sondern um die Stoffteile abzuholen und ihr bei der Gelegenheit noch einmal Saures zu geben. Sie war deshalb äußerst erstaunt, als Malmut sie freundlich anlächelte, wobei er den Hut zog und sagte: »Guten Tag, Fräulein Kerbel. Ich hoffe Sie nicht zu stören.«

»Guten Tag, Herr Malmut«, antwortete Emma hastig. »Einen Moment bitte, ich bringe sie Ihnen gleich ...«

»Was bringen Sie mir, Fräulein Kerbel?«

Emma, die sich schon abgewendet hatte, drehte sich wieder Malmut zu.

»Die Stoffe, Herr Malmut.«

Über die Stoffe war in der Aufregung, die der Besuch John Millers im Hause Malmut hervorgerufen hate, dort gar nicht mehr gesprochen worden. Der Schrotthändler hatte nur getobt und seine drei ›Weiber‹ auf den Mond schießen wollen, obwohl er ursprünglich derjenige gewesen war, der den Anruf seiner Frau bei Emma Kerbel veranlaßt hatte.

»Wegen der Stoffe«, sagte er nun lächelnd zur Näherin, »wegen des Ärgers, der Ihnen in dieser Angelegenheit von meiner Frau verursacht wurde – ohne mein geringstes Wissen, betone ich! –, könnten wir uns doch auf der alten Basis einigen, Fräulein Kerbel Das wäre mein Vorschlag.« Er drehte den Hut in den Händen.

»Ich verstehe Sie nicht, Herr Malmut.«

Er war wesentlich größer als Emma und konnte deshalb leicht über ihre Schulter in die Diele blicken. Die herumstehenden und liegenden Dinge, die er sah, machten ihn neugierig.

»Darf ich reinkommen?«

»Bitte«, nickte Emma überrumpelt.

Alle Zimmertüren standen offen.

»Platz kann ich Ihnen aber keinen anbieten«, fuhr Emma fort. »Sie sehen selbst, wie's bei mir momentan aussieht ...«

»Sie richten sich neu ein?«

»Ja«, nickte Emma und wandte sich ein zweites Mal ab. »Ich hole die Stoffe.«

»Aber das ist unnötig, Fräulein Kerbel.«

»Wieso?«

»Ich sagte Ihnen doch, wieso.«

Da ihn Emma daraufhin ratlos anblickte, setzte er hinzu: »Wollen sie den dummen Anruf meiner Frau nicht vergessen und wieder für sie arbeiten, Fräulein Kerbel? Auch für meine Töchter?«

»Nein!« sagte Emma.

»Warum nicht?«

»Weil Onkel Johann mir das verboten hat«, erwiderte Emma mit überraschend fester Stimme. »Wie er mir sagte, hat er das auch Ihnen mitgeteilt.«

Alfred Malmut sah sie stumm an. Sein Blick wurde bittend. Wie tief bin ich gesunken, dachte der Schrotthändler dabei. Ich krieche vor einer Näherin herum. Und das alles, um bei diesem Scheißamerikaner wieder Boden zu gewinnen.

»Das kann er doch nicht so gemeint haben«, sagte er. »Sonst wäre er nämlich kein Geschäftsmann. Fragen Sie ihn doch mal, nachdem sich inzwischen der erste Ärger gelegt haben dürfte. Sie werden sehen, daß er mir zustimmt.«

Doch Emma Kerbel ließ sich nicht erweichen.

»Nein, Herr Malmut! Ich weiß, was er mir gesagt hat, und daran halte ich mich!«

Malmut wollte immer noch nicht aufgeben. Seit er den neuen Reichtum in der Wohnung gesehen hatte, witterte er etwas. Von wem das Geld dazu nur stammen konnte, war ihm klar. Vielleicht war es möglich, an dieser amerikanischen Quelle irgendwie teilzuhaben, sie anzuzapfen, wenn man sich ins rechte Licht rückte? Wenn nicht heute, dann morgen. Dringend notwendig hätte man's ja.

»Fräulein Kerbel«, sagte er, »überlegen Sie doch, Sie

schlagen Ihren eigenen Vorteil in den Wind, wenn Sie auf drei Kundinnen verzichten. So würde das auch Mister Miller sehen, glauben Sie mir.«

»Nein!«

»Aber –«

»Nein, Herr Malmut!« Hart war der Blick, der den Schrotthändler musterte. Eine neue Emma Kerbel stand Malmut gegenüber, keine graue Maus mehr. Der Geist Onkel Johanns wehte durch die Wohnung und infizierte das alte Mädchen. Emma Kerbel hatte angefangen, Schrotthändlern nicht mehr aus der Hand zu fressen.

»Auf solche Kundinnen verzichte ich in Zukunft!«

Malmut lief rot an.

»Auf welche?«

»Auf solche wie Ihre Frau!«

»Schnappen Sie nur nicht über!« brauste der Schrotthändler auf und setzte, daß er die Beherrschung völlig verlor, hinzu: »Sie lächerliches Würstchen!«

Emmas Finger zeigte zur Wohnungstür.

»Raus!«

»Und meine Stoffe?«

»Und mein Geld?« Emma funkelte ihn an. »Oder soll ich meinem Onkel mitteilen, daß mir das vorenthalten wird?«

Malmuts Hand fuhr in die Tasche und brachte das Geld zum Vorschein. Schweigend, mit zusammengepreßten Lippen, hielt er Emma die Banknoten hin. Ebenso schweigend händigte sie ihm daraufhin die zugeschnittenen Stoffteile aus. Grußlos stampfte er zur Tür, warf sie hinter sich zu, und Emma riß anschließend die Fenster auf, weil nach ihrem Gefühl die Luft in der Wohnung einer Reinigung bedurfte. Solche Maßnahmen sind in einer Stadt wie Bochum freilich nur symbolische Akte.

Jetzt wird's aber Zeit, sagte sich dann Emma und begann Ordnung in das Chaos zu bringen. Die Frist, die sie noch hatte, verging aber viel zu schnell, so daß sie, als Vetter Paul läutete, längst noch nicht fertig war. Sie stieß einen kleinen Schreckensruf aus, rannte ins Schlafzimmer und warf ein paar Sachen in ein kleines Köfferchen. Sie mußte auch noch das Kleid wechseln. Als sie das tat, erwischte sie in der Eile die verkehrten Ärmel. In solchen Situationen ist das fast die Regel. Es war Emma sehr peinlich, daß sie ihre Verwandten warten lassen mußte. Sie entschuldigte sich deshalb vielmals, als sie runterkam. Paul und Erna standen am Wagen und lachten. Und Paul fand gleich die richtigen Worte.

»Was denkst du denn, Emma«, grinste er, »ich bin da von meiner Frau Gemahlin noch ganz andere Zeiten gewöhnt, wenn ich ihrer harre.«

Erna winkte mit der Hand und war gleich bemüht, keine Verlegenheit bei Emma aufkommen zu lassen. Sie schob sie auf einen der Hintersitze und setzte sich neben sie, um die räumliche Distanz zwischen ihnen auf ein Mindestmaß herabzumindern.

Die zwei Frauen wurden sich gegenseitig rasch sympathisch. Emma tat die nette Art wohl, mit der sie von Erna behandelt wurde, und Erna entdeckte bei Emma rasch die berühmten inneren Werte. Paul erlebte so mit Vergnügen, daß es zwischen den beiden keine Verständnisschwierigkeiten gab. An der Unterhaltung nahm er nur sporadisch teil, da er als Chauffeur auf den Verkehr zu achten hatte. Während der ganzen Fahrt gab es eigentlich nur *ein* Thema: Onkel Johann! Der Wagen rollte nach Süden, wo Köln lag. In die entgegengesetzte Richtung, nach Norden, ratterte der Zug Johanns, dessen Ziel Verden war. Dorthin kam ihm auch sein schwerer Wagen aus Hamburg entgegen. Er hatte telefonisch den Auftrag dazu gegeben. Ein Student saß am Steuer des Luxusschlittens und freute sich über diesen Job, der ihm wieder einmal ein erfreuliches Sümmchen nebenher einbrachte. Begeistert war er auch davon, daß ihn, wie er glaubte, die Mädchen an der Straße für den Besitzer des Wagens – zumindest für den Sohn des Besitzers dieses Wagens – hielten. Nonchalant winkte er ihnen zu. In Wahrheit war sein Vater ein armer Schriftsteller.

In Verden stieg Onkel Johann um auf seinen Cadillac. Der Student wußte die Ankunftszeit des Zuges und wartete vor dem Bahnhof. Er stand mit dem Auto im Parkverbot. Als Johann aus der Bahnhofshalle trat, sah er schon von weitem seinen Wagen und ging auf ihn zu. Zur gleichen Zeit näherte sich von der anderen Seite dem Cadillac ein Polizist und erreichte ihn ein paar Sekunden nach Miller. Der Polizist grüßte artig und zog sein Buch mit den Strafzetteln für Verkehrssünder heraus, wobei er Miller fragte: »Sind Sie der Besitzer?«

Johnny nickte, fühlte sich aber für das Delikt, das hier zur Debatte stand, nicht verantwortlich und warf deshalb einen Blick auf den Studenten.

Der Student deutete den Blick richtig. Es war seine Obliegenheit, dem Polizisten quasi in den Arm zu fallen. Da er als normaler Student alle Polizisten – sprich: Bullen – haßte, tat er dies unverzüglich und mit Verve.

»Sehen Sie nicht?« sagte er. »Der Herr ist Amerikaner!«

Der Polizist schrieb schon.

»Das nützt ihm nichts«, sagte er dabei.

»Ein sehr bedeutender Amerikaner, betrachten Sie sich den Wagen.«

Der Polizist schrieb weiter.

»Er kennt den amerikanichen Präsidenten!« fuhr der Student schwerstes Geschütz auf.

»Das nützt ihm auch nichts«, sagte der Polizist ruhig. »Den Hein Esser müßte er kennen.«

Johnny mischte sich interessiert ein.

»Wer ist der Hein Esser?«

»Der bin ich«, sagte der Polizist und überreichte ihm den Strafzettel.

Als die Prozedur beendet war, der Polizist sein Geld bekommen hatte und mit artigem Gruß abdrehte und auf den nächsten Wagen im Parkverbot zuging, sagte der Student, ihm haßerfüllte Blicke nachsendend, zu Miller: »So sind sie!«

Johnny betrachtete die Unterschrift auf dem Zettel. Da stand in der Tat ›H. Esser‹.

»Verstehen Sie jetzt«, fuhr der Student fort, »daß das einer der Gründe ist, warum ich diesem Land lieber heute als morgen den Rücken kehren möchte, wenn ich könnte.«

Johnny schaute auf.

»Nein, mein Junge«, sagte er dann, »das, was wir hier soeben erlebt haben, gehört zu den Gründen, warum Sie nicht den Wunsch hegen sollten, diesem Land den Rükken zu kehren! Verstehen Sie?«

Der Student blickte ihn stumm, aber höchst erstaunt an.

Mit fast liebevollen Bewegungen steckte Johnny Miller den Strafzettel ein und sagte dabei: »Den hebe ich mir auf und zeige ihn in Amerika herum und erzähle allen, welche Bewandtnis es damit hatte.«

Dann entlohnte er generös den Studenten, wobei noch die Frage zu klären war, wie der junge Mann zurück nach Hamburg kommen würde.

»Per Anhalter«, teilte dieser mit.

Miller gab ihm aber noch das Geld für eine Eisenbahnfahrkarte nach Hamburg.

»Das lohnt sich!« meinte der Studiosus der Rechte vergnügt, nach einem Wagen mit Hamburger Nummer Ausschau haltend. »Gerade wegen Ihrer Großzügigkeit kann ich aber diesen Scheißbullen nicht vergessen, der Sie durch meine Schuld angezapft hat, Mister Miller. Der soll nur nicht mal auf die Idee kommen, sich nach Hamburg versetzen zu lassen. Wenn er mir nämlich dort bei einer unserer Demonstrationen über den Weg laufen sollte, wäre er fällig.«

Johnny hatte im Zug Zeit genug gehabt, auf einer Autokarte, die er sich besorgt hatte, den Weg von Verden nach Gut Waldfels auszumachen. Er hatte also deshalb nach der Trennung von dem Studenten keine Schwierigkeiten, sich zurechtzufinden. Auf Waldfels war er aber erst für den nächsten Tag angesagt. In der Nähe des Besitztums, bei einem Dorfgasthaus, hielt er deshalb an, um noch einmal zu übernachten, ehe er dem einzigen Adeligen in seiner Verwandtschaft gegenübertreten wollte. Über die Eigenschaften dieses Herrn wußte er noch nicht Bescheid. Am Wirtshaustisch, beim Abendessen, bot sich ihm aber Gelegenheit, einiges in Erfahrung zu bringen. Zu ihm setzte sich nämlich ein älteres Paar, bei dem alle Anzeichen dafür vorlagen, daß sie schon lange verheiratet waren. Der Herr Gemahl half seiner Gattin nicht aus dem Mantel, nahm Platz, ehe sie saß, kümmerte sich nicht um ihre Sitzgelegenheit, rief dem Wirt ›Ein Pils!‹ zu und versenkte sich ins Studium der Speisenkarte. Als der Wirt das Bier an den Tisch brachte, bestellte sie sich einen Apfelsaft und er sich ein Naturschnitzel.

»Und Sie, Frau Berger?« fragte der Wirt. »Was wollen Sie essen?«

»Ich bin noch nicht soweit «, antwortete sie, wartete, bis ihr Mann die Karte auf den Tisch legte, und nahm sie dann selbst in die Hand.

Der Wirt nickte, holte den Apfelsaft, und als er zurückkam, hatte sich auch Frau Berger in die Lage versetzt, das Ihre zu bestellen.

»Ein Wiener Schnitzel«, sagte sie.

Dann schwiegen sie und ihr Mann sich gegenseitig an.

Die Zeiten, in denen sie sich noch etwas zu sagen hatten, waren längst vorbei, obwohl keiner von ihnen das Gefühl hatte, mehr als über das übliche Maß hinaus mit dem anderen unzufrieden sein zu müssen. Er sorgte seit Jahrzehnten pflichtbewuß für sie; sie hielt ihm das Haus tadellos in Ordnung. Die Zahl seiner Seitensprünge hatte sich in Grenzen gehalten. Auch sie hatte sich nur ein paarmal mit einem alten Schulkameraden und einmal mit einem Zeitschriftenwerber vergessen. Das war alles lange her, sowohl bei ihm als auch bei ihr. Alle zwei hatten es verstanden, ihre Sündenfälle voreinander geheimzuhalten. Beiderseits war also die weiße Weste des einen vor den Augen des anderen rein geblieben. Man kann in der Tat sagen, daß Hans und Elfriede Berger ein stinknormales altes Ehepaar waren, an dem es nichts auszusetzen gab.

Auch während des ganzen Essens sprachen sie nicht miteinander. Nur einmal sagte er etwas, dies jedoch zu sich selbst und nicht zu seiner Frau.

»Die Soße könnte auch besser sein.«

Und im selben Sinne meinte Elfriede Berger: »Die Panade ist zu fett.«

Als der Hunger der beiden gestillt war, erwachte ihr Interesse an der näheren Umgebung. Sie betrachteten ihren Tischgenossen John Miller. Elfriede Berger tat dies einigermaßen dezent, ihr Mann offen, und auch er war es, der das Gespräch begann.

»Sie sind fremd hier?«

»Ja«, nickte Miller.

»Das sieht man.«

»Woran?« frage Johnny.

»Weil Sie einen Schweinebraten gegessen haben. Solche Sachen gibt's hier abends nur aufgewärmt.«

»Das hätte ich eher wissen müssen«, sagte Johnny nunmehr grinsend. »Er war auch nichts Besonderes.«

»Aufwärmen«, mischte sich Elfriede Berger ein, »kann man nur Rinderbraten oder Gulasch oder so was. Am besten Gulasch. Auch Lamm geht noch, finde ich.«

»Ich esse kein Lamm«, meinte Miller.

»Dann macht Ihre Frau es Ihnen nicht richtig«, sagte Elfriede. »Richtig zubereitet ist Lamm eine Delikatesse. Auch mein Mann hat das ursprünglich nicht geglaubt, bis ich es ihm bewiesen habe. Fragen Sie ihn.«

»Ich möchte Sie beide etwas anderes fragen«, erwiderte Johnny Miller.

»Was denn?« kam Hans Berger seiner Frau zuvor.

»Kennen Sie Gut Waldfels?«

»Jeder kennt das hier«, sagte Berger. »Warum? Sind Sie geschäftlich interessiert? Wollen Sie hin? Sind Sie Vertreter?«

»Ich will hin«, erwiderte Miller.

Berger blickte ihn fragend an und sagte dann: »Na ja.« Das klang skeptisch.

Nicht anders hörte sich Elfriede Berger an, als sie Johnny fragte: »Oder sind Sie ein Lieferant?«

»Wie kommen Sie darauf?«

»Weil wir erst kürzlich einen solchen Herrn hier erlebt haben. Er kam allerdings schon von Gut Waldfels und wollte nicht erst hin.«

»Er war fertig«, fiel Hans Berger ein.

»Fertig?« fragte Miller.

»Er hat sich hier einen angesoffen.«

»Wir haben es miterlebt«, ergänzte Elfriede diese Mitteilung ihres Mannes. »Zuletzt mußte ihm der Wirt fast mit Gewalt den Autoschlüssel abnehmen.«

Johnny nickte.

»Um ihm den Führerschein zu retten.«

»Erstens deshalb«, sagte Hans Berger. »Und zweitens, weil er so außer sich war, daß er nach Gut Waldfels zurückfahren und es, wie er herumschrie, anzünden wollte.

Das war sogar der Hauptgrund für den Wirt, ihm den Schlüssel abzunehmen.

Millers Interesse wuchs verständlicherweise.

»Wieso anzünden?« fragte er.

Hans und Elfriede Berger wurden unsicher. Sie wußten, daß man nicht tratschen soll, erlagen dieser Versuchung dann aber doch; als erste Elfriede.

»Können Sie sich das nicht denken?« antwortete sie.

Ihr Mann wollte ihr das Terrain nicht allein überlassen und knüpfte an: »Warum will ein Lieferant jemandem das Dach überm Kopf anzünden? Dreimal dürfen Sie raten.«

John Miller schaffte es beim erstenmal, indem er sagte: »Weil er sein Geld nicht kriegt.«

»Sehr richtig«, sagten Hans und Elfriede Berger wie aus einem Munde.

»Der Mann kann mit seiner Forderung doch auch im Unrecht gewesen sein?« meinte John. Er wollte sichergehen und kein vorschnelles Urteil über Huldrich v. Chowelitz fällen.

»Kaum«, lächelte Elfriede wissend.

Und ihr Gatte wurde wieder breiter in seiner Ironie.

»Dann wären aber hier schon viele im Unrecht gewesen, die von Waldfels kamen und sich dann einen angesoffen haben.«

»Fragen Sie den Wirt«, setzte Elfriede hinzu.

Dies lag aber nicht in Johnnys Absicht, da er hier kein übermäßiges Aufsehen erregen wollte. So ließ er denn das Gespräch am Tisch ziemlich rasch einschlafen und zog sich auf sein Zimmer zurück. Vorübergehend schwankte er, ob er seinen Besuch auf Waldfels nicht vergessen sollte, doch dann sagte er sich, daß jemand auch unverschuldet in Not geraten könne, und blieb bei seinem Entschluß, die Visite bei seinem Neffen wie geplant durchzuführen.

Paul Müller, seine Frau Erna und Emma Kerbel hatten ihre Fahrt nach Köln ein paarmal unterbrechen müssen. Der Grund war einfach, aber unangenehm: Emma vertrug das Autofahren nicht.

Sie hatte das bis zu diesem Tag von sich selbst nicht gewußt, da sie noch nie eine größere Strecke im Auto zurückgelegt hatte. So unglaublich das war, es stimmte. Sie schämte sich, es war ihr peinlich, aber sie konnte nichts dagegen machen. Es wurde ihr mehrmals übel, und wenn die dadurch notwendig werdenden Unterbrechungen der Reise von Paul und Erna auf die leichte Schulter genommen wurden, so führten sie doch dazu, daß erst gegen Abend Köln erreicht wurde.

Die Metzgerei Onkel Josefs lag in Köln-Nippes. Paul und die Seinen fielen in das Haus ein, als die Lehrmädchen gerade die Steine schrubbten und Metzgermeister Müller in seinem Hinterstübchen die Kasse des Tages durchrechnete und eintrug.

Er staunte nicht schlecht, als ein Mann und zwei Frauen zu ihm hereinkamen und ihn mit ›Guten Abend, Onkel Josef!‹ begrüßten.

»Dat es ja en Überraschung!« sagte er laut und ehrlich erfreut. »Eine Ewigkeit haben wir nichts voneinander jehört. Paul, laß dich ens begucke. Jut siehst aus. Und dat ist Erna, die Jattin? Sieht noch weit besser aus. Und du, Emma? Bißchen vertrocknet, wat?« Er lachte und schob die Besucher, einen nach dem anderen, auf die Stühle, die um den runden Tisch herumstanden. »Wat führt euch denn so unverhofft zu mir?«

»Wir wollten Onkel Johann sprechen«, erwiderte Paul. »Ist er noch nicht eingetroffen?«

»Onkel Johann?« Josef Müller schüttelte den Kopf. »Dä kütt doch erst übernächste Woch.« Er holte einen Brief aus der Schublade. »Hier, lies! Bei euch war er schon?«

»Ja«, nickte Emma, während Paul den Brief überflog.

»Und deshalb müssen wir ihn sprechen, weil er sich französisch empfohlen hat.«

»Französisch empfohlen? Wat soll dat heißen?«

»Er ist verschwunden, ohne sich von uns zu verabschieden.«

»War er im Druck? Fehlt euch wat?« Josef Müller machte dabei jene auf der ganzen Welt bekannte drehende Handbewegung, mit der illegale Eigentumsveränderungen versinnbildlicht werden.

»Um Gottes willen!« Emma Kerbel sprang entsetzt auf. »Wo denkst du hin, Onkel Josef! Mir hat er ein großes Geschäft in Bochum geschenkt! Und Paul eine neue Fabrik in Rheinstadt!«

»Das stimmt!« pflichtete Erna bei.

»Dann muß sich der Jean aber verdammt jeändert haben«, meinte Josef Müller verwundert. »Dat jiebt ja ein komisches Wiedersehen zwischen uns beiden.« Er schloß die Kasse weg und dehnte sich. »Na, nun bleibt mal ein bißchen hier. Übern Sonntag. Und erzählt mir mal, was ihr mit dem guten Johnny Miller – ich lach' mich schief über den Namen – alles erlebt habt.«

Der Sonntag war ein etwas diesiger Tag. Es tropfte von den Bäumen, der Nebel war naß. Die Erde duftete nach braunem Moder. Johnny Miller fuhr langsam durch den Wald, der Gut Eibenhain von Waldfels trennte. Auf Eibenhain schlief noch alles. Hingeduckt zwischen hohen Eichen lagen die Gebäude. Aus den Ställen klang verschlafenes Muhen der Kühe auf die Straße. Miller trat aufs Gas, fuhr schnell daran vorbei und drosselte im Wald die Fahrt wieder etwas.

Das ist also schon Huldrichs Besitz, dachte er und sah sich aufmerksam um. Der Wald ist gepflegt – das muß am Förster liegen. Die Felder dazwischen stehen auch gut, die Wiesen sind saftig und fett. Ein Gut, das alle Chancen hat, etwas abzuwerfen, wenn man es ordentlich verwaltet.

Die Straße machte einen Bogen. Danach kam ein Feld, vor dem inmitten hoher Kastanien das Herrenhaus von Waldfels lag, eingerahmt von den Wirtschaftsgebäuden, den Ställen und Scheunen. Eine Mauer zog sich um den ganzen Komplex, zu dem eine breite Toreinfahrt führte.

Das Tor war geschlossen. Johnny Miller stoppte und hupte laut und anhaltend. Dann nickte er erfreut. Wie von Geisterhand öffneten sich die Flügel des Tores. Drinnen im Hof schienen sich der Verwalter und zwei Männer vom Gesinde schon für diesen Moment bereitgehalten zu haben. Auf der Freitreppe, die ins Herrenhaus führte, baute sich Huldrich von Chowelitz auf, angetan mit einer Lodenhose und hohen Stiefeln, einer Windjacke und einem zerbeulten Hut – ganz Landjunker, ein Mann der Arbeit.

Johnny Miller fuhr in den großen Hof. Er sah seinen Neffen am Geländer stehen und nickte wieder.

Ein toller Junge, dachte er. Wenn er auch nichts im Sack hat – Wind versteht er zu machen! Das ist eigentlich amerikanisch. Wer das beste Theater spielt, hat die vollsten Taschen. Nicht in jedem Falle allerdings.

Unter eckigen Verbeugungen halfen ihm die zwei Knechte aus dem Wagen. Dann kam mit raschen, elastischen Schritten Huldrich die Freitreppe herunter und streckte ihm schon von weitem mit strahlendem Gesicht die Hand entgegen. Huldrichs Freude war echt, da er an die Millionen dachte, die ihm in Gestalt dieses dicken, großen Mannes ins Haus schneiten.

»Onkel!« rief der Baron gerührt. »Daß du kommst! Es ist ein Freudentag für Gut Waldfels!«

Der mich ein Vermögen kostet, wenn's nach dir geht, dachte Miller sauer. Aber du wirst dich in die Finger schneiden, mein Lieber.

Er blickte sich um. Alles zeigte sich im besten Licht. Der Hof war gekehrt, die Scheunen blitzten sauber, die Ställe waren frisch geweißt. Die Pferde, die von zwei Knechten wie zufällig über den Hof geführt wurden, tänzelten elegant. Ihr Fell glänzte in den ersten Strahlen der Stonne, die sich anschickte, den Kampf mit dem Nebel zu gewinnen.

Nicht schlecht, dachte Miller. Nicht schlecht, wenn man nicht den Verdacht haben müßte, daß schon überall der Kuckuck klebt. Oder hege ich schon zu große Befürchtungen? Haben die zwei gestern im Dorfgasthaus nur Quatsch geredet? Jedenfalls werde ich auf der Hut sein.

Johnny entschloß sich, gleich Sicherungen gegen die vielleicht gefährliche Freude des jungen Mannes einzubauen.

»Mein lieber Huldrich«, sagte er. »Ich weiß nicht, ob deine Mutter dir von mir erzählt hat...«

»Viel, Onkel Johann, sehr viel«, log Huldrich, ohne zu erröten. »Wir saßen oft am Kamin, und Mama fand kein Ende, wenn sie auf dich zu sprechen kam. Sie hat dich heiß geliebt und konnte dich nie vergessen.«

»Wie rührend von ihr.« John Miller grinste. »Dann wird sie dir aber auch meine schlechten Seiten nicht verschwiegen haben?«

»Schlechte Seiten?«

»Sie muß dir doch gesagt haben, daß ich schon immer ein großer Spieler war?«

Huldrich zögerte diplomatisch. Er witterte Unrat und meinte stockend: »Darauf kann ich mich nicht besinnen, lieber Onkel. Mama erzählte mir nur Gutes von dir.«

»Das freut mich nachträglich noch.« Miller rieb sich die Nase. »Wenn das stimmt, muß sie die einzige in meiner Verwandtschaft gewesen sein, die eine positive Meinung von mir hatte.«

»Die hatte sie, Onkel!« Huldrich nickte lebhaft und setzte im Übereifer hinzu: »Auch auf Papa färbte das ab, der oft sagte, ›die anderen müssen den guten Johann alle verkannt haben‹.«

»Die anderen«, grinste Miller, »waren, ehrlich gesagt, die Klügeren.« Er ließ das Thema fallen. »Hast du Whisky im Haus?«

»Nein, Onkel, ich trinke sehr mäßig Alkohol. Mal ein Glas Bier oder einen Schluck Wein...« Der Baron sah ihn treuherzig an.

Wie ein unschuldiges Schäfchen, dachte Miller. Aber wieder ermahnte er sich: Vielleicht tu' ich ihm doch unrecht?

»Ich ziehe Härteres vor, Huldrich.«

»Wie du wünschst, Onkel. Ich lasse ein paar Flaschen besorgen.«

Huldrich dachte an die Batterien von Schnapspullen, die er weggeräumt hatte, falls sein Onkel auf die Idee kommen sollte, im Haus seine Nase in Ecken zu stecken, die ihn nichts angingen.

Man ist zu ängstlich, dachte er jetzt. Der Alte aus dem Wilden Westen scheint ein ganz annehmbarer Kauz zu sein. Und meine Erwartung, daß er Geld hat, trifft auch zu. Der Cadillac kostete ein Vermögen.

Wie gründlich der Baron sich in dieser Ansicht korrigieren mußte und wie schmerzlich das für ihn war, erlebte er schon eine halbe Stunde später. Man saß im Jagdzimmer, dessen Wände mit wuchtigen Geweihen geschmückt waren. Vier Generationen der Chowelitz-Sippe hatten die Träger dieser Trophäen zusammengeknallt.

Es gab ein einfaches, aber kräftiges Bauernfrühstück mit einer Karaffe Milch dazu. Tapfer trank Huldrich die Milch und nickte Onkel Johann zu.

»Das gibt Kraft«, sagte er. »Wir leben hier anders als die Städter, gesünder. Und wir schränken uns ein.« Er wagte einen ersten, behutsamen Vorstoß. »Das muß man auch, weil man sonst auf keinen grünen Zweig kommt.«

Kräftig zulangend, mit vollen Backen kauend, antwortete Miller: »Du kommst aber gut hin mit dem Hof, das sieht man.«

»Na ja.« Huldrich wiegte den Kopf. »Ab und zu hat man ja seine Sorgen, aber im großen und ganzen macht sich's. Ein Gebot der Zeit ist allerdings die Expansion. Man muß sich ständig vergrößern. Ich hätte auch die Chance dazu. Man hat mir angeboten, unter der Hand einige sehr gute Landstriche hinzuzukaufen. Fetter Boden, gute Felder für Weizen und Roggen. Auch etwas Wald mit Rotwildbestand.«

»Was soll das alles kosten?«

»Runde siebenhunderttausend Mark«, erwiderte Huldrich nonchalant. »Aber ich bin sicher, daß der Preis noch ein bißchen zu drücken wäre.«

»Ist das viel?« fragte Miller. »Ich kenne ja eure Marktverhältnisse nicht so.«

»Im Gegenteil, das ist sehr wenig.«

Miller nickte dem Neffen ermunternd zu.

»Dann greif zu!«

Der junge Baron schluckte.

»Wenn ich könnte, würde ich das auch tun«, erwiderte er mit verkrampftem Lächeln. »Das Gut hält sich zwar, sagte ich dir, aber es wirft keinen Überschuß ab.«

Johnny Miller hob bedauernd die Arme.

»Schade, mein Junge, daß dir das Angebot dann durch die Lappen geht.«

Huldrich v. Chowelitz biß sich auf die Lippen. Du Idiot, dachte er, kapierst du nicht? Ich muß es dir anders herum beibringen.

Auch Miller dachte sich seinen Teil. Siebenhunderttausend? Ist das vielleicht die Höhe seiner Schulden? Großer Gott! Oder auch nur sechshunderttausend, wenn er so gerechnet hat, daß für ihn noch etwas übrig bleiben soll? Immer noch verheerend genug. Du lieber Himmel! Hoffentlich irre ich mich.

»Wie geht es eigentlich dir, Onkel?« fragte Huldrich und trank mit bewundernswerter Überwindung den Rest seines Milchglases aus.

»Mir?« Johnny seufzte, womit sich für Huldrich Unheil ankündigte. »Im Moment ziemlich mies. Diesbezüglich habe ich in Bochum schon Farbe bekennen müssen.«

»Wieso in Bochum?«

»Von dort komme ich«, antwortete Miller. »Da lebt eine Verwandte von uns beiden.«

»Mir unbekannt. Warst du bei der?«

»Ich ließ mich von ihr eine Zeitlang durchfüttern.«

»Durchfüttern?!« rief Huldrich v. Chowelitz entsetzt. »Soll das ein Witz sein?«

»Leider nein«, schüttelte John Miller betrübt den Kopf. »Ich sitze nämlich, wie gesagt, ziemlich auf dem Trockenen.«

Huldrich wies mit dem Zeigefinger durchs Fenster hinaus auf den Hof.

»Und dein Wagen?«

»Der ist fast das einzige, was ich retten konnte.«

»Retten vor wem?«

»Das wollten auch die in Bochum schon wissen«, nickte Johnny betrübt. »Vor den Steuerfahndern.«

Huldrich starrte ihn wortlos an. Johnny nickte noch einmal und sagte: »Wünsche dir nie, amerikanischen Steuerfahndern in die Hände zu fallen, mein Junge. Die sind gnadenlos!«

»O Gott!« stöhnte Huldrich, dem es schwarz vor den Augen wurde. Fünfhundertfünfzigtausend Mark, durchfuhr es seinen Kopf. Fünfhundertfünfzigtausend Mark Schulden! Davon zuletzt allein neunzigtausend für das Gut, zum Empfang dieses Arschlochs hier! Jetzt ist alles vorbei, jetzt bleibt mir nur noch die Kugel, wenn das alles nicht ein verdammt makabrer Scherz ist, mit dem mich der Idiot erschrecken wollte.

»Du machst Witze, Onkel Johann?«

»Schön wär's«, seufzte Johnny. Er brachte das gut, sehr gut sogar, ganz wie ein alter Schauspieler, ein Profi, und gewann selbst Spaß an dem Stück, das er aufführte.

Huldrich konnte kaum mehr richtig sprechen, sondern nur noch krächzen. Von der amerikanischen Steuerfahndung hatte er auch schon genug gelesen, so daß ihm jetzt kalte Schauer über den Rücken liefen.

»Du... du bist wirklich total blank, Onkel Johann?«

Johnny zuckte die Achseln.

»Derzeit läuft's darauf hinaus, mein Junge.«

»Und wie lange soll das dauern?«

Johnny zuckte noch einmal die Achseln.

»Das weiß man vorher nie. Meine Anwälte haben mir zwar versichert, daß sie alles tun werden, um das Schlimmste abzuwenden und nicht Jahre ins Land ziehen zu lassen, aber Advokaten versprechen viel.«

»Jahre?!« stöhnte Huldrich. »Und wovon willst du in der Zwischenzeit leben?«

Johann war bemüht, ihn wieder etwas aufzumuntern, indem er entgegnete: »Ein paar Dollar habe ich noch. Dir werde ich also nicht auf der Tasche liegen, mein Junge. Zum Kostgeld für die Zeit meines Hierseins reicht's noch.«

»Und hernach?«

»Hernach?« Millers Blick wanderte zum Fenster hinaus. »Wieviel bringt ein Cadillac in Deutschland? Der meine ist noch kein halbes Jahr alt.«

Auch diese Hoffnung zerschellte.

»Was braucht er denn an Benzin?« fragte Huldrich uninteressiert. Die Antwort war ihm schon klar.

»Viel.«

Er nickte.

»*Zuviel* für hiesige Verhältnisse, Onkel Johann. Mit solchen Schlitten fahren bei uns nur noch verrückte Nachtklubbesitzer und Rauschgifthändler herum.«

»Ja dann...« Miller ließ in tiefer Resignation die Arme fallen.

Beide Männer verstummten. Onkel Johann preßte die Lippen aufeinander, um sich ein Grinsen zu verbeißen, Huldrich ließ die Nase hängen, sah die Welt nur noch schwarz in Schwarz und dachte ernsthaft an sein eigenes Begräbnis, das, angepaßt an das eines Selbstmörders, nur in der tristesten Form ablaufen würde. Plötzlich packte ihn der Galgenhumor, und aus seinem Mund drang erst ein leises, dann ein anschwellendes, zuletzt ein gellendes, irres Lachen, das in den Hof hinaustönte und die Tiere in den Ställen erschreckte. Sein Kopf lag dabei im Nacken, der Mund stand weit offen, die Augen waren geschlossen.

Als ihm die Luft ausging und er verstummte, fragte Miller ihn: »Was hast du?«

Nun war ihm schon alles egal. Er blickte den Onkel an, erhob sich, ging zum Fenster und zeigte hinüber auf die neue Scheune, wobei er sagte: »Siehst du die?«

»Was?« antwortete Miller. »Die Scheune?«

»Ja.«

»Sie ist neu?«

»Nagelneu! Ich ließ sie in kürzester Zeit aus dem Boden stampfen.« Huldrichs Finger wanderte nach rechts, wies auf die Ställe. »Siehst du die?«

»Ja.«

»Sie sind alle frisch geweißt.«

»Sie sehen gut aus.«

»Und hast du eines der beiden Pferde gesehen, als du gekommen bist?«

»Ich habe sie beide gesehen«, erwiderte Miller grinsend. »Welches meinst du? Den Fuchs oder den Schimmel?«

»Den Schimmel.«

»Ein prachtvolles Tier!«

»Auch erst vor wenigen Tagen gekauft«, nickte Huldrich, blickte den Onkel an und sagte zu ihm: »Weißt du, für wen?«

»Nein.«

»Für dich.«

Johnny riß die Augen auf.

»Für mich?« Das war ja nun doch noch eine Riesenüberraschung für ihn.

»Ja, für dich.« Huldrich machte eine kreisende Handbewegung, welche die Ställe, die neue Scheune, den ganzen Hof umfaßte. »Alles für dich, für deinen Empfang hier.«

Johns Gedanken kreisten in erster Linie um den Schimmel.

»Auch das Pferd?« fragte er.

»Kannst du reiten?«

»Nein.«

»Dann wirst du es lernen!«

»Doch jetzt nicht mehr?«

»Wieso jetzt nicht mehr?«

»Weil du all deine Hoffnungen begraben mußtest, die du mit meinem Besuch verknüpft hast.«

»Das ändert nichts daran, daß das Pferd dir gehört.«

»Wie?!« rief John Miller noch überraschter. »Du willst mir das Tier sogar schenken?«

»Es gehört dir, sage ich!«

»Du bist verrückt!«

»Danke!«

Miller schüttelte energisch den Kopf.

»Du machst das rückgängig, mein Junge!«

»Was mache ich rückgängig?«

»Diesen Kauf!«

Nun schüttelte Huldrich den Kopf.

»Erstens würde mir der Verkäufer etwas husten, mein lieber Onkel. Und zweitens: Auch wenn er das nicht täte, käme für mich eine Annullierung des Kaufes trotzdem nicht in Frage.«

»Warum nicht?«

Eine sichtliche Wandlung ging mit Huldrich vor sich. Er reckte sich. Dadurch kam Stolz zum Ausdruck. Adelige Arroganz war hier zwar völlig fehl am Platze, aber trotzdem klang seine Stimme herablassend, mit der er sagte: »Vielleicht fehlt dir dafür das nötige Verständnis, aber ein Baron Chowelitz macht kein Geschenk rückgängig. Und schon gar nicht eines, das er einem Verwandten zugedacht hat.«

Miller blickte den blaublütigen Taugenichts an. In seinem Inneren spielte sich etwas ab, mit dem er durchaus nicht einverstanden war, das er jedoch trotzdem nicht verhindern konnte. Da wurde nämlich eine gewisse, erste Bresche geschlagen.

»Dann nennst du *mir* den Verkäufer, und *ich* werde mit ihm verhandeln!« sagte Johnny.

»Wozu? Wenn du Erfolg hättest, würde das Geld für das Pferd trotzdem in deinem Besitz bleiben.«

»Du bist wirklich total verrückt!« regte sich Miller auf. »Du brauchst doch jede Mark!«

»Was ich brauche, lieber Onkel«, sagte Huldrich wieder von oben herab, »sind Beträge, verstehst du? *Beträge* – und nicht ein Tropfen auf dem heißen Stein!«

»Was hat das Pferd gekostet?«

Huldrichs Augenbrauen hoben sich.

»Ist das in Amerika üblich?«

»Was?«

»Daß man sich nach dem Preis eines Geschenkes erkundigt?«

Der treibt mich zum Wahnsinn, dachte John Miller. So was habe ich noch nicht gesehen. Dem steht das Wasser bis zum Hals – und was macht er? Er stößt mir die Nase auf Knigge – oder wie dieser olle deutsche Benimm-Onkel hieß?

Millers Grimm wuchs und führte zu einem psychologischen Fehlverhalten schlimmsten Ausmaßes, denn John sagte: »Du solltest dich nicht fragen, was in Amerika üblich ist, sondern sehen, wie weit dich deine Lebensführung gebracht hat.«

»Das weiß ich, Onkel Johann.«

»So, das weißt du? Seit wann denn?«

»Seit du hier bist.«

»Und wie weit hat sie dich gebracht?«

»Daß ich mich erschießen muß!« sagte Huldrich v. Chowelitz kalt.

Ein Wort hatte das andere gegeben, und nun war der Moment da, in dem Miller seinen schlimmen psychologischen Fehler beging, indem er ohne zu überlegen sagte: »Wenn du den Mumm dazu hättest!«

Der Baron erblaßte.

»Das wirst du ja sehen!« antwortete er kühl.

Und Miller lief es plötzlich kalt über den Rücken. Huldrichs Ahnen kamen aus dem versunkenen alten Preußen. Was hatte man über die merkwürdigen Leute von dort schon alles gelesen! Wenn das auch in ein amerikanisches Gehirn – oder in ein amerikanisiertes rheinländisches Gehirn – nicht hineingehen wollte, ernstgenommen werden mußte es trotzdem.

»Und nun lasse ich dir deine Räume anweisen, Onkel«, sagte der Baron, als wäre nichts gewesen. »Bitte komm . . .«

Das Telefongespräch, das er wenig später mit seiner Nachbarin, Evy v. Eibenhain, führte, begann er mit den Worten: ›Es ist aus!‹ Dies sagte er nicht in dramatischer, pathetischer Form, sondern ganz ruhig und gelassen, und gerade das war etwas Neues an ihm, das in Evy große Beunruhigung auslöste. Sie hörte sich seinen Bericht an und spürte dabei, daß sie etwas tun mußte. Aber was? Sie faßte den Entschluß, sich möglichst rasch diesen Mann aus Amerika selbst näher anzusehen. Die Jagd fiel ihr ein, über die sie mit Huldrich gesprochen hatte. Und da sie eine willensstarke, zielstrebige junge Frau war, setzte sie sich noch in der gleichen Minute hin und schrieb folgenden Brief an den Mann, mit dem sie gern bekannt werden wollte:

›Sehr geehrter Mister Miller!

Mein lieber Nachbar, Baron v. Chowelitz, hatte die Freundlichkeit, mich von Ihrem Kommen zu unterrichten. Ich hoffe, Ihnen eine Freude zu machen, wenn ich Sie gleich für heute abend zu einer Nachtpirsch in meinem Revier einlade. Oder hat die Reise von Bochum hierher, Sie allzusehr ermüdet? Der Baron sagte mir, daß Sie ihm nicht diesen Eindruck gemacht hätten, Sie seien ein Mann von erstaunlicher äußerlicher und wohl auch innerlicher Spannkraft. Als ich das hörte, dachte ich mir, daß Sie vielleicht die Überlegenheit der sogenannten Neuen Welt über das alte, ausgebrannte Europa verkörpern. Mit anderen Worten: Ich wäre sehr neugierig auf Sie. Finden Sie mich nun unmöglich, weil ich das so frei heraus bekenne? Ich hoffe nicht. Bitte, geben Sie mir keinen Korb. Ich würde es mir zur Ehre anrechnen, wenn Sie in meinem Revier zum Schuß kämen.

Ihre Evy v. Eibenhain‹

Den Brief brachte ein reitender Bote in jägergrüner Livree und wallendem Federhut nach Gut Waldfels. Er salutierte zackig vor Miller, der sich darüber amüsierte, und überreichte ihm den Umschlag.

»Charmant, charmant«, sagte Johnny schmunzelnd, als er den Brief überflogen hatte, und gab ihn auch Huldrich zum Lesen, der dabei rot wurde und hervorstieß, daß das doch die Höhe sei.

»Was ist die Höhe?« fragte Miller.

»Ich habe zu der kein Wort von deiner Spannkraft gesagt«, erwiderte Huldrich, fügte jedoch hinzu: »Was freilich nicht heißt, daß das nicht auf dich zutrifft, Onkel Johann.«

»Sie hat es also nur erraten«, lachte Johnny. »Um so neugieriger bin ich auf sie. Eine erstaunliche junge Dame!«

»Du nimmst ihre Einladung an?«

»Selbstverständlich!«

»Kannst du schießen? Bist du Jäger?«

»Ich habe in Amerika vier verschiedene eigene Reviere.«

»Dann brauchst du hier nur noch ein Gewehr und die entsprechende Kleidung. Bekommst du alles von mir.«

»Das Gewehr, ja«, grinste Johnny, »aber in deine Stiefel und Hosen dürfte ich nicht hineinpassen.«

Das sei ein Problem, mußte Huldrich zugeben, der, gemessen an seinem Onkel, eine halbe Portion war.

»Ich kaufe mir das Nötige«, entschied Johnny.

Huldrich blickte ihn fragend an.

»Dazu reicht meine Barschaft noch«, sagte daraufhin John Miller.

»Ich kann aber nicht mitkommen in die Stadt, weil ich einen Termin bei meinem Zahnarzt habe, Onkel.«

»O je!«

»Kein Grund zur Panik!« grinste Huldrich. »Es muß nur der Zahnstein wieder einmal entfernt werden.«

»Ich bin schon erschrocken, weil ich dachte, der Mann mit dem Bohrer würde dir auch die Teilnahme an der heutigen Jagd verleiden.«

»Auf die muß ich ohnehin verzichten.«

»Warum?« fragte Johann überrascht.

Der junge Baron hatte an diesem Tag nach der tiefen Enttäuschung, die ihm zuteil geworden war, absolut keine Lust mehr zu solchen Unternehmungen. Er sagte dies aber nicht, um Johnny nicht vor den Kopf zu stoßen, sondern redete sich auf eine wichtige Sitzung des Gemeinderats hinaus, dessen Mitglied er sei.

Onkel Johann drang nicht weiter in ihn. Es schien sogar, daß es ihm irgendwie nicht ungelegen kam, bei der Jagd den Neffen nicht an seiner Seite zu haben.

Der Kauf entsprechender Kleidung vom Hut bis zu den Stiefeln in einem Fachgeschäft, zu dem man nur zwölf Kilometer fahren mußte, ging glatt über die Bühne. Das pflegt immer so zu sein, wenn uferlos Geld zur Verfügung steht. Begleitet wurde Miller bei der Fahrt von Herrn Gerhard Trenkler, der ortskundig war.

Trenkler, ein bedächtiger Fünfziger mit geradem Charakter, war der Verwalter auf Gut Waldfels. Die ökonomische Entwicklung um ihn herum, die er offenen Auges mitansehen mußte, hatte ihn schon mehrmals bis zur Verzweiflung getrieben, in der er sich nicht scheute, seinem Brötchengeber Dinge ins Gesicht zu sagen, die keineswegs mehr ehrerbietig waren. Während der Fahrt mit John Miller, zu der Trenkler vom Baron abgeordnet worden war, hatten die beiden Männer Gelegenheit, einander zu beschnüffeln. Miller erkannte rasch, daß der Verwalter ein aufrechter Mann war, der für seine Aufgabe nicht mehr die rechte Begeisterung empfand. Und Trenkler empfand auch Sympathien für diesen Deutschamerikaner, bei dem das Herz auf dem rechten Fleck zu sitzen schien.

Am Abend sah Huldrich v. Chowelitz durch das Fenster seinem Onkel nach, wie er über den Hof stapfte und stilgerecht in den bereitstehenden Jagdwagen kletterte, den der Verwalter selbst lenkte, wiederum vom Baron damit beauftragt. Miller und Trenkler trafen also erneut zusammen und waren darüber erfreut.

Dann geschah etwas Unvorhergesehenes. Der Jagdwagen fuhr nämlich die Strecke von Gut Waldfels nach Eibenhain dreimal hin und her, immer im Wald, ohne an seinem Ziel anzuhalten. Niemand bemerkte dies, da der Wagen jeweils schon wieder umdrehte, wenn er sich noch im Schatten des Waldes befand. Der Grund war der, daß die beiden Männer ein längeres Gespräch unter vier Augen führten.

»Ich möchte Sie offen etwas fragen, Herr Trenkler«, hatte John Miller begonnen.

»Was denn, Mister Miller?«

»Sagen Sie John zu mir«, fuhr Miller fort. »Wissen Sie, das ist ein Brauch in Amerika, mit dem man zu erkennen geben will, daß einem jemand sympathisch ist.«

»Gut, John«, nickte Trenkler, ohne sich zu zieren. »Ich heiße Gerhard.«

»Meine Frage wird Sie überraschen, Gerhard.«

»Was möchten Sie wissen, John?«

»Wie lange, glauben Sie, geht das noch, bis Waldfels zusammenkracht?«

Davon war der Verwalter in der Tat überrascht. Er wandte den Blick vom Pferd ab, das schnaubend den leichten Wagen zog, drehte das Gesicht zur Seite und sah Miller an.

»Sie wissen Bescheid?« erwiderte er.

»Ich habe Augen im Kopf.«

»Das ging aber schnell.«

Trenkler schaute wieder geradeaus auf den Weg und auf das Pferd, dem er die Zügel auf den Rücken klatschte. Prompt wollte sich der Gaul in Trab setzen, wurde jedoch vom Verwalter, der die Zügel sogleich wieder anzog, daran gehindert. Unwillig warf der Wallach den Kopf hin und her, so daß die Schaumflocken von den Nüstern ins Unterholz zu beiden Seiten des Weges flogen. Was soll ich denn nun? schien dies zu heißen.

»Hat der Baron mit Ihnen gesprochen, John?«

»Nein, Gerhard. Oder nur andeutungsweise«, korrigierte sich Miller ein bißchen.

»Die Lage ist aussichtslos, John.«

»Sagen Sie mir alles, Gerhard. Ich werde meinem Neffen nicht verraten, daß Sie mit mir darüber gesprochen haben.«

Der Verwalter stieß einen geringschätzigen Laut durch die Nase und erwiderte: »Das können Sie ruhig tun. Ich selbst nehme ihm gegenüber schon lange kein Blatt mehr vor den Mund.« Er seufzte, zuckte die Schultern. »Aber es hat nie etwas genützt. Und jetzt ist es zu spät.«

Miller wollte etwas sagen, doch ehe er dazu kam, brach es aus dem Verwalter heraus: »Dabei hätte Waldfels alle Chancen. Die Böden sind ausgezeichnet, teilweise sogar einmalig. Mir sind noch keine besseren untergekommen in meinem ganzen Berufsleben. Aus dem Gut hätte man wahrhaftig etwas machen können. Ein Mustergut! Aber alles, was ich versucht habe, wurde vom Baron torpediert. Er wollte nie Geld in den Betrieb hineinstecken, sondern immer nur herausholen. Er saugte das Gut aus, preßte den letzten Tropfen aus dem Vermögen seiner Eltern heraus. Und nun steht er vor dem Nichts. Ihm gehören heute nicht einmal mehr die Misthaufen hinter den Ställen. Sie werden von der bäuerlichen Genossenschaft als Dünger gepfändet werden.«

»Also am Ende?« fragte Miller.

»Total!«

»Wissen Sie, daß er mir den Schimmel, den er zuletzt gekauft hat, schenken will, Gerhard?«

Trenkler blickte wieder kurz Miller an.

»Will er das?«

»Ja.«

»Er ist verrückt!« Trenkler merkte, daß das taktlos gegenüber seinem Fahrgast gewesen wäre und setzte deshalb hinzu: »Verstehen Sie mich nicht falsch, John, ich gönne Ihnen diese Freude, aber in seiner Lage ist das heller Wahnsinn. So meine ich das! Alles ist Wahnsinn bei dem!«

»Wie hoch sind seine Schulden?«

»Mehr als eine halbe Million«, entgegnete der Verwalter. »Und das Schlimme daran ist, daß es sich zum größten Teil um keine langfristigen Verbindlichkeiten handelt. Wenn einer der Gläubiger will, kann er ihm morgen schon den Kragen abdrehen. Und es ist damit zu rechnen, daß das sehr, sehr bald geschehen wird.«

»Wissen Sie, was er dann macht? Soll ich es Ihnen sagen?«

Trenkler stieß verächtlich die Luft durch die Nase.

»Gar nichts kann er dann machen! Zusehen wird er müssen, wie alles versteigert wird!«

»Er wird sich erschießen, Gerhard.«

Der Verwalter riß die Zügel an sich und spaltete dem Wallach dadurch fast das Maul. Der Wagen stand.

»Hat er das gesagt?«

»Mit ziemlicher Deutlichkeit.«

»Vielleicht war's eine Übertreibung von ihm?«

»Ich fürchte nein, Gerhard.«

Trenkler verstummte. Er starrte dem Pferd auf den Rükken. Stille herrschte, wenn man davon absah, daß der Wallach auf den Boden stampfte.

»Wäre denn das so undenkbar?« fragte nach einer Weile Miller.

Trenkler schreckte auf.

»Undenkbar?« Er schüttelte den Kopf. »Undenkbar wäre es nicht, nein!« Er setzte noch eins drauf. »Die sind doch alle verrückt!«

»Wer?«
»Diese Brüder.«
»Die Adeligen aus dem alten Preußen?«
So deutlich wollte es der biedere Verwalter nicht gesagt haben. Er brummte etwas, das Miller nicht verstand, und trieb mit den Zügeln das Pferd wieder an, um die Fahrt forzusetzen. Gar nicht weit voraus sprang plötzlich ein Reh über den Weg und erschreckte den Wallach so sehr, daß sich aus seinem Leib einige gewaltige Blähungen entluden. Pferden muß man das nachsehen, es gehört zu ihren sehr häufigen Lebensäußerungen.
»Was wollen Sie nun machen?« fragte Trenkler schließlich.
»Ich?«
»Sie sind doch sein Verwandter?« Trenkler räusperte sich. »Übrigens der einzige von allen, glaube ich, der einen Schuß Pulver wert ist.«
»Danke, Gerhard«, grinste Miller. »Und ich soll also, meinen Sie, rettend eingreifen?«
»Wer sonst?«
»Wie denn?«
»Mit Geld wär's am einfachsten«, entgegnete der Verwalter. »Das hat der Baron auch erwartet.« Er warf einen Seitenblick auf Miller. »Aber mir scheint, daß er sich da in die Finger geschnitten hat.«
Johnny erwiderte den Blick.
»Das habe ich ihm auch gesagt, Gerhard.«
»Dann gibt's nur noch eins...«
»Was denn?«
»Nehmen Sie ihn mit nach Amerika und verhelfen Sie ihm drüben zu einem neuen Start, wenn Ihnen das möglich ist.«
»Und das Gut hier?«
»Das kommt unter den Hammer.«
»Sie sagen doch selbst, daß das ewig schade wäre?«

»Sicher wäre es das, aber...« Trenkler verstummte achselzuckend.

»Und was wird mit Ihnen?« fragte Miller.

»Mit mir?« Der Verwalter winkte mit der Hand. »Einen neuen Job finde ich keinen mehr in meinem Alter. Doch ich habe mir ein bißchen was zusammengespart. Das muß reichen, bis ich die Rente kriege.«

»Aber lieber wäre es Ihnen, wenn Sie noch weitermachen könnten?«

»Natürlich.«

Miller sah den Mann an seiner Seite kritisch an.

»Würden Sie sich zutrauen, Waldfels zu erhalten – nicht nur zu erhalten, sondern es zu neuem Glanz zu führen?«

Kurz leuchteten Trenklers Augen auf.

»Wenn der Druck der Schulden weg wäre, bräuchte ich nur zwei Jahre, um aus dem Gröbsten heraus zu sein. Und dann...« Er schnalzte mit den Fingern. »Dann ging's erst richtig los! Voraussetzung wäre natürlich, daß ich keinen Baron Huldrich v. Chowelitz mehr im Nacken hätte.«

Schon erlosch jedoch seine Begeisterung wieder.

»Aber was soll das, John? Warum fragen Sie mich solche Sachen? Wir beide können uns doch die Hand reichen. Sie haben nicht das Geld, das nötig wäre, und ich nicht das Recht zu träumen.«

Miller schwieg von nun an. Er starrte in den dunklen Wald und rechnete. In Amerika florierte seine Ladenkette von der Ost- bis zur Westküste. Dazu kamen noch die Aktien bei General Motors und einer großen Reederei, die Anteile an Kohlengruben und zahlreiche Häuser in Chicago. Was mache ich dazu noch mit einem Gut in Germany? dachte er. Nein, es wird doch besser sein, den Dingen hier ihren Lauf zu lassen und dem Taugenichts, der sich seinen Ruhm selber zuzuschreiben hat, anzubieten, daß er mit nach Amerika kommen kann, sich aber ja nicht einbilden soll, dort nicht arbeiten zu müssen wie ein Irrer.

Miller spann diesen Gedanken nicht weiter, denn es war höchste Zeit, endlich in Eibenhain aufzukreuzen. Die Baroneß würde sicher schon lange warten und sich fragen, wo denn der Wagen von Gut Waldfels abgeblieben sein könne.

Sie war ein schönes Mädchen von achtundzwanzig Jahren. Groß, schlank, blond, reich – und sogar auch intelligent. Alles in allem eine Bombenpartie!

Und trotzdem mit achtundzwanzig Jahren noch unverheiratet?

Man mußte sich wirklich fragen, wieso. Woran lag das?

Die Antwort lautete: An ihr selbst! Evy v. Eibenhain konnte sich nicht entscheiden. Schon etliche Männer der besten Gesellschaft hatten sich um sie beworben und waren nicht zum Ziel gekommen. Dreimal hatte es schon ganz fest so ausgesehen, als ob die Brautjungfern sich zu rüsten hätten, doch dann mußten sie ihre weißen Kleider, die sie sich bereits hatten anfertigen lassen, unbenützt wieder in den Schrank hängen. Die zeitweiligen Favoriten Evys hatten natürlich alle gut ausgesehen. An ihrem Äußeren lag es also nicht, wenn sie letzten Endes doch abgewiesen wurden. Auch nicht an ihrem Inneren lag das. Der Charakter wog für Evy weniger als das Bankkonto. Ja, das war der Punkt! Die Baronin v. Eibenhain betete den Gott Mammon an. Und wenn immer bisher ein begüterter Bewerber bei ihr das Rennen gemacht zu haben schien, war ihr Blick auf einen noch Reicheren gefallen. Bei diesem Turnus wurde sie nicht jünger, dessen war sie sich durchaus bewußt. Inzwischen hatte sie, wie gesagt, auch schon das achtundzwanzigste Lebensjahr erreicht, und die ersten Krähenfüßchen verunzierten ihr ebenmäßiges Gesicht, dem sie eine mit jedem Morgen länger und sorgfältiger werdende Pflege angedeihen ließ, ohne das Wissen abschütteln zu können, daß auch von ihr auf die Dauer dieser Kampf gegen den Zahn der Zeit nicht zu gewinnen sein würde.

Ehe John Miller im Hof von Eibenhain aus dem Jagdwagen stieg, fragte ihn Gerhard Trenkler: »Wie werden Sie nach Waldfels zurückkommen, John?«

»Ich hoffe, die Lösung dieses Problems wird sich meine Gastgeberin angelegen sein lassen«, grinste Miller.

»Es wäre besser gewesen, wenn Sie mit Ihrem Auto hierhergekommen wären.«

»Das dachte ich ursprünglich auch, aber mein Neffe fand es stilvoller, mich in den Jagdwagen zu verfrachten.«

»Ich sag's ja, John«, meinte Trenkler seufzend. »Die sind alle nicht ganz dicht.« Zu dieser Vertraulichkeit verleitete ihn das Gespräch mit Miller, das vorausgegangen war. »Sollte es Schwierigkeiten geben«, fügte er hinzu, »können Sie mich immer anrufen, John, egal wie spät es ist. Ich bin es gewöhnt, nachts, wenn eine Kuh kalbt oder etwas Ähnliches passiert, geweckt zu werden.«

»Sie werden doch nicht noch einmal den Gaul einspannen wollen?«

»Nein«, erwiderte der Verwalter. »Ich habe selbst auch einen Wagen, allerdings keinen Cadillac.«

»Dann lassen Sie mich also schlimmstenfalls in die Rolle einer Kuh schlüpfen«, lachte Miller. »Ich hoffe aber, wie gesagt, nicht, daß es soweit kommen wird.«

Im Eingang zum Herrenhaus stand schon eine Damengestalt in Jägerinnentracht.

»Ist sie das?« fragte John aus dem Mundwinkel.

»Ja«, erwiderte Gerhard ebenso leise. »Sehen Sie sich vor, die ist gefährlich.«

Das sollte freilich nur ein Witz sein. Trenkler fügte sogar noch hinzu: »Frauen in Torschlußpanik sind zu allem fähig.«

»Ach Gott!« raunte Miller. »Mir wird keine mehr gefährlich.«

Er kletterte vom Jagdwagen herunter und winkte dem neugewonnenen Freund zu.

Evy hatte selbstredend nicht das geringste im Sinn mit dem alten Sack, der da auf sie zukam, noch dazu, wo sie von Huldrich wußte, daß auf diesen Mann derzeit keineswegs der Glanz von Millionen fiel. Dennoch spürte Evy sofort irgend etwas Ungewisses, das von dem dicken, alten Kerl ausging. Das war keiner, der sich von den Schwierigkeiten, in denen er angeblich steckte, unterkriegen lassen würde.

»Mister Miller«, begrüßte sie ihn mit ihrem etwas spröden Charme, »ich freue mich, daß Sie endlich da sind. Hatten Sie im Wald eine Panne?«

Sie hob ihm ihre Hand entgegen, auf daß er seine Lippen draufdrücken konnte. Das tat er aber nicht, sondern ergriff die Hand, zog sie herunter und schüttelte sie herzhaft.

»Tag«, sagte er dabei mit breitem Lächeln. »Welche Panne?«

»In Western sieht man oft«, witzelte sie, »daß eine Radachse bricht.«

»Davon blieben wir hier inmitten der abendländischen Zivilisation verschont«, grinste Miller. »Wir haben uns nur verplaudert.«

Evy bat ihn ins Haus, wobei sie dachte, er hält es nicht für nötig, sich zu entschuldigen. Amerikanischer Flegel!

Ein Diener nahm ihm im Flur das Gewehr ab, und Evy führte ihn in den Salon, wo sie schon einen Drink für ihn vorbereitet hatte. Rasch kamen die beiden in ein Gespräch, in dem die üblichen Belanglosigkeiten ausgetauscht wurden: über das Wetter und wie Millers Reise gewesen sei. Welchen Eindruck Europa auf ihn mache? Ob umgekehrt Evy schon einmal Amerika gesehen habe?

»Europa«, sagte Miller in unverkennbarer Ironie, »ist mir ja schon von früher her nicht ganz fremd.«

»Wie lange ist es her, daß Sie ausgewandert sind?«

»Zweiunddreißig Jahre.«

»Aber Sie waren in der Zwischenzeit sicher schon wieder ein paarmal hier?«

»Nein.«

»Das gibt's doch nicht!« meinte Evy überrascht.

»Warum nicht?« fragte Miller grinsend.

»Weil alle Deutschamerikaner immer wieder dem Drang erliegen, ihre alte Heimat zu besuchen«, antwortete Evy, setzte jedoch rasch hinzu: »Unter *einer* Voraussetzung natürlich...«

»Unter welcher?«

»Daß sie sich das leisten können.«

»Sehen Sie«, grinste Miller. »Das ist es!«

»Aber heutzutage, Mister Miller –«

»Sagen Sie John zu mir«, unterbrach er vergnügt.

Wie kommt der mir vor? dachte sie indigniert, meinte jedoch: »Gerne. Und ich heiße Evy.«

»Kriege ich noch einen Schluck, Evy?«

Der macht mir Spaß, dachte sie, während sie erwiderte: »Sicher – wenn Sie nicht fürchten, daß Ihre Treffsicherheit darunter leidet?«

»Keine Sorge«, sagte er daraufhin nur, unentwegt grinsend.

Das wiederholte sich noch einige Male, und da auch die Baroneß mittrank, von John Miller mehr oder minder dazu genötigt, alberten die beiden bald herum, lachten und liefen Gefahr, die Etikette in einem adeligen Haus ein bißchen außer acht zu lassen.

Da fragte Miller die Baroneß geradeheraus: »Warum sind Sie eigentlich noch nicht verheiratet – bei Ihrem Aussehen? Oder waren Sie es schon und haben die hübsche Nase voll von der Ehe?«

»Nein, war ich noch nicht. Warum fragen Sie mich das? Doch nicht, weil Sie mir einen Antrag machen wollen?«

Beide lachten.

»Nein«, sagte John. »Aber ich wüßte Ihnen einen geeigneten jungen Mann.«

»Wen?«

»Meinen Neffen.«

»Wo lebt er denn? In Amerika? Wäre er bereit, herzukommen? Wie viele haben Sie denn?«

»Einen.«

»Soll das heißen, daß Sie von Huldrich v. Chowelitz sprechen?«

»Genau!« nickte John. »Sie sind ein kluges Kind – nicht nur ein hübsches – und begreifen sehr rasch, Evy.«

Die Baroneß lächelte.

»Was habe ich Ihnen angetan, John?«

»Wieso angetan?«

»Weil Sie auf meinen Ruin abzielen.«

Miller blickte in sein leeres Glas, hob es hoch, hielt es der Baroneß hin und sagte: »Einen noch, bitte.«

»Einen, ja«, nickte sie. »Dann wollen wir aber aufbrechen.«

»Können wir die Jagd nicht sausen lassen?«

»Warum?« fragte Evy überrascht.

»Ich hätte mich hier gerne mit Ihnen noch unterhalten.«

»Das ist doch auch draußen im Wald möglich?«

Eigentlich zum erstenmal, seit er mit der Baroneß sprach, wurde er ernst.

»Und wenn ich Sie darum bitte, Evy, daß wir den Bock, dem es an den Kragen gehen soll, am Leben lassen und Sie mich statt dessen durch Ihr Glut führen und mir alles zeigen.«

»Würde Sie denn das interessieren?« fragte Evy erstaunt.

»Sehr!«

Miller bekam von der Baroneß seinen merkwürdigen

Wunsch erfüllt. Sein erster Eindruck, den er schon während der paar Schritte vom Jagdwagen bis zu der ihn am Eingang erwartenden Hausherrin gehabt hatte, bestätigte sich voll und ganz. Alles, aber auch alles war hier bestens in Schuß. Das Vieh war von hervorragender Qualität, die Wirtschaftsgebäude blitzten – und dies nicht erst in der Erwartung eines Besuches aus Amerika! John Miller sagte, als er von der Baroneß herumgeführt wurde, nur wenig, war aber innerlich voller Anerkennung und fragte zuletzt, während er mit ihr wieder die Freitreppe hinaufstieg und ins Haus hineinging: »Wer ist Ihr Verwalter, Evy?«

»Ich habe keinen.«

»Was?« stieß John hervor.

»Mein Verwalter bin ich selbst.« Der Stolz leuchtete ihr aus den Augen, und das war für John verständlich. Noch erlaubte er sich aber Zweifel.

»Sie machen das allein?«

»Ja – nur mit meinem Gesinde.«

»Das muß man aber können?«

»Ich kann's – oder haben Sie gesehen, daß irgendwo irgend etwas im argen liegt?«

»Nein«, erwiderte Miller achtungsvoll. »Ich muß Sie um Entschuldigung bitten...«

»Für was?«

»Dafür, daß ich Ihnen meinen Neffen schmackhaft machen wollte.«

»War denn das Ihr Ernst?« fragte Evy, als die beiden im Salon wieder Platz genommen hatten.

Millers Antwort klang zweideutig.

»Wenn es das war, ist es das jetzt nicht mehr.«

Es klopfte jemand an die Tür, und eine Bedienstete erschien, die meldete, daß während des Rundgangs der Baroneß und Millers durch das Gut, der Baron v. Chowelitz angerufen und gebeten habe, die Baroneß möge bei ihm zurückrufen.

»Huldrich, was gibt's?« fragte Evy, als sie ihn an der Strippe hatte.

»Ihr seid noch gar nicht im Wald, hat man mir vorhin am Telefon gesagt.«

»Nein – und wir gehen auch gar nicht mehr hinaus.«

»Warum nicht?«

Mit einem Seitenblick auf Miller erwiderte Evy: »Dein Onkel hat sich lieber Eibenhain angesehen.«

»So?« Huldrich räusperte sich. »Kannst du ihn mir bitte mal geben?«

»Ja.« Evy hielt Miller den Hörer hin. »Ihr Neffe will Sie sprechen, John.«

John? dachte Huldrich, als er dies durch den Draht hörte.

»Ja?« meldete sich Miller am Apparat.

»Onkel«, begann Huldrich, »du mußt mir verzeihen. Ich habe mich erst als es zu spät war, gefragt, wie du eigentlich nach Waldfels zurückkommen wirst. Deshalb –«

»Gerhard holt mich«, unterbrach Johnny.

»Welcher Gerhard?«

»Dein Verwalter.«

»Trenkler?«

»Ja, ich kann ihn anrufen, sagte er, egal wann. Ich werde das tun, dann ist das Problem gelöst.«

Evy? Gerhard? Ist denn der schon mit allen praktisch per du? dachte Huldrich.

»Onkel«, sagte er, »du wirst *mich* anrufen und nicht den alten Mann, der seinen Schlaf braucht.«

»Er hat gesagt, daß – Moment mal«, unterbrach er sich, da ihn Evy am Ärmel zupfte.

»Was will er denn?« fragte Evy ihn mit unterdrückter Stimme.

Er legte die Hand auf die Muschel.

»Ich soll mich von ihm und nicht von Trenkler abholen lassen.«

»Sagen Sie ihm, daß ich das mache.«

»Nicht nötig«, widersprach John. »Der Verwalter –«

Sie nahm ihm mit raschem Griff den Hörer aus der Hand und sprach in die Muschel: »Huldrich ...«

»Ja?«

»Mach dir keine Sorgen, deinen Onkel bringe *ich* dir wohlbehalten nach Hause.«

»Aber –«

»Keine Widerrede!« schnitt sie ihm das Wort ab.

»Bitte«, kapitulierte er. »Ich wollte dir das ja nur abnehmen.«

»Möchtest du mit deinem Onkel noch einmal sprechen?«

»Nicht nötig«, erwiderte Huldrich. »Was macht ihr denn zusammen?«

»Wir unterhalten uns.«

Huldrich dämpfte seine Stimme.

»Ihr seid euch ja schon ganz schön nahegekommen.«

»Wieso?«

»Naja«, meinte er mit gezwungenem, gedämpften Lachen, »John ... Evy ...«

»Sei nicht albern, Huldrich!«

»Gib acht, daß er dich nicht anpumpt.«

Eine steile Falte erschien über Evys Nasenwurzel. Das war ein Zeichen aufkommenden Unmuts bei ihr.

»Ich mache jetzt Schluß, Huldrich. Gute Nacht!« Und sie legte auf.

»Hat er Sie geärgert?« fragte John Miller sie.

»Nein«, log sie.

»Doch«, grinste er. »Ich kann mir auch denken, womit.«

»Sie irren sich, er hat mich nicht geärgert.«

»Doch«, wiederholte er. »Soll ich es Ihnen sagen, womit?«

Evy wurde unsicher.

»Haben Sie mitgehört?«

»Nein, so gut sind meine Ohren nicht mehr, aber trotzdem weiß ich es.«

»Sie haben eine rege Fantasie, scheint mir.«

»Und die sagt mir«, grinste er, »daß er Sie vor mir gewarnt hat.«

»Nein, keinesfalls!« beteuerte Evy, errötete aber dabei. »Wie kommen Sie darauf?«

»Sie sollen sich von mir nicht finanziell schädigen lassen«, sagte, unaufhörlich grinsend, Miller.

Und überrumpelt stotterte Evy: »Er... er hat sicher nur gescherzt.«

»Nein«, schüttelte Miller den Kopf, »das hat er nicht. Ihre Interessen sind ihm nämlich wichtig. Und wissen Sie, warum?«

»Warum?«

»Weil er Sie liebt.«

Abermals war die steile Falte über Evys Nasenwurzel da.

»Sehen Sie, John, das macht mich immer wieder so wütend auf ihn. Diskretion ist ein Fremdwort für ihn.«

»Wenn Sie damit sagen wollen, daß Sie glauben, daß er mir gegenüber von seinen Gefühlen zu Ihnen gesprochen hat, so irren Sie. Das hat er nicht!«

»Nicht?« antwortete Evy ungläubig.

»Er hat Sie ein paarmal erwähnt, und das genügte mir. Ich habe ihn mir dabei angesehen und, was noch aufschlußreicher ist, angehört. Damit war für mich der Fall klar. Schon, wie er Ihren Namen ausspricht!«

»Ach was!« meinte Evy dazu. »Meinen Namen spricht er aus wie jeden anderen auch!«

»Irrtum, mein liebes Kind!« John Miller liebte den Spott, auch wenn er selbst davon betroffen war. »Dann hören Sie sich mal an«, fuhr er fort, »wie er den meinen ausspricht, besonders seit er weiß, daß seine Erwartungen, die er mit meinem Besuch verknüpft hat, Illusionen waren.«

»Es ist eine Schande, daß es soweit kommen mußte mit ihm!« sagte Evy bitter.

Miller nickte.

»Sie verurteilen ihn völlig zu Recht, Evy. Von einer Frau wie Ihnen kann ein Mann wie er gar nichts anderes erwarten, das ist klar. Deshalb sollte er einsehen, daß er sich mit seinen Gefühlen bei Ihnen nur lächerlich macht.«

»Lächerlich«, erhob die Baroneß einen leichten Widerspruch, »will ich nicht sagen.«

»Was dann?«

Evy sah die Gefahr vor sich, schon zuviel gesagt zu haben. Sie meinte deshalb rasch: »Ich denke an Waldfels. Was er damit macht, kann man nicht gutheißen.«

»Nein.«

»Das schreit zum Himmel!«

»Bald nicht mehr, dann ist alles vorbei«, sagte Miller mit unbewegter Miene. »Der Versteigerungstermin steht vor der Tür.«

Evy v. Eibenhain schien plötzlich Mühe zu haben, die Tränen zu unterdrücken.

»Dieses herrliche Besitztum!« weinte sie fast. »Und was tut er dann?«

»Wer?«

»Ihr Neffe?«

John Miller zuckte scheinbar gleichgültig die Achseln.

»Dann wird er sich erschießen.«

Evy starrte ihn an. Es verging eine Weile tödlicher Stille, bis Evy sich dazu zwingen konnte, zu sagen: »Das glauben Sie doch selbst nicht?«

»Doch.«

Obwohl die Baroneß schon von derselben Ahnung beim Anruf Huldrichs beschlichen worden war, sträubte sie sich nun dagegen, die Gewißheit zu akzeptieren.

»Das glaube ich nicht!« sagte sie.

»Ich schon.«

»Aber das können Sie doch nicht zulassen – als sein Verwandter!«

»Wie soll ich's denn verhindern?«

»Indem Sie ihn mit nach Amerika nehmen.«

Miller lachte kurz auf.

»Dieselbe Idee hatte auch schon der Verwalter Trenkler.«

»Das liegt ja auch nahe.«

»Hat Huldrich Ihnen denn nicht gesagt, daß Amerika für mich derzeit ein heißes Pflaster ist?«

»Doch, aber könnten Sie ihn nicht erstmal allein rüberschicken?«

»Zu wem?«

»Zu Ihrer Familie.«

Miller zerstörte auch diese Hoffnung der Baroneß, indem er entgegnete: »Ich habe keine Familie, ich bin verwitwet. Außerdem frage ich mich, wovon er drüben, auf sich selbst gestellt, leben sollte? Hat er etwas anderes gelernt als im Sattel eine gute Figur zu machen und jungen Damen formvollendet die Hand zu küssen?«

Evy wollte immer noch nicht locker lassen.

»Haben Sie denn kein Geschäft, John, oder sowas, wo er Fuß fassen könnte?«

»Doch, in einem Geschäft von mir könnte man's mit ihm versuchen.«

Evy sprang befreit auf.

»Na also!« rief sie erleichtert aus. »Dann hätten wir's ja!«

Irritiert von Johns Reaktion darauf fragte sie: »Worüber lachen Sie?«

»Über Sie.«

»Über mich? Warum?«

»Weil Sie so für den Baron v. Chowelitz kämpfen. Ihr

Einsatz ist überwältigend«, erwiderte er und konterkarierte: »Für diesen Taugenichts!«

»Aber –« Evy v. Eibenhain, das stolze Mädchen, spürte, daß sie vor Millers Blick errötete, konnte aber nichts dagegen tun. Dies ärgerte sie maßlos. Nervös stieß sie hervor: »Glauben Sie nun ja nichts Falsches!«

Miller blickte sie an, als könne er nicht bis drei zählen.

»Dagegen ist man oft machtlos, Evy.«

»Wogegen?«

»Daß man etwas Falsches glaubt.«

Damit endete an jenem Abend das Gespräch zweier, am Schicksal eines leichtsinnigen jungen Menschen Anteil nehmender Menschen, die den mit jedem Tag dünner werdenden Faden des Damoklesschwertes über seinem Kopf sahen.

John Miller erhob sich.

»Es war nett bei Ihnen, Evy...«

»Sie wollen schon gehen?«

»Es wird Zeit.«

Die Fahrt von Eibenhain nach Waldfels mit dem von Evy gesteuerten Auto war eine Angelegenheit weniger Minuten. Die Nacht war inzwischen ziemlich dunkel geworden. Eine wachsende Wolkendecke hatte den Himmel überzogen.

»War ganz gut, daß wir zu Hause geblieben sind«, sagte Evy zu John, der in Gedanken versunken neben ihr im Wagen saß.

»Warum?« schreckte er auf.

»Weil es mit dem Büchsenlicht gehapert hätte.«

»Richtig«, nickte er.

»Aber aufgeschoben ist nicht aufgehoben, John.«

»Sie wollen mir noch einmal eine Chance geben?«

»Klar! Sie sollen sich doch Ihre wunderschöne neue Jägertracht nicht umsonst gekauft haben!«

»Woher wissen Sie, daß die neu ist?« lachte Miller. »Von Huldrich?«

»Nein«, schüttelte Evy den Kopf. »Erstens besitze ich selbst ein Paar gute Augen. Und zweitens kann ich mir denken, daß ein Steuerflüchtling, der Reißaus nimmt, andere Dinge im Kopf hat, als Jagdutensilien in den Koffer zu packen.«

Miller nickte anerkennend mit dem Kopf.

»Sie kluges Kind!«

Evy sah ihn kurz von der Seite an.

»Stimmt denn das?«

»Was?«

»Daß Sie amerikanischer Steuerflüchtling sind?«

»Darauf«, sagte John prompt, »möchte ich Ihnen mit Ihren Worten antworten...«

»Mit welchen?«

»Glauben Sie ja nichts Falsches!«

»Und ich antworte Ihnen mit den Ihren: Dagegen ist man oft machtlos, daß man etwas Falsches glaubt.«

»Sehen Sie«, fiel John ein.

»Oder auch etwas Richtiges.«

Waldfels tauchte im Scheinwerferlicht auf und nahm Evys Aufmerksamkeit voll in Anspruch, da sich die Zufahrtsstraße, die abzweigte, verengte. Fast das ganze Gut lag schon im Schlaf. Auf dem Land muß man früh aus den Federn und geht dafür rechtzeitig zu Bett. Nur zwei Fenster waren noch erleuchtet. Evy kannte sich aus, sie wußte, wem sie gehörten, und sagte zu John: »Ihr Neffe ist noch auf und auch der Verwalter. Die haben beide offenbar auf Sie gewartet.«

»Vom Verwalter verstehe ich das ja«, meinte John. »Aber Huldrich hat doch von Ihnen erfahren, daß Sie mich zurückbringen.«

»Ich werde ihm noch Guten Abend sagen«, entschloß sich Evy.

»Und ich sage dem Trenkler noch, daß er sich aufs Ohr legen kann«, meinte John.

So geschah es auch. Nachdem die beiden aus dem Wagen geklettert waren und sich gegenseitig versichert hatten, sehr bald wieder voneinander zu hören, ging Evy zu Huldrich und John zum Verwalter Trenkler, der im Lehnstuhl von der anschlagenden Türglocke aus einem Nickerchen gerissen wurde und nicht unglücklich war, als er erfuhr, daß er seinen Schlaf viel bequemer nun im Bett fortsetzen könne.

»Noch rasch eine Frage«, sagte Miller. »Bei wem hat mein Neffe seine Hauptschulden?«

»Bei der Niederdeutschen Bank.«

»Können Sie mich morgen zu der bringen?«

»Sicher. Warum?« fragte Trenkler mit dem verschlafenen Gesicht eines Mannes, der soeben einen lebhaften Traum von seiner Ehrung als Schützenkönig, der er in Wirklichkeit noch nie geworden war, hatte abbrechen müssen.

»Darüber sprechen wir morgen«, antwortete John. »Arrangieren Sie aber unsere Fahrt bitte so, Gerhard, daß niemand davon etwas merkt, vor allem nicht mein Neffe.«

»Gut«, nickte der Verwalter und hätte um ein Haar noch einmal gefragt: Warum?

Keineswegs schon geschlafen hatte hingegen Huldrich v. Chowelitz, als Evy bei ihm eintrat und ihn lächelnd begrüßte. Das Zimmer war total verqualmt, der große Aschenbecher drohte überzuquellen. Eine zur Hälfte geleerte Cognacflasche auf dem Tisch, kündete davon, daß ein Mann mit ihr beschäftigt gewesen war, der Kummer hatte oder mit sich allein etwas hatte feiern wollen. Ersteres traf hier zu.

»Duuu?« sagte Huldrich, sich etwas mühsam erhebend, gedehnt, als er Evy erblickte. Seine Augen, mit denen er über ihre Schulter zur Tür hinschaute, waren trübe. »Wo hast du meinen Onkel gelassen?«

Evy setzte sich unaufgefordert.

»Der ging noch zu Trenkler, bei dem auch noch Licht brannte. Er will ihm Bescheid sagen, daß er schon da ist. Anschließend geht er schlafen.«

»Gott sei Dank! Ich bin froh, wenn ich ihn nicht mehr sehe.«

»Wieso?« fragte Evy scharf. »Was hast du?«

»Er soll dich in Ruhe lassen, der alte Sack!«

Der alte Sack! Genau dasselbe hatte noch vor wenigen Stunden auch Evy selbst über John Miller gedacht, aber jetzt fuhr sie Huldrich an: »Du solltest dich schämen! Er will von mir nichts! Und ich nichts von ihm, obwohl er ein imponierender Mann ist und kein alter Sack!«

»Du schwärmst ja schon von ihm!« Das wollte Huldrich ironisch gesagt haben, aber der Alkohol verwehrte ihm das. Es glich deshalb viel eher einem Gejammer, aus dem Selbstmitleid klang.

»Du bist ein Idiot!« sagte Evy zornig. »Ein Riesenidiot!«

»Danke, meine Liebe.« Huldrich zeigte auf die Flasche. »Willst du?«

»Nein! Es genügt, wenn hier einer betrunken ist!«

»Ich bin nicht betrunken«, sagte Huldrich, genau das, was alle sagen, die nicht nüchtern sind.

»Außerdem gehe ich gleich wieder«, fuhr Evy fort. »Ich wollte dir nur mitteilen, daß dir dein Onkel einen überraschenden Vorschlag machen wird. Verrate ihm aber nicht, daß ich dich schon darauf vorbereitet habe. Und widersetze dich ihm nicht! Hörst du, *ich* bitte dich eindringlich darum, widersetz dich ihm nicht!«

Huldrich blickte sie eine Weile trübe an.

»Welchen Vorschlag?«

»Du sollst nach Amerika gehen.«

»Und dort verhungern?« Darüber konnte Huldrich nur bitter lachen.

»Nein!« sagte Evy. »Arbeiten sollst du dort!«

Nun versuchte Huldrich es noch einmal mit Ironie, und diesmal gelang es ihm schon besser.

»Wo?« fragte er. »Vielleicht in seinem Geschäft?«

»Ja.«

»Hat er denn eines?«

»Nicht nur eines.«

Huldrich zuckte.

»Mehrere?«

»Ja.«

»Hat er dir das gesagt?«

»Nicht direkt.«

»Was heißt, nicht direkt?«

»Er hat sich verplappert.«

»Wie verplappert?«

»Ich hatte ihn wörtlich gefragt: ›Haben Sie drüben kein Geschäft, wo er Fuß fassen könnte?‹«

»Wer er?«

Evy verdrehte die Augen.

»Du!«

»Und?«

»Darauf hat er wörtlich geantwortet: ›Ja, in einem Geschäft von mir könnte man's mit ihm versuchen.‹«

Huldrich guckte wieder benebelt.

»Kapierst du das nicht?« sagte Evy verärgert. »›In einem Geschäft von mir‹ – das bedeutet, er hat mehrere! Wenn er nur eines hätte, hätte er gesagt: ›Ja, in meinem Geschäft könnte man's mit ihm versuchen.‹ Klar?«

»Klar«, nickte Huldrich, obwohl ihm das durchaus nicht klar war. Es hatte auch kaum Gewicht für ihn. Bedeutung hatte für ihn bei allem nur noch eines, und dies kam zum Ausdruck, als er Evy fragte: »Würdest du mitkommen?«

»Wohin?«

»Nach Amerika.«

»Bist du verrückt?« stieß sie hervor. »Eibenhain verlassen?«

»Siehst du?« sagte er mit bitterem Lächeln.

»Wie kommst du auf mich?« regte sich Evy auf. »Das ist doch Wahnsinn! Um dich geht's doch, nicht um mich!«

Huldrich winkte wegwerfend mit der Hand.

»Was mit mir ist, ist mir egal. Nur zusammen mit dir wäre mir das noch wichtig.«

»Um Himmels willen, rede keinen solchen Unsinn, Huldrich!«

»Das ist kein Unsinn, Evy.«

»Wieso nicht?«

»Weil ich dich liebe, ich habe dir das schon tausendmal gesagt.«

»Und du glaubst, das wäre der richtige Beweis von dir, wenn du dich fallenläßt?«

Die Schwierigkeiten für ihn, sich auszudrücken, wurden immer größer.

»Weißt du«, sagte er, »weißt du, ich... ach was, es hat ja doch keinen Zweck.«

Evy sah ihm deprimiert zu, wie er wieder ein volles Glas Schnaps in sich hineinschüttete.

»Ich seh' schon«, sagte sie dann resignierend, »mit dir kann man heute nicht mehr reden. Du mußt erst wieder nüchtern werden, dann geht's vielleicht besser.« Sie blickte ihn dabei kopfschüttelnd an. »Zu hoffen wäre es.«

Sie erhob sich und ging ohne Gruß.

John Miller saß im Direktionszimmer der Niederdeutschen Bank und studierte die Schuldenkonten seines Neffen. Direktor Dr. Bitz saß ihm gegenüber und ordnete die

Wechsel, die in den Zeiten der Kredite geplatzt waren und die die alte Bank übernommen hatte, um sich das Gut zu sichern.

»Es sieht hoffnungslos aus, Mister Miller«, meinte Dr. Bitz. »Allein für mehr als dreihunderttausend Mark Kontoschulden! Dazu rechne ich die Kredite, die Hypotheken und die Anleihen. Das Gut stellt nach fachmännischer Schätzung freilich immer noch einen Millionenwert dar, der allerdings durch die Überschuldung schon enorm gesunken ist.«

»Logisch.« Miller schob die Kontenauszüge zur Seite. »Und was haben Sie nun vor, Herr Direktor?«

»Mir bleibt keine andere Wahl mehr.« Dr. Bitz hob beide Hände. »Ich bin verantwortlich für alle nicht zurückgezahlten Kredite. Ich muß sehr bald auf einer Rückzahlung bestehen, und wenn dies nicht möglich ist, auf einer Zwangsversteigerung des Gutes. Es tut mir leid um den alten Familienbesitz, aber es geht auch um die Belange meiner Bank. Ich habe, wenn ich das so kraß ausdrücken darf, unseren Aufsichtsrat im Nacken, verstehen Sie?«

Miller winkte ab.

»Sie müssen sich nicht entschuldigen! Mein Neffe taugt nichts! Das ist alles!« Er blickte Dr. Bitz groß an. »Verkaufen Sie die Schulden meines Neffen an mich?«

»Verkaufen? Wie soll ich das verstehen?«

»Ich bezahle Ihnen den Gesamtbetrag innerhalb einiger Tage. Das muß über Amerika laufen. Aber dies soll nicht eine Tilgung der Schulden meines Neffen sein, sondern ich will die Schulden als Gläubiger übernehmen. Sie treten mir einfach die Schulden gegen den von mir erstatteten Gesamtbetrag ab.«

»Das ist nicht üblich.« Dr. Bitz kratzte sich am Kopf. »Warum wollen Sie nicht abwarten, bis das Gut versteigert wird? Dann bekommen Sie es wesentlich billiger als jetzt.«

»Ich verfolge damit einen bestimmten Zweck.« John Miller legte das Scheckbuch seiner amerikanischen Hausbank auf den Tisch. »Stellen Sie die genaue Summe fest, und Sie bekommen von mir sofort einen Scheck in gleicher Höhe. Rufen Sie meine Bank an, die Sie dem Scheckbuch entnehmen können, und vergewissern Sie sich, daß keiner vor Ihnen sitzt, der unhaltbares Gerede vom Stapel läßt. Verlangen Sie den Boß selbst. Das ist Mister Richard Vancouver. Sagen Sie ihm mein Code-Wort: Albatros. Das wird genügen. Sie bekommen dann von ihm die benötigten Auskünfte. Wenn nicht, geben Sie ihn mir selbst, und ich ziehe ihm die Hammelbeine lang. Meine Stimme erkennt er, hat er einmal gesagt, und wenn sie ihm dreimal um den Erdball herum in sein Ohr dringt. Okay? Zuletzt übertragen Sie in einem Übereignungsabkommen die Gläubigerrechte an mich. Das wär's! Oder nicht?«

Die Sprache eines Großkapitalisten, dachte Dr. Bitz beeindruckt, obwohl er jeden Tag mit Leuten zu tun hatte, die auch nicht auf das Sozialamt angewiesen waren. Zwischen deutschen Kapitalisten und amerikanischen gab es aber anscheinend doch noch Unterschiede.

»Das wäre etwas Neues im Bankwesen«, meinte Dr. Bitz zögernd.

John Miller winkte ab.

»Ich weiß, was Sie sagen wollen, aber es wird keine Schwierigkeiten geben – keine juristischen Nachspiele! Darauf können Sie sich verlassen. Daß ich mit der Bezahlung der Schuldsumme praktisch der Herr des Gutes bin, ist ohnhin klar. Mein Neffe hat ausgedient! Also – machen wir es so?«

Dr. Bitz nickte.

»Wenn's nach mir geht – ja! Ich möchte mich aber noch absichern, Mister Miller, das –«

»Ich habe Ihnen ja gesagt, rufen Sie den Vancouver an«, unterbrach John.

»Nicht nur das, Mister Miller! Ich möchte mir auch den Segen unseres Aufsichtsratsvorsitzenden einholen.«

»Können Sie ihn erreichen?«

»Ja, telefonisch.«

»Wie lange wird's dauern?«

Dr. Bitz überlegte kurz.

»Ich mache Ihnen einen Vorschlag, Mister Miller«, sagte er dann. »Lassen Sie mir eine Stunde Zeit. Inzwischen können Sie sich unsere Stadt ein bißchen ansehen. Bis Sie zurückkommen, wird alles fertig sein, auch die Vereinbarung, die ich meiner Sekretärin diktieren werde. Einverstanden?«

»Gut.«

Miller las den im Vorzimmer auf ihn wartenden Verwalter Trenkler auf und setzte sich mit ihm ins nächste Café, das sie fanden. Der Zeitpunkt, an dem er die Karten auf den Tisch legen mußte, war gekommen.

»Hören Sie, Gerhard«, begann er, »das klappt alles –«

»Was klappt?« unterbrach der Verwalter, dem ja bis zu diesem Moment noch nichts Konkretes gesagt worden war. Geahnt hatte er allerdings schon etwas, und er war in diesem Sinne auch schon tätig geworden. Davon wußte aber wiederum Miller noch nichts.

»Ich rette Waldfels«, sagte John.

Trenkler nickte.

»Gut, daß Sie das können.«

»Sie scheinen gar nicht überrascht zu sein?«

»Nein, seit heute nacht nicht mehr.«

»Was glauben Sie, was mich das kostet!«

»Ich weiß, was Sie das kostet, John.«

»Und das nötige Geld dazu habe ich, meinen Sie?«

»Ja, seit heute nacht meine ich das.«

»Wieso immer seit heute nacht?«

»Weil Sie mir gesagt hatten, daß ich Sie zur Niederdeutschen Bank bringen muß, wo die Hauptschulden liegen.

Im ersten Moment dachte ich mir zwar nichts und schlief wieder ein, aber nicht lange, dann wurde ich wieder wach, denn das arbeitete in mir. Was will er dort? fragte ich mich. Er ist doch kein Hampelmann, der unsinnige Fahrten unternimmt? Und eine solche Fahrt kann nur« – Trenkler hob seine Stimme, um ihr Nachdruck zu verleihen – *»einen* Sinn haben, dachte ich, wenn er kein Hampelman ist. Wie ich nun sehe, sind Sie keiner, John.«

Miller lachte kurz.

»Da bin ich aber froh, daß ich einer solchen Verurteilung durch Sie entgangen bin, Gerhard.«

»Sie nehmen mir das doch nicht übel, wenn ich so mit Ihnen spreche, John?«

»Nicht im geringsten!« versicherte Miller. »Diese Art mögen wir Amerikaner.«

Er bezeichnet sich als Amerikaner, dachte Trenkler. Er empfindet sich auch als Amerikaner – ganz bestimmt, wenn er in eine Bank hineingeht oder aus ihr herauskommt!

»Wie lange kennen Sie den Dr. Bitz schon, zu dem Sie mich gebracht haben?« fragte Miller.

»Seit Jahren«, erwiderte Trenkler. »Sehr oft mußte ich ja schon mit ihm verhandeln, wenn das auch nicht meine Sache, sondern die des Barons gewesen wäre. Man lag ihm ja immer nur mit seinen Schulden in den Ohren, und das mochte er nicht gerne.«

»Das kann ich mir denken«, meinte Miller, zündete sich eine Zigarre an und fuhr dann nachdenklich fort: »Wissen Sie, worüber ich mich gewundert habe?«

»Worüber?«

»Über die lasche Art des Direktors mit dem Bankgeheimnis umzugehen. In Amerika wäre mir keinesfalls so ohne weiteres Einblick in die Schulden eines anderen – auch nicht in die eines Verwandten – gegeben worden.«

»Hier auch nicht«, sagte der Verwalter trocken.

Miller blickte ihn fragend an.
»Ich verstehe nicht...«
»Das war auf mich zurückzuführen, John. Ich bin doch erst zu ihm reingegangen, um Sie anzukündigen. Ich sehe noch Ihr Gesicht, Sie waren darüber verwundert – dachten aber dann wohl, das sei hier so üblich? Das ist es aber nicht, John, doch ich hatte meinen Grund...«
»Welchen?«
»Ich brachte ihm die Vollmacht, die ich mir besorgt hatte. Eine Vollmacht vom Baron, wonach Sie berechtigt sind, Einblick in seine Schulden zu nehmen.«
»Was?« stieß Miller hervor.
»Anders wär' das doch nicht gegangen, John.«
»Davon weiß ich ja gar nichts!«
»Doch, jetzt wissen Sie's«, sagte Trenkler grinsend.
»Wann hat er Ihnen die gegeben?«
»Heute nacht.« Trenkler räuspert sich. »Gegeben ist vielleicht nicht ganz der richtige Ausdruck.«
»So?«
»Ich habe sie ihm, ehrlich gesagt, abgeluchst.«
Millers Erstaunen wuchs und wuchs.
»Abgeluchst? Wie denn?«
Ohne Zögern berichtete der Verwalter: »Ich sagte Ihnen doch, daß ich noch einmal wach geworden bin und mir meine Gedanken über Ihre Fahrt zur Niederdeutschen Bank gemacht habe. Dabei blickte ich aus dem Fenster und sah, daß der Baron noch Licht brennen hatte. Ich konnte mir aufgrund meiner Erfahrung mit ihm denken, was das wieder bedeutete. Meine Hoffnung trog nicht, er war, als ich dann zu ihm rüberging, betrunken, und zwar so betrunken, daß er überhaupt nichts mehr unterscheiden konnte. Die Unterschrift, die ich von ihm brauchte, bekam ich daher ohne weiteres. Er ist es ja schon im nüchternen Zustand gewöhnt, mir unbesehen fast alles zu unterschreiben. Ich mußte ihm dann noch vor der leeren Fla-

sche Gesellschaft leisten, bis er im Sitzen einschlief. Er lallte, daß er, auch von der Frau seiner Liebe verlassen, in dieser Nacht Abschied vom Leben genommen habe. Und falls Sie das beruhigt, John – es ist ganz ausgeschlossen, daß er von allem jetzt noch das geringste weiß. Darauf können Sie Gift nehmen. Er erinnert sich an nichts, ich kenne das von ihm.«

Miller sah den Verwalter nachdenklich an.

»Wenn Sie nur ein bißchen jünger wären«, sagte er, »würde ich Sie sofort zu meinem Privatsekretär ernennen, Gerhard. Aber was passiert, wenn mein Neffe dem Bitz nun auf die Bude rückt und wissen will, was da vor sich gegangen ist?«

»Dann zeigt Bitz ihm die Vollmacht.«

»Und?«

»Die wird der Baron als echt anerkennen müssen. Er kann kein gesteigertes Interesse daran haben, erkennen zu lassen, in welchem Zustand er solche Unterschriften leistet. Glauben Sie das nicht auch?«

»Doch.«

Die beiden hatten noch Zeit zu einer zweiten Tasse Kaffee, die von einem aufmerksamen Kellner rasch gebracht wurde.

»Wissen Sie«, sagte der Verwalter mit ernster Miene, Milch und Zucker in der braunen Brühe verrührend, »mir war natürlich von Anfang an klar, daß mein Handeln nicht korrekt war – streng genommen sogar kriminell. Aber –«

»Kriminell ist übertrieben!« unterbrach Miller.

»Nein, nein, ich mach' mir da nichts vor, John.« Trenkler legte den Löffel auf die Untertasse. »Aber mir ging's um Waldfels. Um diesen herrlichen Besitz. Ihn wollte ich zusammenhalten, als ich sah, daß die Chance dazu gegeben war.«

»Und das ist Ihnen gelungen, Gerhard«, nickte Miller.

»Sie hatten also das berühmte edle Motiv, das Sie entlastet. Aber jetzt beginnt erst die richtige Arbeit für Sie.«

»Wieso?« fragte Trenkler.

»Wieso?« wiederholte Miller lachend. »Weil Sie selbstverständlich auf Ihrem Posten bleiben!«

»Nein!« sagte Trenkler.

»Was?« stieß Miller überrascht hervor.

»Nein, John, ich nicht mehr!«

»Warum nicht, zum Teufel?«

»Weil ich Waldfels verlasse.«

»Dazu haben Sie überhaupt keinen Grund!«

»Doch.«

»Und welchen, wenn ich fragen darf?«

»Ich bitte Sie, John!« wunderte sich der Verwalter über Millers Begriffsstutzigkeit. »Nach dem, was geschehen ist, ist doch an eine Zusammenarbeit zwischen dem Baron und mir nicht mehr zu denken. Dem Bitz kann er den Kopf nicht abreißen wollen – aber mir!«

»Wer sagt denn, daß Sie unter ihm arbeiten sollen?«

Trenkler starrte Miller an.

»Retten Sie denn das Gut nicht für ihn?«

»Ich denke nicht daran! Ich werde im Gegenteil dafür sorgen, daß er von Waldfels verschwindet!«

»Wohin? Nach Amerika?«

»Ja«, antwortete Miller. »Ich werde ihn dort unter meine Fittiche nehmen und versuchen, einen ordentlichen Menschen aus ihm zu machen. Wenn mir das gelingt, kann er eines Tages zurückkommen nach Deutschland, meinetwegen sogar nach Waldfels. Wenn nicht, soll er vor die Hunde gehen!«

Trenkler wagte noch nicht an die Perspektive zu glauben, die sich da vor ihm auftat. Zögernd sagte er: »Und in... in der Zwischenzeit...«

Miller half ihm: »In der Zwischenzeit führen Sie das Gut. Als Ihr eigener Herr. Verstehen Sie, Sie haben völlig freie Hand, niemand wird Ihnen dreinreden. Nach zwei Jahren allerdings« – Johns Ton wurde härter – »will ich sehen, daß sich die Situation zum besseren gewendet hat. Sie sagten doch, daß Ihnen dazu zwei Jahre Zeit genügen würden?«

»Ja.«

Miller streckte dem Verwalter die Hand hin.

»Dann schlagen Sie ein, Gerhard, und das Abkommen zwischen uns beiden gilt!«

Es klatschte. Das Geräusch kam vom Einschlagen, zu dem der Verwalter aufgefordert worden war.

»Ich werde Sie nicht enttäuschen, Mister Miller.«

»Davon bin ich überzeugt.«

»Ab sofort betrachte ich mich als Ihren Mann, Mister Miller.«

»Das freut mich. Gerhard – und sagen Sie nicht plötzlich wieder ständig ›Mister Miller‹ zu mir.«

»Doch!«

»Warum?«

»Weil sich das Verhältnis zwischen uns geändert hat. Sie sind nun mein Boß.«

John grinste.

»Ich habe Ihnen doch gesagt, wie lang die Leine ist, an der ich Sie gehen lasse.«

»Das spielt keine Rolle, Sie sind der Boß!«

»Typisch deutsch«, grinste Miller verstärkt. »Aber ich darf doch weiter Gerhard zu Ihnen sagen?«

»Aber selbstverständlich, Mister Miller! Ich betrachte das als Ehre!«

»Danke, Gerhard.«

»Bitte, Mister Miller.«

»Ober!« rief John, und der aufmerksame Kellner glitt heran. »Einen Pikkolo bitte, und zwei Gläser.«

Zu Trenkler sagte er: »Um es wenigstens ein bißchen zu begießen.«

Direktor Dr. Bitz hielt Wort. Es war alles vorbereitet, als John Miller wieder sein Zimmer betrat, und so waren im Nu alle Formalitäten erledigt. Den Riesenscheck gab Miller weg wie einen Zettel ohne besonderen Wert.

»Mister Vancouver«, ließ Dr. Bitz grinsend wissen, »hat sich über meinen Anruf gefreut, Mister Miller. Er betrachte ihn als Lebenszeichen von Ihnen, sagte er und bat mich, ihnen viele Grüße von ihm zu übermitteln.«

»Den Teufel hat er sich gefreut!« knurrte Miller. »Er haßt mich!«

»Sie sind auch sein Aufsichtsratsvorsitzender«, meinte Bitz. »Das hatten Sie mir nicht gesagt.«

»Ich hatte Ihnen auch nicht gesagt, daß ich im Mai geboren bin. Wenn es mir notwendig erschienen wäre, hätte ich Ihnen beides mitgeteilt.«

Direktor Bitz lachte pflichtschuldigst und erlaubte sich erst, als Miller gegangen war, ihm ein böses ›Arschloch!‹ nachzusenden.

Draußen auf der Straße traf Miller wieder mit Trenkler zusammen, dem der Aufruhr in seinem Inneren über die jüngste Entwicklung nicht erlaubt hatte, sich drinnen in der Bank still auf einen Stuhl zu setzen und auf Miller zu warten, sondern der sich Bewegung hatte verschaffen müssen. So war er denn auf dem Bürgersteig hin und her gelaufen, immer wieder Blicke zum Eingang der Bank werfend und bangend, daß alles noch einmal rückgängig gemacht werden könnte. Eine Ewigkeit schien ihm vergangen zu sein, als Miller endlich kam. Miller lächelte ihm schon von weitem zu, damit war alles klar. Ein Stein plumpste Trenkler vom Herzen.

Als die beiden über den Stadtplatz gingen, war John Miller aus Chicago praktisch schon der neue Herrscher auf Gut Waldfels. Aber nicht allein das machte ihn froh, sondern Genugtuung verschaffte ihm auch all das, was noch in der Zukunft lag, all das, was sich nun bald ereignen würde zum Segen des Gutes und des ganzen Gesindes, das sich nun wieder im Besitz eines sicheren Arbeitsplatzes wähnen durfte.

Um die Mittagsstunde rollte der Cadillac zurück nach Waldfels und näherte sich dem Gut im gleichen Augenblick, in dem der junge Baron mißmutig aus dem Wald getrabt kam. Huldrich zügelte sofort sein Pferd und sprang ab. Das deutete auf Nervosität hin. Zum Herrenhaus waren es nämlich noch ein paar hundert Meter. Auch Miller hatte gestoppt und das Wagenfenster heruntergedreht.

»Da seid ihr ja«, sagte Huldrich. »Ich habe dich gesucht, Onkel.«

Er konnte nicht ahnen, wie entscheidend sich die Lage geändert hatte.

»Wir waren in der Stadt«, erwiderte Miller. Mit einem Nicken zu dem neben ihm sitzenden Verwalter hin, fügte er hinzu: »Ich brauchte jemanden, der mir den Weg zeigte.«

»Die Baroneß v. Eibenhain hat am Telefon schon wieder nach dir gefragt.« Huldrich ließ sein Pferd einfach laufen, da zu erwarten war, daß das Tier, wie alle Pferde, von allein zu seinem Stall fand. Er bückte sich, um in den Wagen zu blicken. »Habt ihr eingekauft?«

»Ja«, entgegnete Miller.

»Ich sehe aber nichts.«

»Das wirst du noch früh genug sehen«, sagte Miller zweideutig. »Ich wundere mich, daß du schon auf den Beinen bist.«

»Wieso? Es ist Mittag.«

»Gerhard« – abermals nickte dabei Miller hin zu Trenkler – »hat mir erzählt, daß er heute nacht noch lange bei dir Licht brennen sah.«

Mit einem Gesicht, in dem sich nicht die geringsten Anzeichen einer Erinnerung an das zeigten, was sich zugetragen hatte, erwiderte der Baron: »Dann werde ich wohl vergessen haben, es auszumachen, ehe ich einschlief. Ich lese noch gern im Bett, weißt du.«

»Aha.«

»Ich bin völlig fit«, log Huldrich, der einen Kater hatte, daß ihm schier der Kopf zerspringen wollte. »Soll ich dir sagen, was ich mit dir heute sogar schon vorhatte?«

»Was denn?«

»Ich wollte dir die erste Reitlektion auf deinem Schimmel erteilen.«

Johann Müller blickte seinen Verwandten zweifelnd an. »Ist das wahr?«

»Frag den Schimmel«, grinste Huldrich. »Er steht gesattelt in seiner Box.«

Auf der einen Seite dies, dachte Onkel Johann, auf der anderen Seite will er sich erschießen. Aber sein Geschenk für mich – mit allem Drum und Dran – vergißt er nicht. Die zwei Gesichter des Barons Huldrich v. Chowelitz...

»Komm, mein Junge, steig ein«, sagte Miller. »Mir knurrt der Magen. Hoffentlich gibt's was Gutes zu essen.«

Huldrich schob sich auf den Hintersitz und ließ sich das kurze Stück zum Gut fahren.

Schon am Nachmittag setzten die Umwälzungen auf Gut Waldfels ein. Wenn ein John Miller einmal etwas in die Hand genommen hatte, wurde keine Zeit mehr verschwendet. Er erledigte zahlreiche Telefongespräche, einige sogar bis nach Amerika, und entwickelte eine umfangreiche Tätigkeit. Er setzte sich mit dem Verwalter zusammen und ließ sich die Bücher vorlegen. Als sich die beiden nach Stunden trennten, lag ein ganz neues Programm vor. Es stand fest, daß sich Gut Waldfels von Grund auf wandeln würde.

Der Baron hatte nach dem Essen nicht der Versuchung widerstehen können, sich ein bißchen langzulegen, war rasch eingeschlafen und wachte Stunden nicht mehr auf.

Als er endlich die Augen wieder aufschlug, fiel ihm die dem Onkel versprochene Reitstunde ein. Er mußte jedoch ein zweites Mal feststellen, daß Johann auf dem Gut nicht zu finden war. Der vor Aktivität schier berstende alte Mann hatte sich entschlossen, nach Eibenhain hinüberzufahren.

Das Gespräch, das Miller mit der Baroneß führte, gehörte auch zu dem umwälzenden neuen Programm für Waldfels.

»Machen Sie sich auf allerhand gefaßt«, begann Miller unverzüglich.

»Ich wollte Sie heute schon anrufen, aber Sie waren nicht zu erreichen«, entgegnete Evy. »Hat man Ihnen das gesagt?«

»Ja.«

»Ich sorgte mich um Ihren Neffen. Er war heute nacht total betrunken. Auf solche Leute muß man aufpassen.«

Miller nickte.

»Deshalb war ich mit Trenkler auch in der Stadt, und zwar bei der Niederdeutschen Bank.«

»Ist das nicht Huldrichs Bank?« fragte Evy mit unsicherer Stimme, als ahnte sie nichts Gutes.

»Gewesen!« antwortete Miller hart. »Vor Ihnen sitzt der neue Herr von Waldfels!«

Groß war darauf der Blick, den Evy auf Miller richtete. Sie sagte nichts. Die Kategorie solcher Mitteilungen macht erst mal stumm.

»Der alte wird nach Amerika abgeschoben«, fuhr Miller fort. »Trenkler will den Laden in zwei Jahren wieder in Ordnung bringen.«

»Moment mal«, fand Evy die Sprache wieder. »Das müssen Sie mir schon näher erklären. Sie hatten doch kein Geld? Und jetzt sieht das wieder ganz anders aus. Was stimmt denn nun? Wieso reicht ein Besuch bei der Niederdeutschen Bank aus, daß man sagen kann, man ist der neue Herr von Gut Waldfels?«

»Weil bei der Niederdeutschen Bank die Hauptschulden Huldrichs lagen?«

»Und wo liegen die jetzt?«

»Bei mir.«

Was das hieß, war nicht schwer zu begreifen.

»An Ihrer Mittellosigkeit habe ich ja immer gezweifelt«, sagte Evy. v. Eibenhain und fuhr fort »Dann haben Sie ja nun wirklich alles in der Hand.«

»So ist es«, nickte Miller. »Wenn der Junge nicht spurt, kann ich ihn ganz rasch zur Zwangsversteigerung treiben.

»Aber das werden Sie nicht tun?«

»Doch – wenn er, wie gesagt, nicht spurt!«

Als die Baroneß schwieg, fuhr Miller fort: »Ich will das Gut erhalten. Dazu muß alles umgekrempelt werden, das Gut selbst und auch derjenige, der auf dem besten Weg war, den Besitz völlig zu ruinieren. Vestehen Sie, Evy, ich habe vor, aus meinem Neffen einen brauchbaren Menschen zu machen, einen Mann, der es verdient, daß ihn die Sonne bescheint. Das geht bei dem nur mit Zwang. Er muß weg von hier!«

»Nach Amerika?«

»Das sagte ich schon.«

»Aber das wird Ihnen nicht gelingen, John.«

»Wieso nicht?«

»Weil er sich weigern wird.«

»Woher wollen Sie das wissen? Bisher hat ihm doch noch niemand davon etwas gesagt?«

»Doch.«

»Wer denn?«

»Ich.«

»Wann?«

»Heute nacht.«

»Und was antwortete er?«

»Daß das für ihn um keinen Preis in Frage kommt.«

Evy verstummte. Ihre Miene war immer trauriger geworden, der Klang ihrer Stimme gleichfalls. Nun saß sie da und blickte leer vor sich hin. Auch Miller schwieg eine Weile.

»Wir beide wissen, was das heißt«, sagte er schließlich.

Evy blieb stumm.

»Die Kugel wird sein Ende sein«, fuhr Miller fort.

Evy war weiterhin unfähig, ein Wort zu äußern. Sie zuckte jedoch hoch, als John sagte: »Es gäbe, glaube ich, nur noch einen Weg, um das zu verhindern...«

»Welchen, John?«

»Dieser Weg hat aber mit seiner Liebe zu Ihnen zu tun, Evy.«

»Sagen Sie schon, was Sie meinen!« stieß sie ungeduldig hervor.

»Sie müßten mit ihm gehen.«

»John!« rief Evy. »Sie sind verückt! Genauso verrückt wie er!«

»Wieso er?«

»Weil er dasselbe gesagt hat!«

»Na sehen Sie«, meinte John trocken. »Dann werden Sie wohl in den sauren Apfel beißen müssen.«

»Nein!«

»Damit verurteilen Sie ihn zum Tode.«

Tränen schossen Evy in die Augen, und mit kläglicher Stimme sagte sie: »Ich kann doch Eibenhain nicht im Stich lasen!«

»Ihre Leute sind doch geschult?«

»Trotzdem müssen sie beaufsichtigt werden.«

Darauf schien Miller, dessen Gedankefolge in alterprobter, raschester Weise ablief, nur gewartet zu haben.

»Ich trete Ihnen Trenkler ab«, sagte er. »Der macht das besser als Sie. Nein«, korrigierte er sich grinsend, »nicht besser, das kann man ja gar nicht, aber genauso gut.«

»Könnten Sie denn so ohne weiteres über ihn verfügen?«

»Er ist mein Mann. Wenn ich ihm sage, was wichtig ist, wird er darauf eingehen.«

»Und was geschieht mit Waldfels?«

»Ich suche mir einen anderen Verwalter – oder«, unterbrach sich John Miller, »ich frage Trenkler, ob er sich nicht zutraut, beide Aufgaben zu bewältigen. Das Kaliber dazu hätte er, scheint mir.«

Die Baroneß fühlte sich hin und her gerissen. Man konnte ihr das ansehen. Sie verfügte bestimmt über ein hohes Maß an Energie, an Selbstbewußtsein und Eigenständigkeit, doch einem Mann wie John Miller gegenüber schienen bei ihr diese Eigenschaften zusammenzuschrumpfen. Sie spürte das und wollte sich innerlich dagegen wehren, war aber schon ziemlich kapitulationsreif. Es war einfach so, daß John Miller sie überrollte. Das war schon vielen starken Männern so ergangen – wie hätte eine schwache Frau sich ihm widersetzen können!«

Evy v. Eibenhain wischte sich unsicher über die Stirn.

»Das geht alles so schnell...«, sagte sie.

»Rasche Entschlüsse sind oft die besten, Evy.«

»Sie haben leicht reden! Wie lange sollte das denn dauern?«

»Gar nicht lange«, antwortete Miller. »Es kommt nur darauf an, ihn von hier wegzukriegen. Ist er mal drüben, wird er wahrscheinlich über sich selbst bald den Kopf schütteln, wenn er zurückdenkt an das, was er hier vorhatte. Sie sollten ihm nur die ersten Wochen zur Seite stehen. Glauben Sie, Amerika wird ihn rasch in den Bann schlagen, Evy, Amerika ist faszinierend.« Ganz bewußt setzte John hinzu: »Besonders die Amerikanerinnen!«

»Für die wird er nichts übrig haben«, sagte Evy wegwerfend.

John wiegte den Kopf.

»Ich weiß nicht, Evy ...«

»Oder er hat mich nie geliebt!«

»Doch, das hat er sicher, und das tut er auch jetzt noch, aber die Situation drüben ist eine andere als hier«, sagte John. »Hier sind Sie eine einsame Größe, doch in Chicago wimmelt es von Supermädchen.«

»Und Sie glauben, daß er gleich auf die erste reinfällt?«

»Es muß ja nicht die erste sein.«

»Dann auf die zweite oder dritte.«

»Zählen wir sie nicht, Evy«, schlug Miller vor. »Auf welche, spielt doch keine Rolle, nachdem Sie Huldrichs Gefühle für Sie nicht erwidern.«

»Stimmt.«

»Bleiben wir also dabei«, sagte Miller, »daß es sich Ihrerseits nur um die Erfüllung einer rein menschlichen Pflicht handelt, wenn Sie ihn begleiten und dadurch kurze Zeit in der Illusion wiegen, daß Ihr Verhalten Gefühlen entspringt, die den seinen gleichen.«

»Ja«, nickte Evy.

Miller erhob sich.

»Dann werde ich als nächstes mit Trenkler sprechen, um ihn auch auf Eibenhain anzusetzen. Das klappt sicher. Und dann kommt mein Herr Neffe an die Reihe. Es kann sein, daß ich dazu auch Sie brauche, Evy, damit Sie mir helfen, ihn zu bearbeiten.«

Die Baroneß hatte noch etwas auf dem Herzen.

»Falls Trenkler Waldfels *und* Eibenhain übernimmt – wo soll er wohnen?« fragte sie.

»Wenn Sie das beruhigt – hier!«

»Wie lange?«

»Was soll ich ihnen sagen? Zwei Monate?«

»Mehr!«

»Dann drei«, meinte Miller. »Das reicht sicher. Nach einem Vierteljahr sind sie bestimmt wieder zurück.«

»Nennen Sie ihm keine Frist, John.«

»Keine?«

»Wenn ich schon mal drüben bin, werde ich nicht gleich wieder nach Hause fahren, ohne etwas gesehen zu haben.«

»Recht haben Sie!« sagte John Miller mit Nachdruck. »Reisen Sie herum! Amerika ist faszinierend!«

»Das sagten Sie schon, aber ich werde mich auf Chicago beschränken.«

Das Gespräch mit Gerhard Trenkler nahm den von John Miller erwarteten Verlauf. Es dauerte keine Stunde, und alles war klar. Der Verwalter erklärte sich bereit, die Obhut über beide Güter zu übernehmen und vorübergehend sogar auch nach Eibenhain zu übersiedeln. Er war stolz, zeigen zu können, was in ihm – dem ›alten Gerhard Trenkler‹, wie er sagte – noch steckte. Miller trug ihm auf, Waldfels in keiner Weise zu bevorzugen. Das würde ihm nämlich vielleicht leid tun, weil der Verdacht bestünde, daß am Ende von allem eine direkte Zusammenlegung der zwei Güter erfolgen könnte.

»So?« sagte Trenkler nur, Miller anblickend.

»Das beste wär' das doch, Gerhard – oder?«

»Wenn Eibenhain, um mich mal so auszudrücken, der dominierende Teil bliebe, dann ja, Mister Miller.«

»Zweifeln Sie daran?«

»Eigentlich nicht«, grinste Trenkler. »Aber was wird dann wieder aus mir? Die Baroneß braucht keinen Verwalter.«

»Doch!« sagte Miller mit Nachdruck. »Ich werde ihr klarmachen, daß es auf die Dauer ihrer Schönheit schaden würde, sich zu übernehmen. Deshalb werden Sie zumindest auf Waldfels Verwalter bleiben, Gerhard! Oder fürchten Sie, daß ich das nicht werde durchdrücken können?«

»Nein«, erwiderte Trenkler aus innerster Überzeugung, »das fürchte ich bei Ihnen nicht, Mister Miller.«

»Im übrigen sind das vorläufig ja alles noch ungelegte Eier. Erst muß sich ja bewahrheiten, daß ich mit meinem Verdacht nicht schief liege.«

»Wenn Sie einen Verdacht haben, Mister Miller, trifft der auch zu!«

John lachte.

»Dann habe ich jetzt den Verdacht, daß Sie Lust haben, mit mir einen Schluck zur Brust zu nehmen...«

Weitaus weniger glatt und angenehm verlief das Gespräch Millers mit seinem Neffen. Sie saßen in Huldrichs kleinem Büro, das eigentlich gar keine Existenzberechtigung hatte, da es vom Baron kaum jemals benützt wurde.

»Huldrich«, begann Onkel Johann, »ich will nicht lang drum herumreden, dein Ende hier ist da!«

»Wie bitte?«

»Du hast uns gefragt, was wir in der Stadt gemacht haben. Ich will es dir jetzt ohne Umschweife sagen: Ich habe mir Waldfels unter den Nagel gerissen! Das klingt brutal, aber es trifft die Sachlage genau.«

Huldrichs Augen wurden weit.

»Was hast du?«

Johann zeigte auf das Telefon.

»Ruf den Direktor Bitz bei der Niederdeutschen Bank an und laß es dir erzählen.«

Huldrich wechselte die Farbe.

»Du hast mit Bitz gesprochen?«

»Nicht nur gesprochen.«

»Was noch?« krächzte der Baron.

»Ich sage doch, ich habe dir Waldfels aus der Hand genommen. Über das Wie wirst du nicht herumrätseln müssen. Deine Schulden sind dir bekannt. Sie liegen jetzt bei mir. Und ich habe nicht die Absicht, dir die Konsequenzen daraus zu ersparen.«

Huldrich v. Chowelitz war wie vor den Kopf geschlagen. In seiner Verwirrung fiel ihm nicht einmal die Verletzung des Bankgeheimnisses ein, die stattgefunden haben mußte.

»Ich... ich denke, dein Geld ist blockiert?« stotterte er.

»Nein«, sagte Onkel Johann nur.

Leiser Optimismus regte sich in Huldrich.

»Aber das war ja meine Hoffnung, daß für Waldfels die Rettung von dir kommt, Onkel Johann.«

»Für Waldfels ja – aber nicht für dich!« Und schon reihte sich daran der nächste Nackenschlag für Huldrich. »Entweder du räumst deinen Platz hier, oder ich erzwinge die Versteigerung des Gutes!«

Der Baron schwieg verbittert. So läuft das also, dachte er. Dieses Schwein! Dieser dreckige amerikanische Moneymaker! Dieser schmierige Profitjäger! Dieser Spekulant übelster Sorte! Und ich habe mich von ihm täuschen lassen, mir war er sogar symphathisch! Dieser Wolf im Schafspelz! Dieser Aasgeier!

»Bist du nun fertig mit deiner inneren Entladung über mich?« fragte Miller.

Huldrich riß sich zusammen. Er richtete sich in seinem Sessel auf. Ich bin ein Baron Chowelitz, dachte er. Er wird nicht erleben, daß ich hier herumkrieche. In seinen Augen bin ich ein Taugenichts, aber wenn er deshalb glaubt, daß ich auch ein Wurm bin, soll er sehen, daß er sich irrt.

Huldrich stand auf, um sich zur Tür zu wenden.

»Wohin willst du?« fragte Johann.

»Ich räume das Feld, Mister Miller.«

»Nein, wir sind noch nicht fertig miteinander!«

»Aber ich bin fertig mit Ihnen, Mister Miller.« Huldrich nahm die Zigarettenpackung vom Tisch und steckte sie ein.

»Setz dich!« befahl Onkel Johann.

Der Baron blieb stehen, sah ihn kalt an.

»Befehlen Sie hier, wem Sie wollen – aber nicht mir! Lassen Sie alle nach Ihrer Pfeife tanzen – nur nicht mich! Ich habe Ihnen genau zugehört: Sie betrachten sich als der Herr hier, mit Recht tun Sie das. Aber ich betrachte mich nicht mehr als zu Waldfels gehörend, deshalb sind Ihre Befehle, sofern sie an meine Adresse gerichtet sind, in den Wind gesprochen, Mister Miller. Leben Sie wohl.«

»Setz dich!«

Huldrich ging zur Tür.

»Setz dich, bitte«, sagte Onkel Johann noch einmal. »Du hörst, ich befehle es dir nicht, sondern ich bitte dich.«

Die Miene, mit der Huldrich dem Ansinnen Johanns sichtlich widerstrebend Folge leistete, blieb verschlossen.

John Miller hatte gemerkt, daß die ganz harte Tour von ihm hier zum Scheitern verurteilt war.

»Ich will doch nur dein Bestes«, sagte er.

»Wenn das heißen soll, daß Sie mich nach Amerika verfrachten wollen, wie mir die Baroneß Eibenhain angekündigt hat, verzichte ich darauf, Mister Miller.«

Vom nächtlichen Besuch der Baroneß weiß er also noch, dachte Onkel Johann. Da war er noch nicht so voll wie beim Erscheinen Trenklers.

»Laß bitte dein blödsinniges ›Mister Miller‹, Huldrich«, sagte Johann.

Der Baron schwieg verbissen.

»Ich will dir dein Gut nicht wegnehmen«, fuhr Johann fort. »Wenn du das glauben solltest, irrst du dich. Ich will es nur für eine gewisse Zeit deiner Verfügungsgewalt entziehen, und daß du dazu jeden nur erdenklichen Grund geliefert hast, mußt du zugeben. Ich bin eisern entschlossen, das zu tun, was ich sage. Trenkler meint, daß er zwei Jahre –«

»Steckt der auch unter einer Decke mit dir?« unterbrach Huldrich.

»Er wird dir dein Gut erhalten, während du in Amerika lebst und arbeitest, so wie ich mir das vorstelle.«

Mit kaltem Nachdruck antwortete der Baron: »Es *ist* nicht mehr mein Gut! Erhalten muß es mir *niemand* mehr! Und leben und arbeiten werde ich *auch nicht* mehr in Amerika!«

»Wo dann?«

»Nirgends.«

»Du willst dich also aufhängen?« sagte Johann, seinen Zorn nur mühsam bändigend.

Lächerlicher Hochmut klang in Huldrichs Antwort: »Ein Baron v. Chowelitz hängt sich nicht auf! Penner hängen sich auf!«

»Entschuldige – Barone erschießen sich.«

»Ganz recht«, nickte Huldrich arrogant. »Aber kümmere du dich nicht darum! Das ist meine Sache, nicht die deine!«

Onkel Johann griff zum letzten Mittel. Sollte auch dies noch versagen, konnte er einpacken.

»Auch nicht die der Baroneß?« erwiderte er.

»Evy?« stieß Huldrich hervor. Er schien aus dem Konzept gebracht. Verwirrt blickte er Johann an.

»Ja«, sagte der.

»Laß die bitte aus dem Spiel.«

»Wieso? Du hattest sie doch darum gebeten, daß sie mit dir gehen soll?«

»Ja«, gab Huldrich erstaunt zu, »aber sie hat doch abgelehnt.«

Ein erstes kleines Lächeln huschte in dieser enervierenden Auseinandersetzung über Onkel Johanns Gesicht, ehe er erwiderte: »Was würdest du sagen, wenn sie sich das in der Zwischenzeit anders überlegt hätte?«

»Das glaube ich nicht!«

Johann hob den Telefonhörer ab und steckte den Finger in die Wählscheibe.

»Sag mir bitte ihre Nummer...«

»Warum?«

»Wir rufen sie an und du kannst sie fragen.«

»Nein!« rief Huldrich.

»Warum nicht?«

»Über so etwas kann man doch nicht am Telefon sprechen!«

Johanns Finger steckte immer noch in der Wählscheibe.

»Dann sage ich ihr, daß sie herkommen soll. Also los, die Nummer...«

Zwanzig Minuten später rollte Evys Wagen in den Hof und hielt vor der Freitreppe, auf der schon Huldrich und sein Onkel standen, um die Baroneß in ihre Mitte zu nehmen und in das kleine Büro zu geleiten, aus dem sie gekommen waren. Dort konnten sie nach wie vor am sichersten sein, daß sie nicht gestört wurden. Niemand im Haus, der den Baron gesucht hätte, wäre nämlich auf die Idee gekommen, nach ihm an einer Stelle zu forschen, die zur Arbeit eingerichtet war.

»Evy«, fing Johann an, »mein Neffe hält mich für einen Lügner...«

Die Baroneß blickte zwischen Huldrich und dessen Onkel hin und her. Sie wirkte etwas nervös. Sie empfand die Situation als nicht ganz angenehm für sie, da ihr klar war, um was es ging. Es würde der Eindruck entstehen können, fürchtete sie, daß sie Angst hätte um Huldrich v. Chowelitz, daß sie ihm nachliefe. Nur das nicht! sagte sie sich. Am wenigsten darf *er* sich das einbilden!

»Ich habe ihm mitgeteilt«, fuhr Onkel Johann fort, »daß ihm sein Wunsch, von Ihnen nach Amerika begleitet zu werden, erfüllt wird. Er glaubt mir das nicht.«

Huldrichs Augen hingen an Evys Lippen. Evy hatte sich in einer schlaflosen Nacht auf dieses Gespräch vorbereitet.

»Ich wollte schon lange gerne mal Chicago sehen«, sagte sie.

»Chicago?« stieß Huldrich hervor.

»Das ist einer meiner Gründe.«

»Und die anderen?«

»New York... Washington... San Francisco...«

»Ich denke«, griff Onkel Johann ein, ehe hier gleich am Anfang wieder alles kaputtgehen konnte, »Sie wollten sich nur auf Chicago beschränken, Evy?«

Zorn blitzte auf in ihren Augen, mit denen sie ihn anblickte.

Doch unbeeindruckt davon setzte Johann hinzu: »Das sagten Sie mir doch?«

»Wieso überhaupt Chicago?« ließ sich Huldrich vernehmen, ehe Evy eine Antwort fand. »Soll das mein Domizil werden?«

»Du weißt doch, daß ich aus dieser Stadt komme«, sagte Onkel Johann.

»Und was hättest du da mit mir vor?« Huldrichs Ton wurde wieder abfällig. »Hast du mit den Schlachthöfen zu tun?«

»Nein«, antwortete Onkel Johann beherrscht. »Weder mit den Schlachthöfen noch mit den Gangstern.«

Warte nur, dachte er dabei grimmig, wart nur, bis ich dich drüben am Wickel habe, dann werde ich dir die Flötentöne beibringen!

»Mit was dann?« fragte der Baron.

»Mit Uhren«, erwiderte Johann und wurde, als ihn sowohl Huldrich als auch Evy fragend anblickten, deutlicher, indem er hinzusetzte: »Vielleicht hat dir deine Mutter mal erzählt, daß ich das Uhrmacherhandwerk erlernte –«

»Nein«, sagte Huldrich.

»In Amerika war das für mich nach harten Anfangsjahren der Grundstock zu einem wachsenden Handel mit Uhren, der mehr einbrachte als die Reparatur derselben. Das kannst du dir ja denken. In meinen Geschäften werden Uhren nur noch verkauft –«

Das war ein Thema für Evy. Sie unterbrach: »In wie vielen Geschäften?«

Miller zuckte die Achseln.

»Genau kann ich das nicht sagen. Es kommen jeden Monat ein paar neue hinzu; ein paar alte, die sich nicht rentieren, fallen weg.«

»Wie viele haben Sie ungefähr?« bohrte Evy.

»Hunderte.«

»Huldrich!« rief Evy. »Hast du das gehört?«

»Ich frage mich trotzdem«, antwortete der Baron ironisch, »welcher Zusammenhang sich daraus für mich ergibt. Erwartet man von meiner Mitwirkung eine Steigerung auf Tausende?«

»So mußt du daherreden!« fing Evy empört an, ihm den Kopf zu waschen. »Bist du eigentlich von allen guten Geistern verlassen? Offenbar ja! Dein großartiger Onkel, dem du mit deiner lächerlichen Arroganz nicht das Wasser reichen kannst und niemals wirst reichen können, ist bereit, dich vor dem Abgrund, der zu deinen Füßen gähnt, zu retten – und was machst du? Du spuckst ihm auf die Hand, die dich aus dem Dreck ziehen will! Was glaubst du denn eigentlich? Ich bin hergekommen, um dir zu sagen, daß er auch mich dazu breitgeschlagen hat, dir zu helfen, aber dein Vertrauen ist so skandalös, so blöd, muß ich sagen, daß ich hiermit meine Bereitschaft dazu widerrufe, hörst du! Und dein Onkel wird, schätze ich, das gleiche tun!«

Zerschmettert saß Huldrich da. Mehrmals hatte er die Farbe gewechselt. Eine solche Standpauke war ihm – einem Baron v. Chowelitz – noch nie gehalten worden, und es wäre ihm auch nie möglich erschienen, daß jemals ein Mensch wagen würde, ihm eine solche Standpauke zu halten. Aber Evy v. Eibenhain war kein gewöhnlicher Mensch für Huldrich v. Chowelitz. Das hatte nichts mit ihrem Blut zu tun, das ebenfalls blau war wie das seine, sondern mit den Gefühlen, die in ihm für sie lebten.

»Aber Evy«, sagte er kleinlaut, »ich verstehe doch überhaupt nichts von Uhren...«

Das hörte sich schon anders an.

»Dann lernst du's!« sagte Evy energisch.

»Aber wozu? Ich bin Landwirt.«

Evy schonte ihn nicht.

»Was du für ein Landwirst bist, haben wir gesehen!«

»Trotzdem will mir Onkel Johann das Gut eines Tages zurückgeben – wenn ich ihn nicht falsch verstanden habe?«

»Nein, das hast du nicht«, mischte Miller sich ein. »Aber Evy hat recht, wenn sie dir den Umweg zeigt, den du machen mußt. Ob über Uhren oder in einer anderen Branche, ist mir egal. Ich habe viele Möglichkeiten.«

»Entscheidend ist«, fiel Evy schon wieder ein, »daß dein Onkel aus dir einen Mann machen will, der es wert ist, daß ihn die Sonne bescheint. So hat er gesagt!«

Huldrich v. Chowelitz schluckte. Das waren harte Brokken, die er da hinunterzuwürgen hatte. Aber sein Widerstandsgeist, sein Wille, aufzubegehren, war gebrochen. Nicht John Miller hatte das fertiggebracht, sondern die äußerlich so zarte Evy v. Eibenhain, die der Baron liebte.

»Evy«, sagte er nach einem tiefen Atemzug des Entschlusses, »wiederrufst du deinen Widerruf?«

»Was?«

»Ob du widerrufst, daß du nicht mehr mitkommen willst nach Chicago?«

Die Baroneß warf rasch einen Blick auf Miller, sah dann wieder Huldrich an.

»Das kommt darauf an«, sagte sie, »ob dir dein Onkel nicht aufgrund deines Benehmens hier die Tür für immer zugeschlagen hat.«

»Nein«, war Johanns sonore Stimme zu vernehmen.

Schon wenige Tage später saßen Huldrich und Evy in einer der riesigen Düsenmaschinen, die von Frankfurt direkt nach New York flogen. John Miller hatte die beiden praktisch nicht mehr zur Besinnung kommen lassen. Alles war, von ihm angetrieben, in echt amerikanischem Tempo abgelaufen, so daß Evy erst, als sie schon hoch über dem Atlantik schwebte, zu der Erkenntnis kam, daß sie vergessen hatte, mit dem Verwalter Trenkler einen schriftlichen Vertrag über seine Tätigkeit auf Gut Eibenhain abzuschließen. Der Wirbel war zu groß gewesen. Sie seufzte leise, den Kopf an Huldrichs Schulter gelehnt, der ein Nickerchen machte. John Miller, dachte sie, wird schon alles regeln, dann schlief auch sie ein.

John weilte noch auf Waldfels. Er hatte die beiden vorausgeschickt nach Chicago und ihnen telefonisch für die ersten Tage das Feld vorbereitet. Sie sollten sich die Stadt und ihre Umgebung ansehen, bis er nachkommen würde. Er selbst mußte noch den letzten Teil seines Programms, das ihn nach Europa geführt hatte, erledigen: den Besuch bei seinem Bruder Josef in Köln.

Im Haus des Metzgermeisters Josef Müller zu Köln schlugen die Wogen hoch, als der langerwartete Bruder Johann eingetroffen war. Josef fuhr auf, was das Geschäft bieten konnte, vergaß aber nicht, seinen Gast auch unter Alkohol zu setzen und ihn nicht nur mit Fleisch und Wurst vollzustopfen. Selbst saß er natürlich auch nicht dabei, um den Asketen zu spielen, sondern um wacker mitzuhalten. Die ersten Stunden des Wiedersehens nahmen daher – abgesehen davon, daß sie wie im Flug vergingen – einen äußerst angenehmen Verlauf in bester rheinischer Harmonie. Die beiderseitige Freude war groß, und Johnny Miller kam gar nicht dazu, seinen Bruder nach dem Gang der Geschäfte zu fragen. Es war aber zu sehen, daß die Metzgerei Josef Müller zu tun hatte und den Kundenstrom aus dem

Viertel kaum bewältigen konnte. Heute lastete noch dazu alles auf den Schultern von Lenchen Müller, Josefs Frau, die mit ihren Gehilfinnen allein zurechtkommen mußte. Der Gatte war unabkömmlich. Lenchen hatte ihm eingetrichtert, mit seinem amerikanischen Bruder aus Verständigungsgründen unter allen Umständen schriftdeutsch zu sprechen und nicht sein ständiges grauenvolles ›Kölsch‹ von sich zu geben.

»Wieso dat dann?« hatte Josef, genannt Jupp, sie gefragt.

»Das ist doch klar«, hatte sie geantwortet. »Zweiunddreißig Jahre lang hat der nur noch amerikanisch gesprochen und, wenn's hoch kam, mal eine deutsche Zeitung, die er erwischt hat, gelesen. Das Resultat kannst du dir denken. Ich bin nun eine Ewigkeit mit dir verheiratet, Jupp, und kommt es nicht trotzdem immer noch oft genug vor, daß du etwas sagst und ich dich dreimal danach fragen muß, bis ich verstehe, was du meinst. Erst gestern wieder –«

Kundschaft war in den Laden gekommen, Lenchen hatte abbrechen müssen.

Jedenfalls nahm sich aber Jupp ihre Epistel so zu Herzen, daß er bemüht war, im Gespräch mit John seinen Dialekt zu unterdrücken, den er sich in den Jahrzehnten seiner Ansässigkeit in Köln angeeignet hatte.

Zwischen einer Flasche Moselwein und einer von der Nahe teilte er John beziehungsweise Johann mit, daß man hier in Köln auf der Suche nach ihm gewesen sei.

»Nach mir?« fragte Johann.

»Ja.«

»Wer denn?«

»Dein Vetter Paul aus Rheinstadt mit seiner Frau Erna und deine Kusine Emma aus Bochum«, lachte Jupp. »Sie haben mir alles erzählt und wollen unbedingt noch einmal ihren Wohltäter sehen. Ich soll sie verständigen, wenn du hier bist, dann kommen sie her. Ich habe ihnen das zugesagt. Du hast doch nichts dagegen?«

»Was wollen sie denn?«

»Ich sage dir ja – ihren Wohltäter noch einmal sehen, ihm danken, aber auch mit ihm über vieles reden, was ihnen über den Kopf wächst, ihre Neubauten, Geschäftserweiterung usw. Sie wollen deinen Rat einholen. Ich verstehe das.«

Johann schüttelte mit dem Kopf.

»Nein.«

»Warum nicht?«

»Die müssen sich selber durchbeißen. Wär' ja gelacht, wenn sie das nicht schaffen würden. Je eher, desto besser. Es wäre grundfalsch, sie daran zu gewöhnen, daß sie bei jeder Schwierigkeit Ausschau nach einem halten, der sie am Händchen nimmt und sie führt. Nein, nein, das mache ich nicht!«

»Der Paul schafft das auch, daran zweifle ich nicht«, meinte Jupp. »Aber die gute Emma...« Er verstummte.

»Die?!« Johann schnalzte mit den Fingern. »Die am ehesten! Ich habe sie mir genau angesehen! Ihr werdet euch alle wundern über die! Ganz Bochum wird sich über die wundern!«

»Das glaubt die aber heute selbst noch nicht von sich.«

»Frag sie mal nach einem halben Jahr.«

»Gönnen würde ich es ihr weiß Gott!« meinte Jupp, der ein ehrlicher, gerader Kerl war. Ihm nahm man so etwas ab, wenn er es sagte.

Lenchen kam rasch ins Zimmer und fragte, ob die Herren mit allem zufrieden seien. Mit der Temperatur des Weines kenne sie sich nicht so aus; um die müßten die Herren sich selber kümmern. Dann war sie auch schon wieder verschwunden. Das Geschäft im Laden blühte.

»Du könntest dich vergrößern«, sagte Johann zu Josef.

Lachend schüttelte Josef den Kopf.

»Wozu? Mir reicht das, was ich habe.«

Johann glaubte nicht recht gehört zu haben. Er stand vor einem ganz neuen Erlebnis, einem Erlebnis, das für ihn wahrhaftig einmalig war.

»Fehlt dir das Geld?« fragte er.

»Nein«, erwiderte Josef. »Ich habe ganz schön was auf der hohen Kante, und es kommt laufend noch was hinzu. Der Laden bringt das.« Er trank einen Schluck. »Vergrößern könnte ich mich ohne weiteres.«

»Und warum tust du's nicht?«

»Ich sage dir doch: wozu? Kinder haben wir keine...«

»Das ist unnatürlich, was du mir da erzählst«, meinte Johann überzeugt. »Ich glaube dir das auch nicht. Du mußt andere Gründe haben! Expansion ist in der Wirtschaft eine Notwendigkeit, ein Gesetz!«

»Nicht für mich, Johann.«

»Ach was!« widersprach Miller. »Was würdest du zum Beispiel tun, wenn du im Lotto eine halbe Million gewinnen würdest? Sie doch ins Geschäft stecken – oder nicht?«

»Ich spiele nicht im Lotto.«

»Gut, dann von irgendeiner anderen Seite?«

»Etwa von dir?« fragte Jupp grinsend.

Jetzt habe ich ihn, jetzt wird er normal, dachte Johann und sagte: »Ja.«

»Ich würde die Million nehmen, Johann.«

Siehste, dachte Miller.

»Na also«, sagte er.

»Aber ich würde sie nicht ins Geschäft stecken.«

»Wohin dann?«

»Sie käme auf mein Konto.«

»Für deine Erben?«

»Ja.«

»Ich denke, ihr habt keine Kinder?«

»Es gibt auch andere Erben.«

»Zum Beispiel?«

»Der Alpenverein, Altenheime...«

John Miller starrte seinen Bruder an. Aus der Art geschlagen, dachte er, noch schlimmer: pervers! Rackert sich mit seiner Frau in einem Laden ab, in dem er sich für meine Begriffe kaum umdrehen kann, hebt jedoch sein Geld auf für den Alpenverein. Das ist nichts anderes als pervers!

Es kam aber noch schlimmer für den konsternierten John Miller aus Chicago.

»Weißt du«, sagte sein Bruder Jupp aus Köln zu ihm, »ich finde das prima, was du mit unseren Verwandten in Rheinstadt und in Bochum gemacht hast, aber mir würdest du damit gar keinen besonderen Gefallen erweisen, das sage ich dir ganz ehrlich. Ich sehe zwar die Großen in der Wirtschaft, ich weiß auch, daß es sie geben muß, doch für mich wäre das nichts. Ich würde mir niemals Fabriken ans Bein hängen, oder Handelshäuser, und mich von ihnen auffressen lassen. Nee, nee! Mir ist schon mein Betrieb mit zwei Gesellen manchmal zu groß und mit zuviel Ärger verbunden.« Jupp hob den Zeigefinger. »Und noch etwas, Johann...«

»Noch etwas?« fragte Miller ironisch, und was er dann zu hören bekam, war der Gipfel von allem.

»In unserer Straße hier«, fuhr Jupp fort, »sitzt ein zweiter Metzger mit einem Gesellen. Die Straße ist lang, deshalb verträgt sie das. Der Voncampe Karl – so heißt er – ist ein netter Kerl. Wir verstehen uns gut und haben uns aufeinander abgestimmt. Er muß darüber froh sein, weil ihn seit Jahren das Pech verfolgt mit seiner Frau, die es in den Beinen hat und deshalb als Hilfe im Laden für ihn ausfällt. Wenn ich also geschäftlich zulegen würde, wäre die Folge für ihn, daß er zwangsläufig zurückfallen müßte. Wahrscheinlich müßte er sogar ganz aufhören. Und das möchte ich auf gar keinen Fall. Was sollte er dann mit seiner kranken Frau anfangen? Außerdem weiß ich, daß er umgekehrt mir auch keine Schwierigkeiten machen würde.«

John Miller starrte seinen Bruder an. ›Pervers‹ ist noch gar kein Ausdruck für den, dachte er.

»Was guckst du so?« fragte Jupp ihn.

»Ich frage mich«, erwiderte John, »was geschehen würde, wenn ein dritter Metzger in eure Straße käme und nicht so dächte wie du.«

Jupp Müller zuckte mit den Achseln.

»Das wäre schlecht für den Voncampe Karl«, meinte er.

»Für den Müller Jupp auch«, sagte John.

Jupp wollte sich aber die Stimmung nicht verderben lassen, heute schon gar nicht. Eine Probe des vielzitierten rheinischen Leichtsinns ablegend, hob er sein Glas: »Laß uns trinken, mein Junge! Was sagst du zu diesem Tröpfchen? So was wächst an euren Niagarafällen nicht. Zu denen habt ihr's doch nicht weit von Chicago? Ich konnte das mal in einem Film sehen.«

Von Zeit zu Zeit steckte Lenchen ihren Kopf in die Tür und stellte fest, daß die Herren mit der Temperatur des Weines einverstanden zu sein schienen. Am Abend, nach Geschäftsschluß, setzte sie sich dazu, mußte aber erleben, daß mit den beiden nicht mehr viel anzufangen war. So tat sie das Beste, indem sie sie zu Bett brachte.

»Liebe Schwägerin«, sagte John Miller mit schwerer Zunge, als sie ihn hinauf in sein Zimmer bugsierte, »dein Mann ist ein Verrückter, weißt du ... weißt du das eigentlich?«

»Schon lange!« lachte sie.

»Wie kommt er als Kölner zum ... Alpenverein?«

»Du könntest mich auch fragen: Wie kommt er als Metzger zum Tierschutzverein?«

»Ist er bei dem auch?«

»Ja.«

»Das hat er mir gar nicht gesagt.« John war auf halber Treppe stehengeblieben. »Er sieht da keine Widersprüche?«

»Nein.«

»Und du?«

»Ich?« erwiderte sie, ihn sanft wieder anschiebend. »Ich sehe in Vereinszugehörigkeiten meines Mannes belebende Elemente für unser Geschäft.«

Erstaunt betrachtete er sie.

»Du, drü... drückst dich sehr gebildet aus, liebe Tante.«

»Schwägerin«, korrigierte sie ihn lachend.

»Schwägerin«, nickte er. »Entschuldige.«

»Das habe ich aus unserem Fachblättchen«, machte sie sich über sich selbst lustig.

Er blieb noch einmal stehen, als der Kopf der Treppe erreicht war, und sagte: »Du besitzt ein heiteres Wesen. Woher... kommst du?«

»Vom Oberrhein.«

»Bedeutet dir Geld auch nichts?

»Doch, sehr viel!«

»Das freut mich zu hören. Du bist also normal.«

»Ich hoffe«, lachte sie. Es gelang ihr, ihn wieder in Bewegung zu setzen.

»Hast du ein eigenes... Konto?« fragte er.

»Nein.«

»Dann mußt du dir eines zulegen, um für dich eine gewisse Sicherheit zu bieten... zu erlangen, besser gesagt, vor den Gefahren durch deinen Mann, wenn ihm seine Vereine den Verstand... Verstand rauben.«

Lenchen war bemüht, den Lichtschalter an der Wand zu finden.

»Hast du mich verstanden?« fragte John.

»Ja.«

Sein letztes Wort vor der Tür zu seinem Zimmer lautete

noch einmal: »Du brauchst ein eigenes Konto, vergiß das nicht.«

Und das Geld dazu bräuchte ich auch, dachte sie, die Treppe hinuntersteigend.

An einem dieser Abende in Köln geschah es, daß Johnny Miller mit seinem Wagen in die Stadt fuhr und in der Nähe des Doms parkte. Dann schlenderte er über die Hohe Straße, sah hier und dort in eine der Quergassen, wo sich die Bars aneinander reihten und auf Gäste warteten, und stand nach einer Wanderung durch die Rheinviertel vor dem Eingang eines Lokals, dessen grelle Neonleuchtreklame nahezu schmerzhaft ins Auge stach.

›Zum Urwaldäffchen‹ schrien die Buchstaben.

Johnny Miller schwankte. ›Urwaldäffchen‹. Auch so etwas mußte man kennenlernen, ehe man Old Germany wieder verließ. In San Francisco und Chicago, Los Angeles und New Orleans, vor allem in New York gab es solche Dinger zwar auch, in Massen sogar und größer und luxuriöser, aber auch gefährlicher durch ihre Besitzer und deren Kontakte mit der Unterwelt.

Mal sehen, dachte Johnny und betrat durch eine Glaspendeltür das ›Urwaldäffchen‹. In einem Spiegelfoyer legte er den Staubmantel ab und ging dann die drei Stufen hinunter in den fast kreisrunden Barraum.

Auf dem Parkett tanzten einige Paare. Ein Ober stürzte auf Miller zu und führte ihn zu einem der Tische, die in der Nähe der Theke standen.

»Whisky pur!« bestellte Miller und musterte dann die einzelnen Tische.

Hinter der Theke standen ein Mixer und in einem sehr gut sitzenden Frack der Besitzer der Bar, Luigi Coco.

Luigi Coco hob die Hand und gab Kikki ein Zeichen, die gerade einen Glatzkopf zu einer Flasche Sekt animieren wollte, von diesem jedoch hören mußte, daß er Bier vorziehe. Schlagartig erlahmte ihr Interesse an ihm. Kikki war Luigis eifrigste Kraft im Schuppen. Als sie sah, daß der Chef ihr winkte, ließ sie von dem Glatzkopf ab.

»Da«, raunte Luigi und warf einen deutlichen Blick auf Johnny Miller. »Nimm dir den vor, der sieht nach Geld aus. Soeben gekommen. Erlebnishungriger Onkel aus der Provinz. Kenne solche Typen. Haben Sehnsucht nach jungem Fleisch. Zahlen gerne. Also los, kümmere dich um ihn!«

»Okay, Chef.« Kikki sah kurz in den Spiegel. Ein Puppengesicht mit langen, schwarzen Locken und tiefen Lidschatten schaute ihr entgegen. Unter den dunklen Augen lagen deutliche Ringe. Die Figur in dem engen Kleid war gut. Wenn Kikki nicht diese Voraussetzung erfüllt hätte, wäre es ihr unmöglich gewesen, ihren Beruf auszuüben.

Johnny Miller war nicht allzu sehr überrascht, als plötzlich Kikki vor ihm stand und sich kurzerhand an seinen Tisch setzte.

»Nanu?« Miller lachte breit. »Bist du das süße Urwaldäffchen, Kleine?«

»Wenn du willst...«

»Wie heißt du denn?«

»Kikki. Und du?«

»Johnny.«

»Johnny? Bist du kein Deutscher«

»Nein, Amerikaner.«

»Du sprichst aber toll deutsch?«

»Ich bin froh«, grinste Johnny, »daß wir uns miteinander verständigen können.«

Luigis Tip ging daneben, dachte Kikki. Provinzonkel ist das keiner.

Sie winkte dem Ober.

»Eine Flasche Sekt!« bestellte sie einfach. »Es ist dir doch recht, Johnny? Ich habe Durst.«

Miller schürfte seinen Whisky und betrachtete Kikki

wie ein Viehhändler eine neue Kuh, die zum Verkauf steht. Kikki fand diesen Blick eigentümlich und wurde zu ihrer eigenen Verwunderung rot. Auch Luigi Coco fiel aus allen Wolken, als er Kikkis verlegenes Gesicht sah.

»Wie alt bist du denn, Kleine?« fragte Miller interessiert.

»Neunzehn«, sagte Kikki.

»Neunzehn. Du gefallener Engel!« Johnny prostete ihr mit dem Sekt zu, den der Ober gebracht hatte. »Wieviel Prozent bekommst du?«

»Prozent? Wovon?« Sie sah ihn mit irritierten Augen an, als wüßte sie nicht, was er meine.

»Komm!« Miller lachte laut. »Ich weiß Bescheid!«

Coco hinter der Theke schielte herüber. Es lief an diesem Tisch nicht alles so wie er gedacht hatte. Warum geriet Kikki auf einmal ins Hintertreffen. Das Heft hatte ganz deutlich dieser Gast in der Hand. Sein Lachen klang spöttisch, nicht pflichtschuldig, nachdem Kikki etwas gesagt hatte.

»Glaubst du«, fuhr Miller fort, »ich kenne mich in eurem Beruf nicht aus? Ich bin nicht von gestern. Bei uns bekommt jedes Barmädchen einen gewissen Anteil von den Einnahmen, die sie für den Chef erzielt, indem sie den Gast zu hohen Zechen animiert. Ich habe mit Mädchen gesprochen, die zwanzig Prozent kassierten. Das sind natürlich Asse.«

»Zwanzig Prozent?« Kikki bekam runde Augen. »Erzählst du keine Märchen?«

»Ich spreche von Amerika«, erwiderte Johnny. »Und davon, daß das, wie ich sagte, Asse sind, die soviel bekommen. Manche von denen haben sogar schon ihren Weg in Hollywood gemacht.«

»Zwanzig Prozent?« staunte Kikki immer noch.

»Wieviel Prozent erhältst du denn?«

»Ein Prozent.«

»Was?« lachte Johnny Miller. »Das gibt's doch nicht!«

»Die anderen kriegen auch nicht mehr.«

»Dann laßt ihr euch schön übers Ohr hauen. Wer ist denn euer Chef? In Amerika würde ihm das nicht gelingen.«

Kikki sprach aus dem Mundwinkel: »Hinter der Theke steht er. Sieh ihn dir an. Der im Frack. Er kommt selbst aus Amerika. Dort erhalten die Mädchen nur die Hälfte von dem, was er uns gibt, macht er uns weis.«

Johnny hielt es nicht für nötig, seinen Blick, den er zur Theke sandte, zu kaschieren; er schaute ganz offen hin.

»Das ist nie und nimmer ein Amerikaner!« sagte er dann zu Kikki.

»Doch! Geboren ist er zwar in Sizilien, aber seine Eltern sind ausgewandert nach Chicago.«

»Chicago!« lachte Johnny Miller. »Dorthin bin ich auch ausgewandert, allerdings nicht aus Sizilien. Wie heißt er denn?«

»Luigi Coco.«

»Wie?« Johnny hatte den Namen nicht verstanden, da Kikki immer noch aus dem Mundwinkel sprach.

»Luigi Coco«, wiederholte sie etwas lauter.

»Mich laust der Affe!« Bei Johnny Miller schien ein kleiner Blitz eingeschlagen zu haben. »Luigi Coco?«

»Ja.«

»Aus Chicago?«

»Ja.« Kikki sah ihn erstaunt an. »Sagt dir der Name etwas?«

»Wenn's der ist, den ich meine – ja!«

»Wen meinst du denn?«

»Einen Mann, der mir 22000 Dollar schuldig ist.«

»Waaaas?« konnte Kikki nur hervorbringen.

Der Fall war der, daß ein Angestellter Millers unter den Tausenden, die er beschäftigte, vor einigen Jahren Geld und Waren im Werte von 22000 Dollar unterschlagen hatte und verschwunden war. Die polizeiliche Fahndung war im Sand verlaufen. Den Schaden hatte die Firma verkraften müssen, was ihr nicht allzu schwer gefallen war. Der Mann hatte Luigi Coco geheißen.

Welcher Zufall! John Miller fuhr nach Jahren über ein Weltmeer, besuchte ein paar Verwandte in Deutschland, darunter einen in Köln, betrat zögernd eine Bar, in die er eigentlich gar nicht hineingehen wollte, sprach mit einem Mädchen, das ihn kaum interessierte, über ihren Ausbeuter – und der war Luigi Coco!

Moment – *war* er es, oder hieß er nur so? Das mußte erst noch geklärt werden. Ob der Name Coco in Sizilien häufig vorkam, wußte Miller nicht; der Vorname Luigi war sicher nicht selten.

Zu Gesicht hatte Miller ›seinen‹ Luigi Coco in Chicago nie bekommen, bewußt jedenfalls nicht. Das ist das übliche bei Herren über Tausende von Leuten, die für sie arbeiten.

Kikki bildete sich nun die Theorie, daß ihr Chef und Johnny in Amerika geschäftlich verbunden gewesen sein mußten.

»Bist du denn auch Gastronom, Johnny?« fragte sie.

»Nein, wie kommst du darauf?«

»Erstens, weil du in unserer Branche Bescheid zu wissen scheinst, und zweitens, weil ich mir dann vorstellen könnte, daß Luigi einer deiner Geschäftsführer gewesen ist und dich reingelegt hat.«

Dieser Tatbestand stand für Kikki schon mehr oder minder fest. Luigi Coco war für sie ein Schwein, fähig zu jeder Schandtat, seit sie wußte, wie er sie und ihre Kolleginnen ausnützte. Kikki wäre nur riesig enttäuscht gewesen, wenn sich nun noch herausgestellt hätte, daß ›ihr‹ Luigi Coco nicht der ›richtige‹ war und er zu Unrecht von ihr verdächtigt wurde.

Männer wie Coco haben ein feines Gefühl. Als Verbrecher muß man das haben, sonst ist man eine Niete. Gefühl ist alles, wenn es darauf ankommt, im richtigen Augenblick das Richtige zu tun. Und so spürte auch Coco an dem unruhigen Schlag seines Pulses, daß mit Kikki und dem Onkel aus der Provinz etwas nicht mehr stimmte. Dann aber verließ ihn sein Instinkt, und er tat das Dümmste, was er tun konnte – er ging zu dem Tisch und verbeugte sich korrekt.

»Zufrieden mit allem, mein Herr?« fragte er. Sein Deutsch war fast akzentfrei. Zur Karriere eines internationalen Ganoven gehört eben auch, daß er sprachbegabt ist.

»Können Sie mir sagen, wieviel Uhr es ist?« fragte Johnny Miller.

Luigi schob am Handgelenk den Ärmel zurück. Miller sah ihm genau zu.

»Halb neun.«

»Wieviel?« Miller beugte sich vor, um selbst einen Blick auf Luigis Armbanduhr zu werfen. Der Sizilianer hielt sie ihm bereitwillig hin. Dadurch entdeckte Miller das, was er sehen wollte: das feine schwarze M auf dem helleren Zifferblatt zwischen den großen Zeigern für die Stunden und Minuten und dem kleinen für die Sekunden. Kein Zweifel, diese Uhr kam aus den eigenen Miller-Produktionsstätten, die der ehemalige Uhrmachergeselle aus Deutschland neben seiner Ladenkette zwischen der Ost- und Westküste Amerikas auch aufgebaut hatte. Jedermann drüben kannte das Markenzeichen.

Luigi Coco hatte natürlich eines der teuersten Exemplare für sich zurückbehalten, als er dazu übergegangen war, in eigener Regie Ware auf den Markt zu bringen.

»Ihre Uhr gefällt mir«, sagte Johnny Miller. »Haben Sie sie hier erstanden?«

»Nein, in Amerika.«

»Wo in Amerika?«

Wieder versagte Luigis Instinkt.

»In Chicago«, erwiderte er unbedacht.

Kikki hörte gespannt zu.

»Der Herr kommt auch aus Chicago, Chef«, sagte sie jetzt lauernd. »Vielleicht haben Sie ihn schon mal gesehen?«

Luigi Coco lachte.

»Kind«, sagte er gönnerhaft, »welche Vorstellung hast du von dieser Stadt? Das ist nicht so etwas wie dein Idar Oberstein, woher du kommst, sondern eine riesenhafte Stadt mit Millionen Einwohnern.«

»Und trotzdem wäre es möglich, daß ihr euch schon begegnet seid«, sagte Kikki in einem Ton, der Luigi aufhorchen ließ. Eine erste, leise Alarmklingel ertönte in seinem Kopf. Nun wurde er vorsichtig. Die Klingel ertönte zum zweitenmal, als Kikki hinzusetzte: »Der Herr glaubt Sie jedenfalls zu kennen.«

»Geh mal an die Theke und hilf dem Mixer«, sagte Coco. »Wenn du hier wieder gebraucht wirst, rufe ich dich.«

»Aber –«

»Geh!«

Das war der Ton, den Luigi schon mal im Beisein Kikkis angeschlagen hatte, Sekunden bevor ein Kellner, ein italienischer Landsmann, von ihm so entsetzlich verprügelt worden war, daß er daran beinahe gestorben wäre. Rasch verfügte sich deshalb Kikki an die Theke, obwohl weder sie noch der Mixer wußten, was sie dort anfangen sollte.

»Setzen Sie sich«, sagte Johnny Miller zu dem Sizilianer und zeigte auf den von Kikki soeben geräumten Stuhl.

Zögernd leistete Coco der Aufforderung Folge, wobei er fragte: »Was wollen Sie?«

»Ich habe mit Ihnen zu reden.«

»Meine Zeit ist beschränkt, ich muß mich dem Betrieb hier widmen.«

»Gut gebrüllt, Löwe!«

»Wie bitte?«

»Sie kennen diese deutsche Redewendung nicht, Luigi Coco?«

»Wer sind Sie?«

»Mein Name ist Miller, John Miller.«

»John Miller?« Coco grinste schief. »Davon dürfte es mehrere geben.«

»Ihre Angestellte hatte recht, ich kenne Sie, allerdings nur indirekt. Und Sie kennen mich auch.«

»Ich Sie?«

»Ja«, nickte Miller. »Und zwar ebenfalls nur indirekt.«

»Dann sagen Sie, woher!« wurde Luigi Coco grob. »Meine Zeit ist wirklich kostbar!«

Daraufhin wurde auch Millers Ton rauher.

»Ich kann Ihnen sehr viel Zeit verschaffen, Freundchen.«

»Wie soll ich das verstehen?«

»Zeit hinter Gittern.«

Ein Mann wie Luigi Coco hatte soviel auf dem Kerbholz, daß die Antwort, die seinen Lippen entfleuchte, sich ganz von selbst ergab.

»Sind Sie von der Polizei?«

»Nein.«

Dem Sizilianer fiel ein Stein vom Herzen. Daß das aber zu früh war, erkannte er erst später in dem Katz- und Mausspiel, das Johnny Miller mit ihm trieb.

»Ach ja«, besann er sich, »Sie sind ja gar nicht von hier.«

»Was ich sehe, ist, daß die deutsche Polizei für Sie schon das gleiche Schreckgespenst zu sein scheint wie die amerikanische, Freundchen.«

»Soll das eine Beleidigung sein?«

»Noch mehr – eine Drohung!«

»Ich warne Sie!« Luigi glaubte auftrumpfen zu können.

»Einen Sizilianer beleidigt und bedroht man nicht ungestraft!«

»Was wollen Sie denn machen? Die Funkstreife rufen? Das glaube ich nicht«, meinte Miller ironisch.

»Ich brauche keine Funkstreife! Ich lasse Sie durch den Kellner hinauswerfen! Oder ich mache das mit eigener Hand, Opa!«

»Dann komme ich mit der Polizei zurück, Söhnchen!«

Jetzt ging's hart auf hart.

»Wenn du noch gehen kannst, Opa!«

»Reiß das Maul nicht so weit auf, Söhnchen!«

Der Sizilianer sprang auf. Seine Augen schossen Blitze. Es fehlte ihm nur noch ein Messer in der Hand, und um Miller wäre es geschehen gewesen. Die Situation war aber auch so gefährlich genug.

»Sag nicht noch einmal ›Söhnchen‹ zu mir, Opa, sonst mache ich dich fertig!« zischte er. »Du weißt nicht, wer ich bin!«

»Doch, du bist Luigi Coco aus Palermo!«

»Sehr richtig! – Und du?«

»John Miller aus Chicago!«

»Welcher Miller, du Würstchen?«

»Der Uhren-Miller, Söhnchen!«

Der Blitz schien den Sizilianer getroffen zu haben. Völlig bewegungslos stand er da und starrte den Mann an, der ihm diese Eröffnung gemacht hatte. Dann schienen ihm die Knie einzuknicken, und er sank wieder auf seinen Stuhl nieder.

Nach einer Weile, in der bleierne Stille geherrscht hatte, sagte John Miller: »Dein Gastspiel bei meiner Firma war kurz. Du gehörst zu denen, die mich nie gesehen haben, sonst hättest du mich hier erkannt. Zum Glück war das nicht der Fall, weil du dich dann raschestens verkrümelt hättest. Hältst du es für notwendig, daß ich mich dir gegenüber ausweise?«

»Wie... wie kommen Sie hierher, Mister Miller?« ächzte Luigi Coco, der nur noch ein Schatten von dem war, was er bis vor wenigen Augenblicken noch dargestellt hatte.

»Das Wie ist unwichtig, Luigi – Hauptsache, ich bin hier!« John schaute um sich. »Das ist also deine neue Basis, die du dir geschaffen hast. Jetzt verstehe ich, warum dich die Polizei in Amerika vergeblich gesucht hat. Du weißt, daß du bei mir ziemlich in der Kreide stehst, Luigi.«

Coco schwieg. Der kalte Schweiß stand ihm auf der Stirn. Es war aber nicht die Angst vor der Polizei, sondern eine andere Angst, die ihn fertigmachte.

»Du schuldest mir einen ziemlichen Betrag, Luigi«, fuhr John fort.

»Ja, Mister Miller.«

»Dreißigtausend Dollar.«

Coco zuckte zusammen.

»Zweiundzwanzigtausend, Mister Miller!«

»Und was ist mit den Zinsen?«

»Aber ein solcher Zinssatz wäre doch...« Coco brach ab.

»Was wäre ein solcher Zinssatz, Luigi?«

»Sehr hart.«

»Der richtige Ausdruck lautet sogar ›wucherisch‹.« John Miller lächelte kalt. »Aber wenn er dir nicht paßt, Luigi, mußt du mir das mitteilen, dann werde ich nach einem Weg suchen, dich umzustimmen.«

»Darf ich etwas sagen, Mister Miller?«

»Bitte.«

»In Deutschland sind solche Zinsen sogar strafbar.«

»Das kann ich mir denken, aber ich will mich ja auch nicht an die deutsche Justiz wenden, um dich umzustimmen.«

»Sondern?«

»Ich schicke dir einen harten Jungen aus Chicago rüber, Luigi. Einen, der mit der Justiz oder der Polizei rein gar nichts im Sinn hat. Davon verspreche ich mir mehr. Die Polizei scheint dir ja nicht gewachsen zu sein. Es können auch zwei oder drei sein, wenn sich herausstellt, daß einer nicht reicht. Du weißt, solche Jungs sind in Amerika zu mieten, man muß sie nur bezahlen können. Und daß ich das kann, weißt du auch.«

»Ja, Mister Miller«, sagte Luigi Coco mit bebenden Lippen. Der kalte Schweiß stand ihm nun in großen Tropfen auf der Stirn.

»Du bist also gewillt, auf meine Forderung einzugehen?«

»Ich muß!« knirschte Coco mit den Zähnen.

»Zahlbar innerhalb von drei Tagen?«

»Unmöglich!« stöhnte Coco. »In so kurzer Zeit! Das Geld habe ich nicht!«

»Dann beschaffe es dir!«

»Das bedeutet die Pleite für mich.«

»Es hat schon genug Leute gegeben«, sagte Miller erbarmungslos, »die sich durch einen raschen Konkurs erst richtig gesundgestoßen haben. Versuch das doch auch, Luigi.«

»Geben Sie mir wenigstens acht Tage Frist, Mister Miller.«

»Acht Tage ...« Miller überlegte kurz. »Gut – aber keine Stunde mehr!«

Der Sizilianer wollte sich vom Kellner Papier und Schreibzeug bringen lassen.

»Wozu?« fragte Miller.

»Für die Zwischenzeit wollen Sie doch von mir sicher einen Schuldschein haben?« erwiderte Coco.

Doch Miller schüttelte den Kopf und sagte: »Nicht nötig, Luigi. Ich bin mir absolut sicher, daß das Geld kommt. Andernfalls erhältst du Besuch aus Chicago. Du bezahlst in D-Mark. Den Tageskurs läßt du dir von der Bank sagen. Der Scheck geht nicht an mich, sondern –«

»Nicht an Sie?« unterbrach Coco erstaunt.

»Nein, sondern an meine Schwägerin Magdalena Müller in Köln-Nippes.«

Coco benötigte nun doch Papier und Schreibzeug, um sich die genaue Adresse zu notieren, die Miller ihm gab.

Diesen Abend vergaß der Sizilianer nie in seinem Leben. Er hatte seinen Meister gefunden. Luigi Coco war ein Ganove, einer mit amerikanischer Erfahrung, aber gerade weil er das war, wußte er, was der unermeßliche Reichtum Millers bedeutete. Ein solcher Nabob war in der Lage, sich die ganze Mafia zu kaufen, um ihn zu vernichten, wenn er das wollte. Ob Johnny Miller wirklich so weit gegangen wäre, war eine andere Frage. Glattweg verneinen konnte man sie nicht von vornherein.

Zwei Tage später läutete im kleinen Büro des Metzgermeisters Josef Müller beharrlich das Telefon. Niemand hob ab. Das Büro war leer, die Tür zum Flur stand offen. Die Glocke des Telefons schrillte durch das ganze Haus. Der Meister stand im Laden. Er mußte seine Frau vertreten, die das Haus zu einem unaufschiebbaren Behördengang verlassen hatte. Die Glocke verstummte. Es dauerte aber nicht lange, und sie fing wieder an mit ihrem Lärm. Johnny saß im Wohnzimmer auf der gegenüberliegenden Seite des Flurs und las die Zeitung.

»Johann!« rief Meister Josef mit Stentorstimme aus dem Laden.

»Ja?«

»Geh doch mal ans Telefon, sonst hört das nicht auf. Vielleicht hat Lenchen was vergesen. Oder es ist eine Bestellung.«

»Hier Metzgerei Müller«, meldete sich Johann.

»Bist du das, Onkel Josef?« antwortete eine Stimme, die ihm bekannt vorkam.

»Nein, aber wenn Sie etwas bestellen wollen, können Sie das auch mir durchgeben.«

»Wer sind Sie«

»Sein Bruder.«

»Onkel Johann!« rief die Stimme so laut, daß der Hörer vibrierte. »Ich hab' mir das doch gleich gedacht! Ich bin Vetter Paul. Seit wann bist du bei Onkel Josef? Er hat mir doch versprochen, uns zu verständigen, wenn du bei ihm eintriffst. Deswegen rufe ich nämlich an, weil sich nichts gerührt hat.«

Verdammich! dachte Onkel Johann und sagte: »Wie geht's euch allen, Paul?«

»Wir wollen dich noch einmal sehen. Hat dir Onkel Josef das nicht gesagt?«

»Doch.«

»Warum hat er dann sein Versprechen nicht gehalten? Seit wann bist du schon bei ihm?«

»Noch nicht lange.«

»Er hat gesagt, daß er uns sofort benachrichtigen wird. Warum läßt er uns warten?« Ein Verdacht schoß hoch in Paul. »Oder war das dein Wille?«

»Ja.«

Betroffen fragte Paul: »Weshalb um Himmels willen? Sind wir dir plötzlich unsympathisch?«

»Red kein so dummes Zeug, Paul!« polterte Onkel Johann. »Ihr seid mir lieb und teuer, aber ich wollte euren Danksagungen entgehen. Außerdem hat Josef mir gesagt, daß ihr mir auch noch mit euren Sorgen und Fragen in den Ohren liegen wollt. Damit müßt ihr selbst fertig werden!«

»Moment...«

Miller hörte kurze Zeit fernes Stimmengewir, konnte aber nichts unterscheiden.

»...Erna möchte dich sprechen«, sagte dann Vetter Paul. »Ich übergebe.«

»Guten Tag, Onkel Johann.«

»Guten Tag, Erna.«

»Ich habe mitgehört und weiß überhaupt nicht mehr, was ich sagen soll...«

»Du sagst aber schon etwas«, witzelte Johann.

Ernas Stimme bleib traurig.

»Du wolltest uns nicht mehr sehen? Was haben wir falsch gemacht?«

»Gar nichts, Erna! Meine Gründe habe ich Paul gesagt. Du hast mitgehört, sagst du – also weißt du es. Andere gibt es keine.«

»Trotzdem kommen wir noch heute nach Köln-Nippes, Onkel Johann!«

Johnny Miller war mit Luigi Coco fertig geworden, aber nun spürte er, daß er seine Meisterin gefunden hatte. Gegen eine hübsche, junge, sanfte Frau ist eben schwerer anzukommen als gegen den härtesten Gangster.

»Ich muß dir nämlich etwas zeigen«, fuhr Erna fort.

»Was denn?«

»Ich habe mir ein Kleid zu deiner Perlenkette gekauft, Onkel Johann! Ein Kleid, das mußt du sehen! Die Damen von ganz Rheinstadt stehen Kopf. Ich werde es anhaben, wenn wir kommen.«

Johnny lachte.

»Die Krönung ist und bleibt natürlich deine Kette, Onkel Johann!«

»Bleibt mir aber mit euren Danksagungen vom Hals!«

»Gut, dann akzeptieren wir das.«

»Und mit euren Sorgen und Fragen!«

»Einverstanden, Onkel Johann. Ich kann aber nur für Paul und mich sprechen...«

»Das genügt doch? Für wen denn nicht?«

»Für Emma aus Bochum.«

»Bringt ihr die auch mit?« erschrak Johnny.

»Das mußten wir hoch und heilig versprechen«, erwiderte Erna und konnte es sich nicht verkneifen, hinzuzusetzen: »Und wir halten unsere Versprechen!«

»Ist sie denn gerade bei euch?«

»Nein, wir holen sie.«

Nach diesem Telefonat ging Johann in den Laden, um seinen Bruder zu verständigen, daß nicht Lenchen am Apparat gewesen sei und er auch keine Bestellung entgegengenommen habe, sondern die Ankündigung, daß Besuch ins Haus stünde.

»Wer denn?« fragte Jupp. Er hatte gerade einen ruhigen Augenblick zwischen zwei Kundinnen, von denen die eine soeben gegangen war und die nächste das Geschäft noch nicht betreten hatte.

»Die Rheinstädter und Bochumer Verwandtschaft«, entgegnete Johann. »Tut mir leid, Jupp.«

»Ist ja prima, dann kommt wieder Leben in die Bude!« freute sich der unverwüstliche Jupp. »Haben sie dich also doch erwischt?«

»Ich hätte nicht an den Apparat gehen sollen.«

Jupp war schon dabei, Pläne zu schmieden.

»Ich behalte sie wieder über Nacht hier, dann sind wir alle mal schön zusammen. Abends lassen wir ein Fest steigen. Platz haben wir, notfalls kann die Emma zusammen mit dir in einem Bett schlafen«, lachte er.

Johann lachte aber nicht über diesen Scherz, sondern meinte: »Was wird deine Frau dazu sagen? *Die* hat doch wieder die ganze Arbeit am Hals! Und alles wegen mir!«

»Das macht die doch gerne«, beruhigte ihn Jupp mit der Nonchalance aller Ehemänner. »Außerdem helfe ich ihr. Ich kann ihr ja für die belegten Schnittchen die Wurst aus dem Laden in die Küche bringen, dann muß sie nicht hin und her rennen. Das entlastet sie.«

»Und ich?«

»Laß dir einen Tip von mir geben. Mach ihr ein kleines Geschenk.«

»Was denn?«

»Eine gute Tafel Schokolade. Für Süßigkeiten hat sie eine Schwäche.«

Nun mußte aber Johann doch auch lachen, denn er wußte, daß für Lenchen dreißigtausend Dollar als kleines Geschenk im Anmarsch waren. Davon hatte er im Haus seines Bruders noch kein Wort erwähnt und würde er auch kein Wort erwähnen, solange er noch die Gastfreundschaft unter diesem Dach in Anspruch nahm.

»Wann kommt denn die ganze Bande?« fragte Jupp.

Johann zuckte die Achseln.

»Das haben sie mir nicht erzählt. Auf alle Fälle müssen sie über Bochum fahren. Deshalb werden sie sich wohl möglichst rasch auf die Socken machen.«

Magdalena Müller kam eine Stunde später ziemlich erschöpft nach Hause.

»Diese Ämter!« seufzte sie und gedachte sich von einer Tasse Kaffee wieder auf die Beine helfen zu lassen. Ihr Schwager Johann war inzwischen in die Stadt gegangen, um sich mit einer Bonbonniere für sie auszurüsten.

»Weißt du, wer kommt? Paul, Erna und Emma!« teilte ihr Jupp freudestrahlend mit.

»Wann?« stieß Lenchen mit dem Entsetzen, das jede Hausfrau in solchen Momenten befällt, hervor.

»Sie sind schon unterwegs.«

Lenchen, die sich soeben auf einen Stuhl niedersinken lassen wollte, schnellte wieder hoch.

»Du lieber Himmel! Und wir haben nichts im Haus!«

Sogar in einer Metzgerei verhält sich das auch nicht anders – man glaubt, man habe nichts im Haus, wenn überraschender Besuch im Anrollen ist.

Als Johann aus der Stadt zurückkam, eine Plastiktüte in der Hand, duftete das ganze Haus schon nach frisch gebackenem Kuchen und gebrannten Mandeln und solchem Zeug. Johann fragte Lenchen, die mit hochroten Backen zwischen Küche und Vorratskammer hin und her rannte, ob er sich auch nützlich machen könne. »Um Gottes willen, nur das nicht!« beschied ihn die Schwägerin. »Ich kenne das von meinem Ollen. Das geht nur schief. Setz dich irgendwohin und lies die Zeitung. Bald wirst du sie ja wieder vermissen.«

Johann legte ihr die Plastiktüte mit den Worten auf den Tisch: »Für dich.«

Lenchen freute sich über die Bonbonniere, aber sie sagte: »Wozu das?«

»Für die Umstände, die ich dir mache.«

»Ach was!« Sie klappte die Backofentür auf. Ein Hitzeschwall kam ihr entgegen. »Das tu' ich doch gerne.«

»Ich habe schon zu Jupp gesagt, daß ich nicht ans Telefon hätte gehen sollen. Aber er hatte mich darum gebeten.«

Lenchen achtete nicht auf seine Worte. Sie war unzufrieden mit den Plätzchen, die sie einer Zwischenprüfung unterzog.

»Sie hätten mehr Safran gebraucht. So sehen sie nach nichts aus«, beschuldigte sie sich selbst, das Blech wieder ins Rohr schiebend.

»Vergiß dein Konto nicht«, sagte Johann, aus der Küche gehend.

Lenchen dachte über die mißlungenen Plätzchen nach. Sie fragte sich, ob sie so etwas ihren Gästen vorsetzen könne. Wieviel Zeit stand ihr noch zur Verfügung, um neue zu backen? Sie warf einen Blick auf die Uhr an der Wand, aber das war sinnlos, weil sie ja nicht wußte, wann der Besuch eintreffen würde.

»Was sagtest du?« fragte sie, sich umdrehend.

Die Küche war leer.

Im Laden wechselte Jupp mit einem alten Rentner, den

seine Frau zum Einkaufen geschickt hatte, ein paar Worte über die himmelschreienden Privilegien der Beamten. Wenig später pflichtete er einer pensionierten Oberstudienrätin bei, die sich über die ungerechten Angriffe in der Öffentlichkeit gegen die Ruhestandsbezüge der Beamten beklagte. So verging die Zeit, und alle im Haus waren überrascht, als der Wagen mit Rheinstädter Nummer früher als man dachte draußen auf der Straße stoppte und seine Insassen mit lachenden Gesichtern ausstiegen.

Bei der Begrüßung kamen der guten Emma Kerbel aus Bochum rasch die Tränen, als ihr Onkel Johann die Hand schüttelte und sagte: »Ihr wißt alle, was ich mir ausbedungen habe...«

»Trotzdem«, antwortete Emma mit zuckenden Lipen, »möchte ich dir –«

»Kein Wort mehr!« fuhr er ihr über den Mund. »Sonst gehe ich auf mein Zimmer und sperre mich ein! Ihr könnt euch dann ohne mich amüsieren!«

Er wirkte echt böse. Emma, die daran schuld war, kroch in sich zusammen und senkte den Kopf, als sie ins Haus gingen. Drinnen rettete Erna die Situation, nachdem sie sich aus dem Mantel geschält und das Seidentuch vom Hals genommen hatte. Sie pflanzte sich vor Onkel Johann auf, drehte sich um ihre eigene Achse und fragte: »Na, was sagst du? Habe ich dir zuviel versprochen?«

Ihr Kleid war wirklich toll. Und ihr Hals wäre mit einer solchen Perlenkette sogar auch noch ansehenswert gewesen, wenn ihn ein Kropf verunziert hätte. Kette und Kleid paßten zusammen. Die ganze Erna bot einen Anblick, bei dem Johann spontan ein Ausdruck einfiel, der wie kein anderer im Rheinland zu Hause ist.

»Lecker siehst du aus«, sagte er.

Erna hob ihre Hand und hielt sie ihm vor Augen. Ein neuer Brillantring blitzte am Finger.

»Von Paul«, sagte sie.

»Von meinen Ersparnissen, nicht von deinem Geld, Onkel Johann. Das fließt alles ins neue Werk«, ließ sich Paul rasch vernehmen. »Ich konnte mich doch nicht völlig von dir ausstechen lassen.«

»Mein Mann«, lächelte Erna, »wurde zum Kavalier. Du siehst, welchen Stein du ins Rollen gebracht hast, Onkel Johann.«

»Der meine hilft mir nicht einmal beim Decken des Tisches!« rief Lenchen aus der Küche, und alle lachten.

Es wurde eine wunderschöne Familienfeier. Essen und Trinken gab's in Hülle und Fülle, auch Emma wagte von Zeit zu Zeit ein Schlückchen und vergaß dadurch ihren anfänglichen Schreck. Es wurde gescherzt und gelacht, man saß auf der kleinen Terrasse, und als am Abend der Mond aufging und seinen silbernen Schein auf den Rhein warf, war man sogar versucht, zu glauben, daß in diesem vielbesungenen, romantischen Gewässer auch noch das eine oder andere Fischlein am Leben war.

Das traurige Ende kam am nächsten Morgen. Die ganze Runde saß noch am Frühstückstisch und empfand es als eine Art Bombeneinschlag, als Onkel Johann sie alle ins Auge faßte und sagte: »Machen wir's kurz, ich reise ab, in zehn Minuten bin ich weg, gepackt habe ich schon nach dem Aufstehen.«

Sekundenlang herrschte Stille, dann fingen alle an, auf ihn einzureden, daß das doch nicht sein Ernst sein könne. Aber er war nicht dazu zu bewegen, noch länger zu bleiben.

»Das ist jetzt der beste Moment«, sagte er. »Ich habe euch alle so schön beisammen, um mich zu verabschieden. Heute früh nach dem Aufwachen habe ich mich dazu entschlossen.«

»Aber du wolltest doch noch eine Woche bleiben?« meinte Lenchen. »Was mache ich mit dem vielen Kuchen, der übriggeblieben ist?«

»Den gibst du Erna für ihre Jungen mit. Die werden schon fertig damit«, sagte Johann.

»Jean«, startete Jupp einen letzten Versuch und fiel vor Aufregung in seinen Dialekt zurück, »drüben versäumst du doch nichts. Dinge Ührcher, die ticken weiter, Äwwer hier, hier biste vonnöten. Dä Paul baut die Fabrik, dat Emma hat singe Modesalon – du sollst dir dat alles wenigstens ens ansinn.«

Johann schüttelte den Kopf und erhob sich.

»Fangt mir nicht damit an«, sagte er. »Das Thema ist tabu.«

Und so war es nicht mehr aufzuhalten, daß sich alle draußen vor dem Cadillac versammelten, um dem Onkel aus Amerika ein letztesmal die Hand zu schütteln.

Emma Kerbel weinte, ihr Mausgesicht zuckte kläglich, als sie sagte, daß sie gern etwas tun würde, aber sich nicht getraue.

»Was denn?« fragte Johann.

»Dich umarmen.«

Er drückte sie an sich und wußte, daß von der ganzen Verwandtschaft das Herz in der Brust dieses alten Mädchens am allerheißesten für ihn schlug.

Durch einen Tränenschleier zu ihm aufblickend, sagte sie: »Obwohl du es uns verboten hast, möchte ich dir in diesem Augenblick trotzdem –«

»Hältst du den Mund, Emma!«

» – danken«, brachte sie noch hervor, dann verstummte sie und lief schluchzend ins Haus.

Sie blickten ihr nach. Johann benützte die Gelegenheit, rasch die Autotür zu öffnen und sich ächzend hinter das Steuer zu zwängen.

Wann es denn ein Wiedersehen gäbe, fragte Jupp.

»In einem oder zwei Jahren«, antwortete Johann und setzte hinzu: »Wenn ich es noch erlebe...«

»Mensch, Jean, red keinen Quatsch!« Jupp biß sich auf

die Lippen. Über sein dickes Metzgergesicht wetterleuchtete es. Ich werde weich, dachte er erschreckt. Ich heule ja auch gleich. Dä Jupp Müller und heulen?! Verdammt noch mal!

»Hau ab, Jean!« sagte er grob, und sein Bruder verstand ihn gut. »Verschwinde, sonst verpaßte dinge Zug nach Amerika!«

»Ich fahre mit dem Schiff«, grinste Johann.

»Laß wat hören, wenn du angekommen bist.«

»Mache ich, ich rufe euch an, wir bleiben in Verbindung.«

»Hau ab!«

Die anderen sagten gar nichts mehr.

»Macht's gut!« rief ihnen Johann durchs offene Autofenster zu und trat aufs Gas. Der schwere Wagen zog an und rauschte über den Asphalt von Köln-Nippes. Solange sie ihn sehen konnten, winkten ihm die Zurückgebliebenen nach. Dann, als der Wagen hinter einem Häuserblock verschwand, faßte Jupp Paul und Erna unter.

»Kommt«, sagte er traurig, obwohl er erst kurz zuvor reichlich gefrühstückt hatte, »jetzt essen wir en kaltes Kotelett. Wenn ich traurig bin, muß ich essen.« Seiner Körperfülle nach konnte es nicht anders sein, als daß er ein sehr trauriges Leben führte.

Das geschah gegen neun Uhr morgens. Um elf Uhr schellte es, und ein Bankbote verlangte Frau Magdalena Müller zu sprechen.

»Wozu?« fragte Jupp, der die Tür geöffnet hatte.

Der Bote hielt einen Brief in der Hand. Den solle er ihr bringen, sagte er.

Jupp streckte die Rechte aus.

»Geben sie ihn mir.«

»Nein«, widersprach der Bote. »Frau Müller muß ihn persönlich in Empfang nehmen.«

»Ich bin doch ihr Mann.«

»Auch dann nicht.«

Lenchen war im Gästezimmer und überzog die Betten frisch. Verärgert rief ihr Mann nach ihr. Paul, Erna und Emma hatten sich kurz zuvor verabschiedet, um nach Hause zu fahren.

Lenchen nahm das Kuvert und riß es auf. Es enthielt nur einen Scheck, weiter nichts – aber was für einen Scheck! Kein Begleitschreiben. Einen Scheck über sage und schreibe fast fünfundsiebzigtausend Mark!

»Das verstehe ich nicht«, sagte Lenchen, den Scheck in der Hand haltend, zum Bankboten.

»Sie sind doch Frau Magdalena Müller«

»Ja.«

»Dann gehört er Ihnen.«

Verwirrt schaute sie ihren Mann Jupp an, der ihr das merkwürdige Papier aus der Hand nahm, um selbst auch einen Blick drauf zu werfen.

»Verstehst du das?« fragte sie ihn.

Jupp las die wahnsinnige Summe und versuchte die Unterschrift zu entziffern.

»Das kann nur ein blöder Scherz sein«, vermutete Lenchen und fragte den Boten: »Von wem kommen Sie?«

»Von der Dresdner Bank. Scherz ist das keiner. Der Aussteller des Schecks ist Herr Coco. Den werden Sie doch kennen? Sicher beliefern Sie ihn?«

»Nein«, sagte das Ehepaar Müller wie aus einem Munde.

Der Bote zuckte die Achseln. Dann weiß ich auch nicht, warum er euch soviel Geld zahlt, sollte das heißen.

Jupp schaute noch einmal auf die Unterschrift, und nun konnte er sie lesen, nachdem der Bote den Namen genannt hatte. Da stand eigentlich ganz deutlich: Coco.

»Es hat wohl keinen Zweck, wenn wir Sie fragen, wer das ist?« sagte Jupp zu dem Boten.

»Doch«, grinste dieser. »Ich kenne ihn zufällig. Ich wohne ganz in der Nähe seiner Bar.«

»Bar?«

»Das ›Urwaldäffchen‹. Waren Sie schon mal drin?«

»Nä!« rief Jupp spontan. »Ich bin doch nit jeck! Aber ich weiß, wo dat liegt.«

»Herr Coco ist der Besitzer, Luigi Coco«, sagte der Bote. »Ein Italiener. Meine Frau geht putzen bei ihm.«

»Und ich je zum Fragen zu ihm!« erklärte Jupp Müller entschlossen. »Ich will dat jeklärt hann!«

Er gab dem Boten ein Trinkgeld und fuhr sich rasch mit dem Kamm durch die Haare, während Lenchen ihn anflehte, vorsichtig zu sein. Der rätselhafte Scheck, der Name darauf, ließ vor ihrem Auge Bilder von der Mafia erstehen, von deren dunklem Wirken die Illustrierten voll waren. Sie konnte sich nicht erklären, wie ausgerechnet sie in das Netz dieser weltumspannenden Organisation geraten war.

Jupp Müller ratterte mit seinem Lieferwagen, auf dessen Karosserie zwei gekreuzte Riesenwürste und ein saftiger Schinken gemalt waren, in Richtung Hohe Straße und stand dann vor dem Lokal, das bei Tageslicht einen trostlosen Eindruck machte. Die Eingangstür war abgesperrt. Ohne zu zögern, läutete Jupp.

Luigo Coco war in denkbar schlechter Laune. Die fünfundsiebzigtausend Mark drückten ihm auf die Seele. Die Beschaffung der Summe hatte ihn die letzten Nerven gekostet. Seit dem Zusammentreffen mit John Miller war er nicht mehr der alte. Dieses Gespräch hatte ihm einen panischen Schrecken eingejagt. So war er immer noch sehr nervös und spielte mit Auswanderungsgedanken, als es schellte.

Die Polizei! Das war sein erster Gedanke. Aber dann sah er aus dem Fenster und erblickte den Lieferwagen mit den aufgemalten Würsten und dazu einen dicken Mann.

Luigi Coco war ein vorsichtiger Mensch. Das lag in seiner Natur. Bevor er öffnete, rief er erst schnell seine Küche an.

»Sind alle Fleischerrechnungen bezahlt?« fragte er.

Da man bejahte, atmete er auf und drückte auf den Öffner.

Josef Müller stürmte in das Büro und nannte seinen Namen. Hinzu setzte er, daß er der Mann von Magdalena Müller sei.

»Aus Nippes?« fragte Coco.

»Ja.«

Aha, dachte der Sizilianer. Denen war der Umtauschkurs zu schlecht. Die haben gemerkt, daß ich den ein bißchen gedrückt habe.

»War mit dem Scheck etwas nicht in Ordnung?« fragte er scheinheilig.

»Was ist das überhaupt für ein Scheck?«

Jupp Müller war hier wieder bemüht, schriftdeutsch zu sprechen, da er sonst hätte befürchten müssen, von einem Ausländer nicht verstanden zu werden.

»Was das für ein Scheck ist?« antwortete Luigi Coco. »Das wird Ihnen Mister Miller doch gesagt haben?«

Mister Miller? Johann? Tausend Fragen schossen Jupp durch den Kopf.

»Nein, das hat er nicht«, antwortete er.

»Nein?!«

Luigi Coco dachte blitzschnell alle Möglichkeiten durch. Die wissen also gar nichts. Die haben keine Ahnung. Der Uhren-Miller hat sie überhaupt nicht informiert. Warum nicht? Hat er es vergessen? Was bedeutet das für mich?«

»Ich kann ihn auch nicht mehr fragen«, sagte Jupp.

»Warum nicht?«

»Weil er abgereist ist.«

»Wohin?«

»Nach Hause.«

Das heißt: nach Amerika! Ich kann den Scheck sperren lassen! Das war der Gedanke, der Coco durch den Kopf schoß.

»Aber er wird uns ja anrufen, dann kann ich ihn doch noch fragen«, meinte Jup.

In Luigi Coco brach eine Welt des kurzen, schönen Scheins zusammen. Obwohl das für ihn nun gar keine Bedeutung mehr hatte, fragte er: »Macht Ihre Frau Geschäfte mit Mister Miller?«

»Nein, überhaupt keine!«

»Wieso ist er ihr dann finanziell verpflichtet – und das in solcher Höhe?« wunderte sich der Sizilianer.

Langsam wurde es Jupp Müller zu bunt. Er erinnerte sich, daß er hergekommen war, um Fragen zu stellen, und nicht, um sich selbst ausfragen zu lassen.

»Vielleicht können *Sie* mir sagen, was der Scherz mit dem Scheck soll?« sagte er deshalb. »Sie haben ja schließlich den Scheck ausgestellt.«

Ein steinerweichender Seufzer entfloh dem Mund des Sizilianers.

»Fünfundsiebzigtausend Mark sind kein Scherz, Herr Müller.«

Jupp warf den Scheck wie einen abgefahrenen S-Bahnstreifen auf den Schreibtisch.

»Der ist doch nicht echt, Mann!«

Übermächtig war die Versuchung für Luigi, den Scheck an sich zu reißen. Und dennoch widerstand er der Verlokkung. Sein Respekt vor den harten Jungs in Chicago war zu groß.

»Leider doch«, stieß er hervor.

Jupp Müller sah ihn an. Der lügt nicht, hatte er plötzlich das Gefühl. Dem bricht gleich das Herz, weil ihn ein großer Verlust getroffen hat.

Jupp trat vor Coco hin.

»Sagen Sie mir endlich die Wahrheit: Was ist mit diesem Geld? Was hat mein Bruder damit zu tun?«

»Ihr Bruder?«

»Mister John Miller ist mein Bruder. Vor zweiunddreißig Jahren hat er Deutschland verlassen und ist ausgewandert nach Amerika.«

Ein letztes Fünkchen Hoffnung erlosch in Luigi Coco. Die Rache eines Bruders herauszufordern, wäre der größte Wahnsinn, sagte er sich. Dafür fanden sich schon Beispiele in der Literatur der Antike. Wie unter einer schweren Last holte der Sizilianer Atem.

»Ich war ihm den Betrag schuldig, Herr Müller«, sagte er.

Langsam streckte Jupp die Finger nach dem Scheck auf dem Schreibtisch aus.

»Und Sie hat er angewiesen, diesen Betrag an uns geben zu lassen?«

»An Ihre Frau.«

Jupps Hand hatte den Scheck erreicht. Er nahm ihn an sich und steckte ihn ein.

»Warum?« fragte er dabei mehr sich selbst als den Nachtklubbesitzer. »Warum tat er das? Was hat er Ihnen gesagt?«

»Nichts hat er mir gesagt, Herr Müller.«

Jupp wurde auf einmal weich und wischte sich die Augen. »Dieser Verrückte«, murmelte er. »Dieser...« Er fand keinen Ausdruck mehr und dachte an den Abschied vor wenigen Stunden und an den davonfahrenden Cadillac, aus dessen Fenster die winkende Hand das letzte war, was sie gesehen hatten. Wortlos wandte er sich ab und verließ das Büro Luigi Cocos. Er stieg wie ein Schlafwandler in seinen Lieferwagen und ratterte nach Köln-Nippes zurück.

Dort wartete Lenchen voller Angst auf ihn. Sie war schon zehnmal zum Fenster gelaufen und hatte Ausschau nach Jupps Auto gehalten. Als sie es endlich auf das Haus zukommen sah, fiel ihr ein Stein vom Herzen.

»Was war denn?« fragte sie neugierig, als ihr Mann ins Zimmer trat.

Sekunden wachsender Spannung vergingen, in denen Jupp nichts sagte. Er ließ sich in einen Sessel nieder und legte mit einer feierlichen Bewegung den Scheck vor sich auf den Tisch. Er betrachtete ihn, hob dann den Blick, sah seine Frau an und sagte endlich: »Ich kann es immer noch nicht glauben...«

»Was kannst du nicht glauben, Jupp?« fragte Lenchen.

Er zeigte auf den Scheck.

»Der ist echt!«

Nun konnte Lenchen nicht mehr den Blick von dem Stückchen Papier lassen. Da liegen fünfundsiebzigtausend Mark, dachte sie. Fünf-und-sieb-zig-tau-send Mark!

»Und wieso hat er sich hierher verirrt?« fragte sie.

»Das hat er sich nicht, Magdalena.«

»Was?«

Es kam nur alle zehn Jahr einmal vor, daß der Metzgermeister Müller zu seiner Frau ›Magdalena‹ sagte. Wenn er es tat, war das ein Zeichen dafür, daß etwas Einmaliges im Gange war, etwas Unbegreifliches, das zu empfinden größte Mühe bereitete. Und die unwillkürliche Reaktion seiner Gattin in solchen Augenblicken bestand dann darin, ihn nicht mehr Jupp zu nennen.

»Was hast du gesagt, Josef?«

Er zeigte wieder auf den Scheck.

»Er liegt zu Recht hier, Magdalena.«

»Aber wieso? Wir kennen doch diesen Herrn Coco – oder wie er heißt – gar nicht.«

»Wir kennen aber den, dem Herr Coco diesen Betrag schuldig war.«

Lenchen strich sich verwirrt über die Stirn.

»Josef«, sagte sie, »ich bitte dich, wenn Herr Coco jemandem fünfundsiebzigtausend Mark schuldig ist, dann zahlt er sie doch dem Betreffenden und nicht –«

»Ich sage dir doch, daß wir den kennen – sehr gut sogar!« unterbrach Jupp.

»Und wer ist es?«

»Mein Bruder Johann«, erklärte Jupp feierlich.

Lenchen, die während des ganzen Gesprächs am Fenster stehengeblieben war, ging zum Tisch und setzte sich hin. Mit sanfter Bewegung nahm sie den Scheck und betrachtete ihn aus der Nähe. Ein Lächeln blühte auf in ihrem rosigen Gesicht. Aber dann fuhr ihr ein leichter Schreck durch die Glieder, und sie sagte etwas scheinbar Unzusammenhängendes, das Jupp dunkel erschien.

»Mein Konto ... ich habe immer noch keines ...«

Jupp griff das Stichwort auf, legte es aber nicht ganz richtig aus. Er bedeutete Lenchen, ihm den Scheck zu geben, indem er die Hand danach austreckte, wobei er sagte: »Er muß rasch aufs Konto, da hast du recht. Solche Dinger kann man nicht im Haus rumliegen lassen. Ich will ihn gleich zur Bank bringen.«

Jupps Hand blieb leer. Lenchen zog den Scheck an sich, barg ihn an ihrem Herzen.

»Das mache ich«, sagte sie.

Jupp wunderte sich sehr.

»Wieso du, Magdalena? Du weißt doch noch nicht einmal unsere Nummer auswendig?«

»Aber die meine werde ich in Zukunft wissen, Josef.«

»Was?«

»Ich werde von heute an selbst ein Konto nehmen.«

»Was soll denn das heißen?« gab Jupp einem Erstaunen Ausdruck. »Wer hat dich denn auf diese Schnapsidee gebracht?«

»Dein Bruder Johann.«

»Wann?«

»Schon am ersten Abend, als er hier war.«

Jupp Müller sah seine Frau enttäuscht an.

»Hinter meinem Rücken habt ihr solche Gespräche geführt?« sagte er.

»Du hattest ihm anscheinend einen Schock versetzt mit deinen Vereinen, bei denen du Mitglied bist. Die könnten dir den Verstand rauben, sagte er. Ich bräuchte deshalb meine eigene Sicherheit.«

Jupp stemmte sich am Tisch hoch. Es hielt ihn nicht mehr auf seinem Stuhl. Auf Lenchen hinunterblickend, sagte er: »Einen solchen Blödsinn kann er dir doch nur im besoffenen Kopf erzählt haben!«

»Nüchtern war er nicht mehr, nein.«

»Na also.«

»Aber als er darüber« – Lenchen schwenkte den Scheck – »mit Herrn Coco sprach, war er es sicher.«

Jupp schwieg.

»Meinst du nicht auch?« setzte seine Frau herausfordernd hinzu.

Jupp nahm wieder Platz. Sieh dir diesen Gauner an, dachte er. Jetzt wird mir alles klar. Er wollte mir Geld geben, wie den anderen auch, aber ich habe ihm gesagt, daß ich darauf keinen Wert lege. Was macht er daraufhin? Er sucht sich einen andern Kanal. Und was ist das Resultat? Meine Frau hat nun mehr Geld als ich. Das ist auch nicht richtig. Sie schnappt ja jetzt schon über, man muß sie sich nur ansehen. Wie sie dasitzt! Welche Blicke sie mir zuwirft! Das ist nicht mehr mein braves, biegsames Lenchen. Das ist eine ganz andere Frau. In wenigen Minuten ist sie das geworden. Bisher hat sie doch alles mir überlassen. Wenn sie etwas gebraucht hat, hat sie mich gefragt, und sie hat es bekommen. Das hat doch wunderbar geklappt. Ein besseres Zusammenleben als das unsere gab's weit und breit nicht. Und jetzt? Ich ahne Schreckliches. Aber vielleicht gelingt es mir doch noch, sie zur Vernunft zu bringen. Es müßte ihr doch klarzumachen sein, daß Johann eigentlich nur mich gemeint haben kann mit seiner Spende. Schließlich ist er mein Bruder und nicht der ihre. Und außerdem –

Jupp schreckte auf. Seine Frau hatte sich erhoben und ging zur Tür.

»Wohin willst du?« fragte er sie.

»Zur Bank.«

»Magdalena!«

Der Ruf verhallte. Hinter Lenchen Müller fiel die Tür ins Schloß.

John Miller fuhr nicht direkt von Köln nach Hamburg, sondern verließ mit seinem Wagen die Autobahn und steuerte noch einmal Gut Waldfels an. Das war kein großer Umweg. Miller streifte Eibenhain, fuhr durch den ihm schon bekannten Wald und erreichte Waldfels in einem besonders schönen Augenblick. Nach einem Platzregen, der niedergegangen war, spannte sich ein prächtiger Regenbogen über das Gut. Der Verwalter Gerhard Trenkler war nicht wenig erstaunt, als plötzlich und unangemeldet der mächtige Wagen im Hof hielt und der große, dicke Mister Miller ausstieg.

»Nanu?« sagte er, mit ausgestreckter Hand die Freitreppe herunterkommend. »Ich wähnte Sie schon längst wieder in Amerika. Die Baroneß hat mir den ersten Luftpostbrief geschrieben. Sie sorgt sich, weil sie mit mir keinen schriftlichen Vertrag abgeschlossen hat. Über Chicago wolle sie sich noch nicht äußern, schrieb sie. Der Baron hat auch ein paar Zeilen beigefügt, allgemeine Sätze. Und wie geht's Ihnen, Mister Miller?«

»Gut«, antwortete Johnny. »Ihnen, hoffe ich, auch, Gerhard. Ich bin auf dem Sprung nach Amerika. Ich komme von Köln, fahre nach Hamburg und will mit dem nächsten Schiff, das ich für mich und meinen Wagen kriegen kann, nach New York.« Er schaute von der Treppe über den Hof und die Wirtschaftsgebäude. »Kann ich mich hier mal ein bißchen umsehen, Gerhard?«

»Selbstverständlich, Mister Miller!«

Der Verwalter hatte in dieser kurzen Zeit schon allerhand geleistet. Neue Kühe waren gekauft und offene Rechnungen beglichen worden. Eine Schweinezucht war im Entstehen, und als größte Überraschung wurde an einer Grobmühle gearbeitet, die Futtergetreide für die ganze Umgebung liefern sollte.

John Miller war zufrieden. Er klopfte dem Verwalter auf die Schulter und schenkte ihm ein Kistchen Zigarren, das er in Köln für sich selbst als Wegzehrung für die Überfahrt erstanden hatte. Es waren beste Importen, von denen jede einzelne in einem langen Glasröhrchen steckte. Der Verwalter freute sich sehr, obwohl er Pfeifenraucher war und für Zigarren nichts übrig hatte. Er konnte aber das Präsent mit Recht als ein Zeichen der Anerkennung betrachten.

»Weiter so«, sagte Miller. »Überstürzen Sie nichts, stellen Sie alles auf eine solide Basis, aber in einem halben Jahr, wenn in Rheinstadt und Bochum schätzungsweise die Betriebe richtig angelaufen sein werden, will ich auch von Ihnen Erfolge gemeldet haben. Wer weiß, vielleicht tut sich auch in Köln etwas. Das Geld, das Sie als Gewinn buchen, geben Sie auf ein Sperrkonto, an das nur ich herankann. Und jedes halbe Jahr legen Sie mir eine durch einen Buchprüfer vorgenommene Bilanz vor. Meine Adresse in Chicago haben Sie ja.«

»Jawohl, Mister Miller.«

»Ihr Gehalt erhöhe ich halbjährlich, wenn Sie mir einen wachsenden Gewinn nachweisen können. Es wird auch zusätzliche Erfolgsprämien geben, wenn Sie außergewöhnlich gut wirtschaften. So mache ich das in meinen Betrieben in Amerika und habe von jeher Erfolg damit. Ich habe nicht das Gefühl, daß das in der Zusammenarbeit mit Ihnen anders sein wird.«

»Sicher nicht, Mister Miller.« Der Verwalter lachte breit. »Und wann kommen Sie wieder nach Deutschland?«

»Nicht vor Ablauf eines Jahres, fürchte ich. Ich habe ja drüben auch noch etwas zu tun. Ganz bestimmt komme ich aber dann ohne meinen Schlitten. Ich werde fliegen. Den Wagen hätte ich schon diesmal nicht gebraucht. Ich habe gesehen, daß die deutschen Autos ausgezeichnet sind.«

Der Verwalter druckste herum. Er hätte seinen Boß gerne noch etwas gefragt, zögerte aber, es zu tun. Da sagte jedoch Miller selbst: »Nach dem Baron werden Sie so schnell keine Sehnsucht haben, nicht?«

»Nein«, gab Trenkler zu.

»Aber eines Tages werde ich ihn Ihnen wiederbringen.«

»Das wird sich wohl nicht vermeiden lassen«, sagte der Verwalter mit saurem Gesicht.

»Ihr Wunsch wäre, daß *ich* Ihr Boß bliebe?«

»Ja«, sagte Trenkler und nickte dazu nachdrücklich mit dem Kopf.

Miller lachte und meinte: »Keine Sorge, Gerhard, ich biege ihn Ihnen drüben schon zurecht. Er wird sich selbst im Spiegel nicht mehr wiedererkennen. Erst dann bekommen Sie ihn zurück, mein Bester – nicht eher! Er wird dann ein Gutsherr sein, wie er im Buche steht. Schließlich war es ja meine Absicht, Waldfels für ihn zu retten. Vergessen Sie nicht, im Grunde gehört ihm das Gut ja noch. Ich habe mir lediglich seine Schulden angeeignet und hätte ihn dadurch von Waldfels für immer vertreiben können, weil er nicht in der Lage gewesen wäre, sich einer Zwangsversteigerung zu widersetzen. Solange aber nicht versteigert wird, ist er noch der Haupteigentümer. Wenn ich vorhabe, ihn nach Waldfels zurückzuverpflanzen, so ist das nur eine Wiedereinsetzung in seine alten Rechte.«

»Das ist mir alles klar, Mister Miller.«

»Ich bin ein alter Mann, Gerhard, und brauche keine Schweinezucht und keine Grobmühle mehr. Mein Kotelett kann ich mir im Metzgerladen kaufen und sogar für 'n Schinken reicht's auch noch. Ich will damit sagen, daß es nicht eines ganzen Gutshofes bedarf zur Deckung meiner Bedürfnisse. In mir ist also nur der Treuhänder für Waldfels zu sehen.«

»An der nötigen Finanzkraft, um sich eine Schinkensemmel zu kaufen, zweifle ich bei Ihnen nicht, Mister Miller«, grinste der Verwalter, dann wurde er wieder ernst. »Wie lange, glauben Sie, werden Sie brauchen, bis aus dem Baron ein anderer Mensch geworden sein wird?«

Miller zuckte die Achseln.

»Das kann ich nicht sagen. Bei manchen dauert das lange, bei anderen geht's schneller. Sicher ist, daß man einen nicht in wenigen Monaten umbiegen kann. Dazu sind schon ein paar Jahre notwendig. In unserem Falle stellt allerdings die Baroneß v. Eibenhain noch einen Faktor dar, der sich beschleunigend auswirken kann. Darauf hoffe ich sogar sehr.«

»Die Baroneß ist eine respektable junge Frau«, sagte Trenkler anerkennend. »Ich habe mir jetzt einen Einblick in ihr Gut verschafft. Die hat ihren Laden so in Ordnung, daß man das nicht für möglich hält. Fast läuft da alles von allein. Ich könnte mich damit begnügen, meine Aufgabe telefonisch wahrzunehmen.«

»Nur das nicht, Gerhard!« lachte Miller. »Sie wissen, wie schnell ein Betrieb absackt, in dem der Boß nicht, bildlich gesprochen, ständig die Peitsche schwingt. Die junge Dame würde uns beiden den Kopf abreißen, wenn sie zurückkäme und Eibenhain als einen Betrieb vorfände, in dem nicht mehr fast alles von allein läuft. Das können wir ihr nicht antun.«

»Das werden wir ihr auch nicht antun, Mister Miller!« sagte der Verwalter mit Nachdruck.

Eigentlich hatte John Miller vorgehabt, auf Waldfels zu übernachten, aber nun, da er gesehen hatte, daß auf Gerhard Trenkler hundertprozentig Verlaß war, entschloß er sich zur sofortigen Weiterfahrt nach Hamburg. Der Verwalter versuchte zwar, ihm dies auszureden, scheiterte jedoch damit. Miller hatte es plötzlich eilig, er ließ sich nicht mehr aufhalten. So drückte ihm Trenkler zum Abschied die Hand mit jenem verdächtigen Glanz in den Augen, dessen sich ein Mann schämt. Auch Johnny Miller hatte eine weiche Natur unter seiner bullenbeißerischen Fassade und spürte daher, daß der Szene hier ein rasches Ende gemacht werden mußte, wenn es nicht zum offenen Tränenausbruch zweier alter Recken kommen sollte, die sich das selbst im nachhinein niemals verzeihen würden.

Emma Kerbel hatte in Köln geweint. Eine Frau durfte sich das erlauben. Beinahe wäre aber damals auch Jupp, der lustige Bruder, in Tränen ausgebrochen, und wenn das passiert wäre, hätte es auch für Johnny kein Halten mehr gegeben. Deshalb war er möglichst rasch ins Auto gestiegen und davongefahren. Dasselbe tat er nun wieder. Ein kurzer Händedruck, und er gab Gas. Bis zur Autobahn fuhr er noch verhalten, doch dann raste er mit verschlossenem Gesicht seinem Ziel entgegen. Das flache Land flog an ihm vorbei: Klinkerbauten, Heideflächen, Torfstechereien, wiederkäuende Kühe, Meiereien, schmale Wassergräben zwischen den saftigen Wiesen, weiße Dünen, kahl und leblos, Heidschnuckenherden, schlanke, weiße Birken, deren Wipfel im Wind schwankten.

Mein Geburtsland, dachte John Miller. Verdammt, daß es wieder so weh tut, es zu verlassen. Vor drei Jahrzehnten habe ich geheult wie ein Kind, als ich in Hamburg die deutsche Küste verschwinden sah. Ich wollte ins Wasser springen, durch die Nordsee zurückschwimmen, stundenlang, wenn ich es gekonnt hätte. Und dann drüben, im Land der Sehnsucht, alles fremd, alles feindlich. Straßenkehrer, Schuhputzer, Geselle in einem Uhrmacherladen, kleines Geschäft am Rand der Prärie, viel Betrug, auch eigener, und dadurch, nach langem Elend, schließlich steiler Aufstieg. Und nie mehr, 32 Jahre lang, der Gedanke an Deutschland, an die Heimat. Nie mehr die Sehnsucht im Herzen, dieses Land noch einmal zu sehen, nie mehr der Traum, wieder durch die Heide zu fahren, sich an die Birken zu lehnen und in den Wassern der deutschen Flüsse zu baden. Nie mehr Johann Müller heißen. Immer nur John Miller. So hatte es ausgesehen. Aber dann...? Nach 32 Jahren...? Ganz plötzlich...

Und jetzt, zu dieser Stunde, leben die längst verschütteten Gefühle wieder auf. Jetzt bin ich ein alter Knabe in der Heimat, und es kommt mir vor, als ob ich noch einmal hinaus müßte in die Fremde. Wieder habe ich Heimweh und möchte hierbleiben, nach drei Jahrzehnten, in denen ich ein Amerikaner geworden bin – mit dem Namen, mit dem Geld, mit den Firmen, mit dem Auftreten; aber nicht mit dem Herzen. Es gibt kein Land, das die Herzen ändert, auch Amerika nicht!

Der Wagen raste der Küste zu, deren Nähe zu erkennen war an den Bäumen, den Kiefern vor allem, die windschief wurden und sturmzerzaust.

Das wird verdammt schwer, sagte er sich. Himmel, was mache ich? Ich werde wieder Mühe haben, mich von der Heimat zu lösen. Ich muß jedoch zurück nach Amerika, man erwartet mich. Aber ich werde wieder mit Tränen kämpfen, wenn ich an der Reling stehe und auf die entschwindende Küste sehe. Ich werde wieder den Drang haben, ins Wasser zu springen, um zurückzuschwimmen.

Es ist schlimm, es ist furchtbar, ein Herz zu haben, das noch so mit der Heimat verbunden ist.

Er schimpfte mit sich selbst. Er wollte die rauhe Schale nach innen kehren. Was aber keinem gelang, glückte auch ihm nicht.

Als er an Bord des Riesenschiffes gegangen war und die Bordkapelle das Abschiedslied spielte, stand Johnny Miller stumm an der Reling und wischte sich über die Augen. Die Mähne seines ergrauten, jedoch immer noch dichten Haares flatterte in der Brise, die seit Jahrmillionen der Sendbote des offenen Meeres an den Küstenstrichen ist.

Johnny Miller verfluchte sich, biß sich auf die Lippen, drehte die Augen zum Himmel und beobachtete die Möwen, die im Wind schaukelten. Ihre Schreie klangen nicht anders als die ihrer Schwestern im Hafen von New York. Und dennoch kam es Miller so vor, als ob es da Unterschiede gäbe, Unterschiede zugunsten der deutschen Meeresvögel. Er hörte das Wasser rauschen, spürte unter seinen Sohlen die ungeheure Kraft der Schiffsmaschine, die mit Tausenden von Pferdestärken dafür sorgte, daß der trennende Streifen zwischen ihm und der alten Heimat wuchs und wuchs.

Da wandte er sich ab und ging rasch in seine Kabine. An das Bullauge gelehnt, blickte er hinaus auf die im Herbstnebel verschwimmende deutsche Küste. Noch grüßten die mächtigen Stahlarme der Krähe, noch sah er die Docks, noch wehte die deutsche Flagge an den kleinen, hupenden Schleppern.

Und nun, da er allein war, ließ er den Tränen freien Lauf. Sie rannen ihm über die Wangen und liefen die Falten entlang wie in einem Flußbett.

Ein alter Mann weinte.

Er war im Herzen ein Kind geblieben.

Unweit von ihm hatte an der Reling eine schlanke Dame gestanden, die ihn beobachtet und ihm nachgeblickt hatte, als er unter Deck gegangen war. Sie war eine gepflegte Fünfzigerin, trug elegante Kleidung. Ihr Aussehen hätte sie befähigt, im Konkurrenzkampf unter gleichaltrigen Geschlechtsgenossinnen durchaus zu bestehen, ja sogar Jüngere noch auszustechen. Sie war jedoch an einem solchen Konkurrenzkampf nicht mehr interessiert – glaubte dies jedenfalls. Es war nämlich noch nicht lange genug her, daß sie ihren Mann verloren hatte, den sie sehr geliebt hatte. Sie war ihm in jungen Jahren in ein für sie fremdes Land gefolgt.

Der Zufall wollte es, daß diese Dame an Bord Tischnachbarin John Millers wurde. Er stellte sich ihr vor.

»Miller«, sagte er knapp, da er nicht die Absicht hatte, den Grundstein zu einem lebhaften Gespräch zu legen. Er stand immer noch unter dem Eindruck des Abschieds von der Heimat.

Die Dame war eine Frau Nancy Moosrainer aus Berchtesgaden. Als sie Miller ihren Namen sagte, konnte er doch nicht umhin, ein gewisses Interesse an dem Widerspruch aufzubringen, der in diesem Namen steckte. Die Sache fand dann in der Unterhaltung, die sich entwikkelte, rasche Aufklärung. Nancy Moosrainer war eine geborene Nancy Woodcock aus Boston, die als Studentin einen deutschen Gastkommilitonen namens Oskar Moosrainer kennen- und liebengelernt und geheiratet hatte. Sie erzählte dies Miller. Amüsiert meinte er dazu: »Das ist gut! Sie sind eine geborene Amerikanerin, die nach Deutschland ausgewandert ist, und ich ein geborener Deutscher, der nach Amerika ging. Wann taten Sie das?«

»Vor einunddreißig Jahren.«

»Ich vor zweiunddreißig«, lachte Miller.

»Genau gesagt: vor einunddreißigeinhalb«, rückte ihm Nancy quasi noch näher.

»Haben Sie's bereut?« fragte er.

»Nein.«

»Ich auch nicht.«

Nancy sah ihn an.

»Diesen Eindruck konnte man aber heute von Ihnen nicht haben.«

»Wann?«

»Bei der Abfahrt des Schiffes.«

John war es ein bißchen peinlich.

»Sie haben mich beobachtet?«

»Ja. Der Abschied fiel Ihnen sichtlich schwer.«

»Naja«, glaubte er sich entschuldigen zu müssen, »wissen Sie... *die alte Heimat*...«

»Aber das ist doch verständlich«, lächelte Nancy. »Ich bin sicher, daß es mir in sechs Wochen im New Yorker Hafen nicht anders ergehen wird.«

»Sie machen auch nur einen Besuch?«

»Ja.«

»War es schwierig, die Freigabe dazu von Ihrem Mann zu erhalten?«

Nancys Gesicht verschattete sich.

»Ich bin verwitwet«, sagte sie. »Mein Mann lebt nicht mehr.«

»Das tut mir leid.«

John Miller sah jetzt erst die zwei Ringe an Nancys Finger und machte sich Vorwürfe, darauf nicht eher geachtet zu haben. Ich bin ein Tölpel, dachte er.

Es war auch so, daß Nancy eine Zeitlang brauchte, bis sie wieder munter wie vorher wurde und erkennen ließ, daß es ihre Absicht gewesen war, eine Vergnügungsreise anzutreten.

Das Essen war ausgezeichnet, die Getränke auch, John erklärte aber, daß er ein noch besseres Bier kennengelernt habe als das hier auf dem Schiff. Und zwar sozusagen direkt an der Quelle – im Münchner Hofbräuhaus.

John schilderte den Besuch dort, er erzählte von dem

Fußballspiel im Olympiastadion und sagte, daß dies eines seiner größten Erlebnisse gewesen sei nach drei Jahrzehnten fußballerischer Abstinenz in Amerika. Aber jetzt freue er sich auch schon wieder auf ein richtiges Baseballspiel.

Nancy Moosrainer, geborene Woodcock, hörte ihm gern zu, obwohl sie sich für Fußball kaum interessierte. Sie ließ wissen, daß sie in Berchtesgarden zu einer leidenschaftlichen Bergsteigerin geworden sei. Und dabei hörte John ihr gern zu, obwohl nur Wolkenkratzerdächer die Gipfel waren, die er in seinem bisherigen Leben mit dem Lift erklommen hatte.

Als sich die beiden an diesem Abend trennten, um ihre Kabinen aufzusuchen, mußte sich Johnny Miller zu seiner eigenen Überraschung sagen, daß der Vorsatz zu schweigen, mit dem er sich an diesen Tisch gesetzt hatte, keine Verwirklichung gefunden hatte.

»Sie sind eine prächtige Gesellschafterin, Mrs. Moosrainer«, sagte Johnny. »Ihnen ist etwas Unerwartetes gelungen.«

»Was ist mir denn gelungen, Mister Miller?«

»Mich aufzumuntern. Das hätte ich nicht gedacht.«

»Ich kann Ihnen Ihr Kompliment zurückgeben: Dasselbe ist Ihnen mit mir geglückt. Und danach hatten Sie mir im ersten Moment auch nicht ausgesehen.«

Beide lachten.

An der Tür vor Nancys Kabine, bis zu der John seine neue Bekannte brachte, sagte er: »Mrs. Moosrainer, sind Sie noch Amerikanerin genug, daß ich Sie etwas sehr Amerikanisches fragen darf?«

»Was denn?«

»Ob Sie bereit sind, John zu mir zu sagen?«

»Nur auf Gegenseitigkeit!«

»Daran soll's nicht scheitern, Nancy.«

»Gute Nacht, John.«

»Gute Nacht, Nancy.«

Ohne es ausgemacht zu haben, trafen sich die beiden am nächsten Morgen schon wieder zum Frühstück. Es war erneut ein Zufall. Weder John gehörte zur Zunft der Langschläfer, noch Nancy; weder er noch sie hatten Lust, sich den Kaffee vom Steward in die Kabine bringen zu lassen. So kam es, daß John gerade am gestrigen Tisch der beiden Platz genommen hatte, als auch Nancy hinzukam und überrascht sagte: »Sie schon?«

»Dasselbe kann ich auch Sie fragen?« grinste er.

»Wir müssen aufpassen, daß wir einander nicht auf die Nerven gehen.«

»Bei mir besteht diese Gefahr nicht, Nancy.«

»Warten Sie nur«, lachte sie, »bis wir New York erreichen, dann werden Sie glücklich sein, mich aus den Augen zu verlieren.«

Zum Unterschied von ihr sagte er ernst: »Ganz sicher nicht, Nancy.«

Ein anderer Steward hatte heute Dienst am Tisch der beiden. Doch auch beim Neuen war etwas zu spüren, das unangebracht war und deshalb Abstriche von seiner Perfektion machte. Und zwar bevorzugte er – wenn auch nur unmerklich – den Herrn und nicht die Dame. Natürlich ging das nicht soweit, daß er etwa dem Herrn zuerst vorgelegt hätte, aber seine Augen hingen einfach mehr an John als an Nancy, um eines Winks von ihm gewärtig zu sein. John merkte das gar nicht, weil er daran seit langer Zeit gewohnt war, aber Nancy fiel es auf, und sie machte sich ihre Gedanken darüber. Zwar war es ihr kein Anlaß, sich zu ärgern, aber Begeisterung löste es in ihr gerade auch nicht aus.

Beim Mittagessen wurde es ihr aber doch zu bunt. Da kam nämlich der Kapitän selbst an den Tisch, grüßte lächelnd beide, indem er die Hand an die Mütze legte, und fragte dann John: »Zufrieden mit allem, Mister Miller?«

John bejahte. Der Kapitän setzte seinen Rundgang fort. Nancy blickte ihm nach und sagte: »Ich bin es nicht!«

»Was sind Sie nicht?« fragte John sie.

»Nicht zufrieden«, antwortete sie. »Und zwar mit ihm!«

»Wieso nicht? Über was beklagen Sie sich?«

»Über sein Benehmen mir gegenüber.«

Millers Miene verdüsterte sich.

»Nancy, sagen Sie mir, was er getan hat, und ich werde ihn zur Rede stellen.«

»Ist Ihnen das nicht selbst aufgefallen?«

»Mir?« John wurde rot. »Sollte er Sie in meinem Beisein beleidigt haben?«

»Soeben.«

John dachte nach und fand nichts.

»Ich komme nicht drauf«, sagte er.

Nancy war enttäuscht von John, da er nicht zu wissen schien, was Manieren sind.

»Er hat Sie gefragt, ob Sie mit allem zufrieden sind«, sagte sie.

»Ja«, nickte er und kam immer noch nicht auf den Trichter.

»Mich nicht! Mich ließ er unbeachtet!«

Endlich fiel der Groschen bei ihm. Es war ihm peinlich, solange dazu gebraucht zu haben.

»Natürlich!« stieß er hervor. »Er hätte Sie auch fragen müssen!«

»Entweder uns beide«, rollte Nancy den Fall auf. »Oder – wenn nur einen – nicht Sie, sondern mich! Ladies first!«

»Natürlich!« meinte John noch einmal. Sein Blick wurde hart und suchte den Kapitän, der ein paar Tische weiter einige Worte mit einem pensionierten britischen Kolonialbeamten wechselte. »Ich werde ihm das klarmachen!«

Nancy schüttelte jedoch den Kopf.

»Nein, John!«

»Warum nicht?«

»Sie sollen sich nicht wegen mir mit dem anlegen. Er ist

der Kapitän. Kapitäne sind auf ihren Schiffen Götter. Lassen Sie ihn.«

John hatte plötzlich die Lust am Essen verloren, stocherte in seinem Teller herum und schwor sich, in Zukunft seine Augen offener zu halten, um an Ort und Stelle sofort einzugreifen, wenn Anlaß dazu bestand. Das Problem war aber, daß John Miller sich schwertat, solche Verstöße gegen die Etikette zu erkennen, weil es ihm schon in Fleisch und Blut übergegangen war, daß überall, wo er auftrat und erkannt wurde, jedermann ihn in den Vordergrund rückte. Ob Kapitän oder Steward – auf dem Bauch lagen alle vor ihm.

Nancy Moosrainer wußte nicht, wer er war. Eine Ahnung von seiner Bedeutung beschlich sie aber bald, als sie wiederholt miterlebte, daß ihm sogar während des Essens Telegramme auf den Tisch gelegt wurden. Auch ans Telefon rief man ihn zweimal, so daß sie ihn schließlich fragte: »Was sind Sie für ein Mister Miller, John?«

»Wieso?« antwortete er.

»Einem normalen Schiffspassagier wird nicht telegrafiert.«

»Sie haben recht«, sagte er. »Das ist lästig. Es stört mich auch. Ich werde dafür sorgen, daß alles beim Funkoffizier liegen bleibt. Man soll mir nichts mehr aushändigen.«

»Das ändert aber nichts an der Tatsache selbst: daß man Ihnen nachtelegrafiert und nachtelefoniert. Sind Sie ein so wichtiger Mann?«

»Ach, ich war ein paar Wochen weg und hatte angeordnet, mich mit Geschäftskram in Ruhe zu lassen. Dadurch hat sich nun einiges angestaut. Das sagte man mir, als ich anrief, bevor ich in Hamburg an Bord ging. Der Anruf war ein Fehler. Er hat sozusagen die Ventile geöffnet.«

»Sie besitzen also eine Firma, weil Sie von ›Geschäftskram‹ sprechen?«

»Ja.«

»Das muß aber eine sehr große sein?«

»Es geht.«

Johns knappe Auskünfte genügten Nancy nicht. So läßt sich eine Frau nicht abspeisen, deren Neugier wach geworden ist.

»Wer vertritt Sie denn, wenn Sie weg sind?« fragte Nancy.

»Mehrere – jeder auf seinem Sektor.«

»Das klingt ja toll! Wie viele Sektoren sind das?«

»Elf.«

»Elf Stellvertreter haben Sie?« staunte Nancy Moosrainer, die von Geschäften keine Ahnung hatte. Ihr Mann war Facharzt für Inneres gewesen und hatte ihr Berufliches nur erläutert, wenn sie selbst krank war.

»Elf sind eindeutig zuviel«, grinste John. »Ich habe das längst erkannt, aber es ist nicht so einfach, einen von ihnen loszuwerden.

»Ob elf oder zehn«, erkannte Nancy, »das ändert an der Sache nicht viel. Sie sind jedenfalls in großem Maße auf fremde Hilfe angewiesen.«

»Doch, das schon«, nickte John und seufzte: »Aber wer ist das nicht?«

»Viele sind das nicht.«

»So? Wer denn?«

»Zum Beispiel Männer, die mit geschäftstüchtigen Frauen verheiratet sind.«

Er sah sie an.

»Das stimmt«, sagte er und hörte nicht auf, sie anzusehen.

O Gott, dachte sie, was rede ich? Was glaubt der denn? Der wird doch nicht denken, daß ich auf einen Busch klopfen möchte. Eher würde ich ...

»Aber meine Frau war nie geschäftstüchtig«, hörte sie ihn sagen.

War? dachte sie.

»Sie interessierte sich für andere Dinge, kümmerte sich um unser Haus und um unsere Tochter«, fuhr er fort.

»Sind Sie geschieden, John?« fragte Nancy.

»Verwitwet.«

»Oh«, stieß Nancy hervor, dann setzte sie rasch hinzu: »Und Ihre Tochter, was ist mit der? Ist sie noch bei Ihnen, oder hat sie schon geheiratet?«

»Sie ist auch tot, wie ihre Mutter.«

Nancy konnte darauf nichts sagen, sie blickte ihn mit großen Augen an.

»Ein Flugzeugabsturz«, ergänzte er.

Mehr noch als John selbst stand Nancy unter dem Eindruck dessen, was er ihr mitgeteilt hatte. Sie war entsetzt, bemitleidete ihn und hielt es nicht für angezeigt, rasch und gelöst wieder von angenehmen Dingen zu sprechen.

In der darauffolgenden Nacht schlief sie unruhig. Sie hatte einen wirren Traum. Ihr Mann stürzte mit dem Flugzeug ab. Eine Amerikanerin und ihre Tochter versuchten den Watzmann im Berchtesgadener Land zu besteigen und fielen einem Steinschlag zum Opfer. Der Traum drehte die wirklichen Ereignisse um, denn ein Steinschlag in der Watzmannostwand war dem Ehemann Nancys zum Verhängnis geworden.

Der nächste Tag war der letzte der Reise über den Atlantik. Moderne Luxusschiffe überwinden auch eine solche Strecke in relativer kurzer Zeit. Nach dieser Nacht hatte Nancy schon sehr früh von ihrem Bett genug und kam als erste aus ihrer Kabine. Am Frühstückstisch ließ John Miller noch eine Weile auf sich warten. Nancy hatte gerade Platz genommen, als ein Mann von der Besatzung, den sie noch nie gesehen hatte, erschien und den Tisch mit einem herrlichen Blumenstrauß versah. Nachdem es sich dabei um eine Einzelaktion handelte, die anderen Tische also unbedacht blieben, fragte Nancy den Mann: »Warum das?«

»Auf Veranlassung Ihres Mannes«, antwortete er.
»Sie meinen Mister Miller?«
»Ja.«
»Er ist nicht mein Mann.«
»Verzeihen Sie«, sagte er überrascht. »Dann hat man mir etwas Falsches gesagt. Ich bin der Gärtner, Ma'am.«
»Was?« staunte Nancy. »Der Gärtner?«
»Darüber haben sich schon viele gewundert«, erwiderte er grinsend. »Das ist etwas, das uns die Flugzeuge – unsere Konkurrenz – nicht nachmachen können.«
»Was geschieht mit den Blumen nach dem Frühstück?«
»Sie werden weggeworfen, Ma'am.«
»Können sie nicht zum Mittagessen stehen bleiben?«
»Zum Mittagessen liegt mir schon wieder ein neuer Auftrag von Mister Miller vor.«
»Aber das ist doch Verschwendung!« rief Nancy.
Der Gärtner blickte sie an, als ob sie einen dummen Witz gemacht hätte.
»Ma'am«, sagte er nachsichtig, »Sie wissen genau, für Mister Miller wäre es vielleicht Verschwendung, wenn er unser Schiff kaufen und es versenken würde.«
»Das weiß ich nicht!« stieß Nancy hervor.
»Er ist einer der reichsten Männer Amerikas, Ma'am.«
Einer der reichsten Männer Amerikas? Wenn das nichts hieß! Nancy Moosrainer verstummte.
Als John auftauchte, hatte sie sich dann schon wieder gefangen und teilte ihm mit: »Ich hatte bereits ein interessantes Gespräch...«
»Mit wem?« fragte er, die Serviette auseinanderfaltend.
»Mit dem Gärtner.«
»So?«
»Ich habe ihn gefragt, ob die Blumen nicht zum Mittagessen stehenbleiben können.«
»Da gibt's neue, Nancy.«
»Eben«, nickte sie. »Und das möchte ich nicht, John.«

»Warum nicht? Es ist doch unser letzter Tag auf dem Schiff. Bald nach dem Essen legen wir in New York an. Deshalb habe ich das veranlaßt.«

»Widerrufen Sie das bitte.«

»Nancy –«

»Für meine Begriffe werfen Sie das Geld zum Fenster hinaus, John. Nicht meinetwegen bitte, auch wenn Sie einer der reichsten Männer Amerikas sind.«

»Wer sagt das?«

»Der Gärtner.«

»Der ist ein Idiot!«

»Diesen Eindruck hatte ich nicht.«

John Miller war sichtlich verärgert.

»Wie kommt er dazu, herumzuquatschen«, schimpfte er, »statt einzig und allein seinen Auftrag auszuführen und wieder zu verschwinden!«

Nancy betrachtete die Blumen und sagte: »Sie sind wunderschön. Es wäre jammerschade um sie. Ich werde sie mir vom Steward geben lassen, ehe ich von Bord gehe. Sie haben mir eine große Freude gemacht, John. Es war nett, Sie kennenzulernen. Vielleicht fällt mir auch noch ein kleines Geschenk für Sie ein, bevor wir uns trennen.«

John sah sie an. Was er dann sagte, schien er sich schon länger überlegt zu haben.

»Nancy, reden Sie nicht so, als ob wir uns nie wiedersehen würden.«

»Glauben Sie denn etwas anderes, John?«

»Ja, das glaube ich!« erklärte er mit Nachdruck.

»Ich nicht«, sagte sie. »Man weiß ja, wie das mit Reisebekanntschaften so geht.«

»Nicht mit allen, Nancy.«

Plötzlich stand sie rasch auf und sagte: »Moment, John, ich komme gleich wieder, entschuldigen Sie mich eine Minute...«

Es war ihr eingefallen, was sie ihm schenken könnte. Er sah ihr nach und lachte: Von hinten sieht sie noch jünger aus als von vorn. Darüber freute er sich, weil er wußte, daß diesen Vorzug ganz wenige Frauen im reiferen Alter aufweisen. Dann tadelte er sich innerlich. Als wenn das für mich alten Esel noch wichtig sein dürfte, dachte er.

Nancy kam zurück und legte ihm mit den Worten ›Für Sie‹ einen Gegenstand auf den Tisch, den er mit Interesse musterte. Er glaubte ihn bei seinem Besuch an den Hüten vieler Männer gesehen zu haben.

»Ein Gamsbart«, sagte Nancy. »Sie wissen, was das ist?«

»Man trägt ihn – ich weiß auch, wo«, erwiderte er und strahlte.

»Am Hut«, nickte sie. »Aber nur an einem passenden. Leider ist der, den ich im Koffer habe, zu klein für Sie, John. Aber ein Mann wie Sie wird nicht daran scheitern, sich einen zu besorgen – wenn Sie gewillt sind, den Gamsbart in Amerika vorzuführen«, fügte sie vergnügt hinzu.

John nahm das exotische Stück in die Hand, betrachtete es begeistert, lachte Nancy an und sagte: »Den passenden Hut aus Bayern habe ich spätestens in drei Tagen!«

»Er wird Sie kleiden, John.«

»Ich werde Ihnen Gelegenheit geben, das selbst zu beurteilen, Nancy. Für wen war denn das schöne Stück gedacht?«

»Für einen Jungen aus meiner Verwandtschaft, den ich noch nie gesehen habe. Ich werde ihm einen aus Deutschland schicken. Vorläufig muß er sich mit dem Hut allein begnügen.«

»Er wird mich verwünschen.«

»Freut Sie mein Geschenk, John?«

»Riesig!«

Nach dem Frühstück schlug John einen Morgenspaziergang auf dem weiten Oberdeck vor. Leider müsse sie ablehnen, meinte aber Nancy, da sie noch nicht gepackt habe. John seufzte und versuchte gar nicht weiter in Nancy zu dringen, da er wußte, daß Frauen, die die Aufgabe vor sich sehen, packen zu müssen, zu nichts anderem mehr zu gebrauchen sind.

Erst beim Mittagessen sahen sich die beiden wieder. Die Zeit raste nun. John fragte Nancy, ob sie in New York von jemandem erwartet werde. Sie verneinte. Er auch nicht, sagte er und brachte eine Tasse Kaffee ins Gespräch, die man an Land noch zusammen trinken könne. Nancy nickte zustimmend.

Die Sirenen heulten.

Brackiges Waser quoll schäumend auf. Hunderte von Fähnchen wurden in der Luft geschwenkt. Der Hafen war ein Riesenameisenhaufen. Auf den Quais stauten sich die Menschen.

Am Ausgang des Schiffes standen John Miller und Nancy Moosrainer, deren Puls rascher schlug nach so langer Zeit, in der sie das Land ihrer Geburt nicht mehr gesehen hatte. John schaute über die Menge. Es war nicht zu erwarten, daß er hier Bekannte entdeckte, aber dieses Gewimmel von Menschen schlug ihn in seinen Bann.

Es war die Begrüßung durch einen Erdteil, der nur Arbeit kannte, die Jagd nach dem Dollar, dem Wertmaß für alles.

Ein Mann fiel ihm in der Menge auf, der mit seinem karierten Hut zum Schiff herüberwinkte. Er benahm sich sehr aufgeregt, bekam mit einem Arbeiter Krach, weil er ihn fast ins Wasser gestoßen hatte, rannte dann weiter und schien etwas zu suchen. Johns Augen waren nicht mehr gut genug, um auf diese Entfernung den Mann zu erkennen, der ihm im Grunde auch völlig egal war. John amüsierte sich nur über das Gefuchtel der Arme beim Zusammenstoß mit dem Arbeiter.

Das Schiff legte an. Die Offiziere, die Stewards grüßten. Die Passagiere gingen von Bord.

Auch John Miller stelzte das Fallreep hinab, in seinem Kielwasser Nancy, und drängte sich in den Pulk der Gepäckträger. Doch plötzlich horchte er auf.

Eine aufgeregte Stimme schrie durch den Lärm: »Onkel Johnny! Onkel Johnny!«

Miller reckte sich, um über die Leute hinwegzusehen. Das war doch die Stimme des Barons Huldrich v. Chowelitz. Sollte der Bursche wirklich nach New York gekommen sein, um ihn abzuholen?

Ein Mann in hellem Anzug drängte sich rücksichtslos durch die Menge. Und dann erstarrte Miller – der Mann trug einen auffallenden karierten Hut. Der Verrückte am Quai!

Mit einem Freudenruf packte Huldrich die Hand seines Verwandten und schüttelte sie ihm fast aus dem Schultergelenk.

»Wo kommst denn du her?« staunte Onkel Johnny. »Du scheinst dich ja wirklich zu freuen?« Im Umdrehen fuhr er fort: »Nancy, darf ich Ihnen meinen Neffen vorstellen, der –«

Er brach ab. Nancy war verschwunden. John stellte sich auf die Zehen. Der Trubel war beängstigend.

»Nancy!« rief Miller. »Nancy!«

Es war aussichtslos. Überall wurde gerufen – Namen, Bedeutungen, Wörter in vielen Sprachen.

Entscheidend war – aber das wußte John Miller nicht –, daß es in Nancys Absicht gelegen hatte, unterzutauchen. Die Gelegenheit dazu hatte ihr Huldrichs Begrüßung geboten. Je länger der Abschied von John werden würde, desto größere innere Schwierigkeiten würden ihr daraus erwachsen, hatte sie erkannt, Schwierigkeiten, von denen er nichts ahnen durfte. Für einen Mann wie ihn müßte es ja selbstverständlich sein, dachte Nancy, daß sich eine

Frau nur von seinen Millionen angezogen fühlen würde. Nicht ich! dachte sie. Nicht ich! Ich werde ihn nie mehr sehen – damit basta! Und er, er wird mich ohnehin morgen schon vergessen haben, wenn seine Geschäfte ihn wieder verschlingen.

»Onkel Johnny, was ist?« fragte Huldrich, als John sich ihm zuwandte und ihn enttäuscht anblickte.

Der Quai leerte sich langsam.

»Wer ist Nancy?« fragte Huldrich.

»Eine Reisebekannte«, antwortete Johnny. »Wir hatten uns noch nicht voneinander verabschiedet, und nun habe ich sie verloren.«

»Kein Wunder in diesem Hexenkessel.«

Johnny schaute noch einmal über den ganzen Quai – vergeblich.

»Komm, wir sind schon die letzten«, sagte er. »Wie geht's Evy?«

»Ausgezeichnet!«

»Und dir?«

»Ebenfalls«, antwortete Huldrich. »Von deinen Freunden wollte mich jeder schon engagieren.«

»Sicher als Vertreter?«

»Woher weißt du das?« fragte Huldrich erstaunt.

»Sie sind auf den Titel scharf, die Brüder. Einem Baron werden in Amerika die Aufträge nachgeworfen.«

»Na, dann wär' das doch was, Onkel.«

»Nichts da!« sagte John kategorisch. »Du fängst bei mir an! Und zwar nicht als Vertreter, das würde dir zu leicht fallen!«

»Aber –«

»Oder muß ich mit Evy über dieses Kapitel sprechen?«

»Nein, Onkel Johnny«, gab Huldrich sofort klein bei.

Im Flugzeug nach Chicago fragte John ihn plötzlich etwas Überraschendes.

»Kennst du Berchtesgaden?«

»In Deutschland?«

»Wo sonst?«

»Ich war schon mal da, ja«, sagte Huldrich. »Es ist einer der schönsten Orte in den Alpen.«

»Wie groß?«

»Nicht groß – ein Städtchen.«

Dann fragte John Miller etwas Typisches für ihn: »Was würde es kosten, dort jemanden zu suchen?«

»Kosten?« Huldrich schüttelte den Kopf. »Nichts! du gehst zum Einwohnermeldeamt, vorausgesetzt, du hast den Namen...«

»Den habe ich«, nickte John Miller.

Nancy, dachte er. Nancy Moosrainer.

Über alle bei Heyne erschienenen Konsalik-Romane informiert ausführlich das Heyne-Gesamtverzeichnis. Sie erhalten es von Ihrer Buchhandlung oder direkt vom Verlag.

Wilhelm Heyne Verlag, Postfach 201204, 8000 München 2

HEYNE BÜCHER

HINRICH MATTHIESEN

Menschen in Grenzsituationen, Spannung, Leidenschaften. Einer der großen deutschen Erfolgsautoren.

01/5248 - DM 6,80

01/5344 - DM 4,80

01/5471 - DM 6,80

01/5579 - DM 6,80

01/5883 - DM 7,80

01/5946 - DM 6,80

01/6056 - DM 7,80

01/6230 - DM 6,80

HEYNE BÜCHER

HEINZ G. KONSALIK

Die großen Romane des Bestseller-Autors als Heyne-Taschenbücher!

Die Rollbahn 01/497 - DM 6,80
Das Herz der 6. Armee 01/564 - DM 7,80
Sie fielen vom Himmel 01/582 - DM 5,80
Der Himmel über Kasakstan 01/600 - DM 6,80
Natascha 01/615 - DM 7,80
Strafbataillon 999 01/633 - DM 6,80
Dr. med. Erika Werner 01/667 - DM 5,80
Liebe auf heißem Sand 01/717 - DM 5,80
Liebesnächte in der Taiga (Ungekürzte Neuausgabe) 01/729 - DM 9,80
Der rostende Ruhm 01/740 - DM 5,80
Entmündigt 01/776 - DM 5,80

Zum Nachtisch wilde Früchte 01/788 - DM 7,80
Der letzte Karpatenwolf 01/807 - DM 5,80
Die Tochter des Teufels 01/827 - DM 6,80
Der Arzt von Stalingrad 01/847 - DM 6,80
Das geschenkte Gesicht 01/851 - DM 6,80
Privatklinik 01/914 - DM 5,80
Ich beantrage Todesstrafe 01/927 - DM 4,80
Auf nassen Straßen 01/938 - DM 4,80
Agenten lieben gefährlich 01/962 - DM 5,80
Zerstörter Traum vom Ruhm 01/987 - DM 4,80
Agenten kennen kein Pardon 01/999 - DM 4,80
Der Mann, der sein Leben vergaß 01/5020 - DM 5,80
Fronttheater 01/5030 - DM 5,80
Der Wüstendoktor 01/5048 - DM 5,80
Ein toter Taucher nimmt kein Gold 01/5053 - DM 5,80

Die Drohung 01/5069 - DM 6,80
Eine Urwaldgöttin darf nicht weinen 01/5080 - DM 5,80
Viele Mütter heißen Anita 01/5086 - DM 5,80
Wen die schwarze Göttin ruft 01/5105 - DM 5,80
Ein Komet fällt vom Himmel 01/5119 - DM 5,80
Straße in die Hölle 01/5145 - DM 5,80
Ein Mann wie ein Erdbeben 01/5154 - DM 6,80
Diagnose 01/5155 - DM 5,80
Ein Sommer mit Danica 01/5168 - DM 6,80

HEYNE BÜCHER

HEINZ G. KONSALIK

Dramatik, Leidenschaft, menschliche Größe im Werk des Erfolgsschriftstellers.

Aus dem Nichts ein neues Leben
01/5186 - DM 5,80

Des Sieges bittere Tränen
01/5210 - DM 6,80

Die Nacht des schwarzen Zaubers
01/5229 - DM 4,80

Alarm! Das Weiberschiff 01/5231 - DM 6,80

Bittersüßes 7. Jahr
01/5240 - DM 5,80

Engel der Vergessenen
01/5251 - DM 6,80

Die verdammten der Taiga
01/5304 - DM 6,80

Das Teufelsweib
01/5350 - DM 5,80

Im Tal der bittersüßen Träume
01/5388 - DM 6,80

Liebe ist stärker als der Tod
01/5436 - DM 6,80

Haie an Bord
01/5490 - DM 6,80

Niemand lebt von seinen Träumen
01/5561 - DM 5,80

Das Doppelspiel
01/5621 - DM 6,80

Die dunkle Seite des Ruhms
01/5702 - DM 5,80

Das unanständige Foto
01/5751 - DM 4,80

Der Gentleman
01/5796 - DM 6,80

KONSALIK - Der Autor und sein Werk
01/5848 - DM 6,80

Der pfeifende Mörder / Der gläserne Sarg
2 Romane in einem Band
01/5858 - DM 6,80

Die Erbin
01/5919 - DM 6,80

Die Fahrt nach Feuerland
01/5992 - DM 5,80

Der verhängnisvolle Urlaub / Frauen verstehen mehr von Liebe
2 Romane in einem Band
01/6054 - DM 6,80

Glück muß man haben
01/6110 - DM 6,80

Der Dschunkendoktor
01/6213 - DM 6,80

Das Gift der alten Heimat
01/6294 - DM 6,80

Preisänderungen vorbehalten.

Wilhelm Heyne Verlag München

HEYNE BÜCHER

HEYNE JAHRESBÄNDE

Die sicheren Tips für Qualität und Vielfalt zum Sonderpreis. Erzählungen und Kurzromane der bedeutendsten und beliebtesten Autoren der Welt.

01/5900 – DM 5,80

06/3870 – DM 5,80

02/2033 – DM 5,80

01/6200 – DM 6,80

06/3962 – DM 6,80

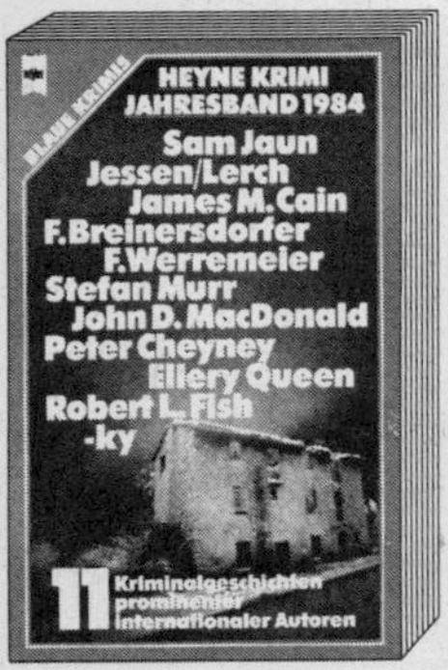

02/2087 – DM 6,80

01/6400 – DM 6,80

06/4060 – DM 6,80